KB113552

셰익스피어 비극

일러두기

• 이 책은 William Shakespeare, 『The Tragedie of Hamlet』(Project Gutenberg, 2000), 『The Tragedie of Othello, the Moore of Venice』(Project Gutenberg, 2000), 『The Tragedie of Macbeth』(Project Gutenberg, 2000), 『The Tragedy of King Lear』(Project Gutenberg, 1997)를 참고했습니다.

진형준 교수의 세계문학컬렉션

11

셰익스피어 비극

Shakespeare's Tragedy

윌리엄 셰익스피어 지음

살림

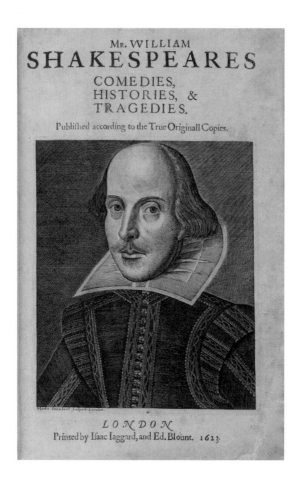

『퍼스트 폴리오 First Folio』

1623년 출간된 셰익스피어의 첫 전집 『퍼스트 폴리오』의 표제지. 폴리오(Folio)는 이절판이라는 뜻으로
크기가 다양하지만 보통 높이 38센티미터인 대형판을 가리킨다. 『퍼스트 폴리오』는 높이 32센티미터로
약간 작다. 이 전집에는 모두 36편의 작품(희극 14편, 역사극 10편, 비극 12편)이 수록되어 있는데 가장
정확하고 가치 있는 판본으로 평가된다. 2001년 크리스티 경매에서는 600만 달러가 넘는 금액에 팔렸다.
이후 『세컨드 폴리오』(1632), 『서드 폴리오』(1663), 『포스 폴리오』(1685)가 출간되었다. 공동 저작까지 포
함하면 셰익스피어는 약 38편의 희곡, 154편의 소네트, 2편의 장시, 몇 편의 운문과 진짜 그의 작품인지
불확실한 일부 작품을 남겼다.

스완 극장

네덜란드의 골동품 전문가 겸 인문주의자 아에르나우트 판 뷔헐의 1596년 스케치. 1596년 런던 스완 극장의 공연 장면을 묘사했다. 엘리자베스 여왕 시대에 연극은 사람들에게 대단히 인기 있는 여가활동 중 하나였다. 런던에 글로브 극장·스완(Swan) 극장 · 포춘(Fortune) 극장 등 상당수 극장이 지어졌으며, 주로 셰익스피어의 작품들이 관객을 끌어 모았다. 시골 문법학교(중등학교)를 겨우 졸업한 셰익스피어였지만, 세계 각국의 신화·역사·문화·사회·풍습 등에 대한 해박한 지식, 놀라운 무대 연출력, 경이로운 언어 구사력, 인간에 대한 심오한 통찰은 독보적이어서 당시 대학을 졸업한 크리스토퍼 말로나 벤 존슨 같은 작가들이 따라갈 수 없었다. 그래서 셰익스피어 작품의 실제 작가는 따로 있다는 주장이 계속 나왔다. 철학자 프랜시스 베이컨, 엘리자베스 1세 여왕을 비롯하여 약 30여 명이 저자 후보로 거론되었다.

연극 〈햄릿〉 포스터

1884년경 토스 W. 킨 주연의 연극 〈햄릿〉 미국 공연 포스터.『햄릿』은 17세기 당시부터 유령의 등장과 광기와 우울을 생생히 극화한 것으로 큰 인기를 얻었다. 대중들은 이런 점에 열광했지만, 주인공 햄릿에 대한 평가는 시대에 따라 달랐다. 통일성과 예의범절이 결여된 탐탁지 않은 인물, 혼란스럽고 불안정한 인물로 비판받거나, 불행한 환경에 빠져든 순수하고 훌륭한 젊은 영웅으로 떠받들어지거나 했다. 즉 그는 미치광이기도 했고 아니기도 했으며, 영웅이기도 했고 아니기도 했다. 그러다 19세기 이후로는 주로 내면의 갈등을 겪는 복합적인 인물로 해석했다. 특히 프로이트는 오이디푸스 콤플렉스로 햄릿을 설명했다. 이러한 다양한 해석 가능성이야말로『햄릿』이 위대한 작품임을 반증한다.

연극 〈오셀로〉

1943~1944년 미국 브로드웨이에서 공연한 연극 〈오셀로〉의 한 장면. 오셀로 역을 맡은 배우는 폴 로브슨, 그의 아내 데스데모나 역을 맡은 배우는 우타 하겐이다. 『오셀로』는 이탈리아 작가 조반니 바티스타 지랄디(필명 신티오)가 쓴 『백 편의 이야기(*Gli Hecatommithi*)』(1565) 중 한 이야기인 「무어인 대장(Un Capitano Moro)」을 차용한 작품이다. 셰익스피어 당시 이 책의 영어 번역본은 나오지 않았다. 셰익스피어가 이탈리아어 원본을 참고했다면 그의 언어 능력을 짐작해볼 수 있는 대목이다. 신티오의 이야기는 1508년 이탈리아 베네치아에서 실제로 있었던 사건에 근거한 것으로 추측한다.

연극 〈맥베스〉

1858년 영국에서 공연한 연극 〈맥베스〉의 한 장면. 엘런 킨과 찰스 킨 부부가 맥베스 부부 역을 맡았다. 실제 시대 배경에 정확히 맞춘 무대의상을 입었다. 『맥베스』는 일종의 잉글랜드 · 스코틀랜드 · 아일랜드 역사서인 『홀린셰드 연대기(*Holinshed's Chronicles*)』(1587) 속에 나오는 11세기 스코틀랜드 왕 맥베스스와 맥더프, 덩컨의 이야기를 소재로 삼았다. 이 연대기는 셰익스피어와 동시대 사람들에게 아주 친숙했다. 맥베스는 실존한 스코틀랜드 왕 막 베하드 막 핀들라크(Mac Bethad mac Findláech)인데, 1040년부터 1057년 죽을 때까지 스코틀랜드를 다스렸다. 그러나 『맥베스』의 내용은 그의 실제 생애와는 다르다.

셰익스피어 비극 **차례**

햄릿 Hamlet

1

　　추운 겨울 자정 무렵이었다. 덴마크 왕국의 수도 엘시노아 성 위에서 왕의 근위대원들인 바나도와 마셀러스가 경비를 서고 있었다. 그들 옆에는 햄릿의 절친한 친구이자 참모 격인 호레이쇼도 함께 있었다. 마셀러스가 그를 이곳으로 데리고 온 것이고 그렇게 된 데는 사연이 있었다. 호레이쇼가 바나도에게 물었다.

　　"그래, 오늘 밤에도 나타났나?"

　　"아니, 아직 아무것도 못 봤어."

　　그러자 마셀러스가 말했다.

　　"이 친구는 우리가 헛것을 본 거라며 믿지 않더군. 그래서

내가 같이 와보자고 말한 거야. 바나도, 자네가 직접 이야기를
해보게."

"두 번이나 봤다네. 지난밤에도 봤지. 아마 새벽 1시쯤이었
을 거야. 지금쯤일 텐데……. 잠깐, 저기 좀 보게."

그때였다. 그들이 말하던 것이 나타났다. 유령이, 죽은 왕의
모습을 한 유령이 나타난 것이었다. 모두 겁에 질렸다. 두려움
에 떨던 바나도와 마셀러스가 호레이쇼에게 말을 걸어보라고
부추겼다. 호레이쇼가 용기를 내어 유령에게 말을 걸었다.

"너는 도대체 뭐냐? 어째서 이 늦은 밤에 늠름하시던 예전
왕의 모습으로 나타난 것이냐? 어서 말해!"

그러자 유령은 소리 없이 사라져버렸다. 호레이쇼도 바나
도와 마셀러스처럼 떨고 있었다. 마셀러스가 호레이쇼에게 말
했다.

"어때, 돌아가신 왕의 모습 맞지?"

"맞아, 노르웨이 왕과 싸웠을 때 바로 저 갑옷을 입으셨었
어. 폴란드 놈들을 무찌를 때도 저런 표정을 하고 계셨지. 내
가 직접 보지 않았다면 믿을 수 없었을 거야. 정말 이상해. 뭔
가 이상한 일이 우리나라에서 일어날 징조야."

"그래, 돌아가신 왕이 그 당시의 복장으로 우리에게 나타난 건 무슨 큰일이 일어나려는 조짐일 거야."

그때 유령이 다시 한 번 나타났다가 사라졌다. 호레이쇼는 이 일을 햄릿 왕자에게 전해주어야겠다고 생각했다. 자신들 앞에서는 아무 말 없이 나타났다가 사라졌지만 아들에게는 입을 열 것 같았기 때문이다.

성안 궁전에 클로디어스 왕이 옥좌에 앉아 있고 옆에는 왕 비 거트루드가 앉아 있었다. 클로디어스는 햄릿 왕자의 아버지인 햄릿 왕의 동생이었다. 그는 햄릿 왕이 죽자 왕위를 물려받았고 형수인 거트루드를 왕비로 맞았다. 그들 아래쪽에 햄릿 왕자와 대신 폴로니어스와 그의 아들 레어티스가 함께 앉아 있었다. 햄릿 왕자는 검은 상복 차림이었다.

클로디어스 왕이 입을 열었다.

"위대하신 형님 햄릿 왕이 돌아가신 후 우리는 모두 비탄에 빠져 있었소. 하지만 언제까지나 비탄에 젖어 있을 수는 없소. 우리는 분별심을 가져야 하오. 모두 알다시피 노르웨이의 포틴브라스 왕자가 우리 영토를 노리고 있소. 형님에게 잃은 땅을 돌려달라는 전갈을 해 온 것이오. 과인을 얕잡아 보았거나 형님의 죽음으로 우리나라가 혼란에 빠져 있다고 생각하는 모양이오. 우리는 한시라도 빨리 이 혼란에서 벗어나야 하오."

이어서 그는 햄릿 왕자를 보며 말했다.

"특히 햄릿 왕자는 하루빨리 슬픔에서 벗어나도록 해라. 참, 그 전에 레어티스에게 묻겠다. 내게 청할 것이 있다고? 무엇이든 말해보아라. 네 아버지는 우리 덴마크의 심장 같은 사람이다. 내가 네 청을 못 들어줄 리 없다."

"전하, 제가 프랑스로 돌아갈 수 있도록 허락해주십시오. 전하의 대관식에서 제 의무를 다 하려고 덴마크로 왔지만 다시 프랑스로 돌아가고 싶습니다. 전하의 관대한 처분을 고개 숙여 청합니다."

"아버지의 허락을 받았다면 네 뜻대로 해라."

왕의 승인을 받은 레어티스는 허리 굽혀 감사를 표한 후에 뒤로 물러났다. 왕이 다시 햄릿을 향해 말했다.

"내 조카이자 아들인 햄릿, 너는 왜 아직도 구름에 덮여 있느냐?"

"아닙니다, 전하. 저는 전하의 성은에 덮여 있습니다."

그러자 왕비가 곁에서 거들었다.

"착한 햄릿, 그 어두운 밤의 색깔을 내던지고 친근한 눈으로 전하를 보렴. 그렇게 눈을 내리깔고 이미 흙 속에 묻힌 고결한 네 아버지를 찾으려고만 하지 마라. 모든 생명은 사라지게 되어 있지 않느냐?"

"저도 알고 있습니다. 하지만 제 마음속 비통함은 저로서도 어쩔 수 없습니다."

그러자 왕이 말했다.

"왕자의 성품이 본래 자상하고 고와서 아버지를 잊지 못하고 있구나. 하지만 알아두어라. 왕자의 아버지도 아버지를 잃었고 그 아버지도 아버지를 잃었다. 한동안 슬픔을 보이는 건 당연한 일이지. 하지만 너무 오래 비탄에 잠겨 있는 건 옳은 일이 아니야. 하늘을 거스르는 짓이기도 하고 사내답지 못한 약해 빠진 마음을 가졌다고 광고하는 꼴이기도 해. 자, 이제 나를 아버지로 생각해라. 그렇게 슬퍼만 하는 건 백해무익해. 온 천하가 알고 있듯이 넌 내 왕위를 물려받을 테고, 난 너를 아들처럼 사랑하지 않느냐?

그런데 햄릿, 너는 왜 독일 비텐베르크의 학교로 돌아가려는 거냐? 그만하면 공부는 충분하지 않느냐? 내 그것을 원치 않으니 이곳에 머물도록 해라. 너는 내 최고의 충신이며 조카고 아들이다."

왕비까지 그러라고 거들자 햄릿은 비텐베르크로 돌아가지 않겠다고 약속한 후 궁전을 물러나왔다. 그는 궁전 뜰을 걸으며 하늘을 우러러 탄식했다.

"아, 너무나 더럽고 더러운 이 육신이 이슬처럼 녹아내려 사라질 수 있다면! 하느님께서 자살을 금하지만 않으셨다면! 아, 하느님! 세상만사가 제게는 다 부질없어 보입니다. 아버지가 세상을 떠나신 지 이제 겨우 두 달도 안 되었어. 근데 모두 잊으라니! 아버지에게 그토록 매달렸던 어머니가, 울며불며 아버지의 시신을 따를 때 신었던 그 신발이 닳기도 전에 아버지의 동생과 결혼을 하다니! 한 달도 못 되어 그 형편없는 자에게 가버리다니! 아버지가 아닌 다른 자의 품에 안기다니! 약한 자여, 그대 이름은 여자! 이성 없는 동물이라 할지라도 그보다는 더 오래 슬퍼했을 텐데."

그가 비탄에 젖어 혼잣말을 하고 있을 때 호레이쇼와 마셀러스, 바나도가 궁전 뜰에 나타났다. 그들은 햄릿을 찾고 있던 중이었다.

햄릿을 보자 호레이쇼가 그에게 말했다.

"왕자님께 문안드립니다."

"아니, 이게 누구야? 만나서 정말 반갑네. 그런데 무슨 일로 비텐베르크를 떠나온 건가?"

"햄릿 왕께서 돌아가셨는데 거기 태평스레 있을 수 있나요? 왕의 장례식을 보려고 온 거지요."

"놀리지 말게. 내 어머니 결혼식을 보려고 온 거겠지?"

"그러고 보니 그 두 가지가 연달아 있었네요."

"대단히 절약이 된 셈이지. 장례식 때 구운 고기를 결혼 잔칫상에 내놓을 수 있었으니……. 내 그런 꼴을 보느니 차라리 저세상에서 철천지원수를 만나는 게 낫지. 아, 아버지! 저세상 생각을 하니 마치 아버지를 뵙는 것 같군."

"어떻게요, 왕자님? 그분은 돌아가셨는데요."

"내 마음속의 눈으로."

"그런데, 왕자님. 저희는 마음의 눈이 아니라 이 두 눈으로 직접 그분을 뵌 것 같습니다."

"당연히 전에 뵌 적이 있지 않은가?"

"그게, 예전이 아니라 바로 어젯밤에 말입니다."

"아버지를 어젯밤에? 도대체 무슨 소리를 하는 거야?"

"못 믿으시겠지요? 그런데 저만이 아니라 여기 이 친구들도 뵈었답니다. 자, 놀라지 마시고 제 이야기를 들어보세요. 여기 마셀레스와 바나도가 한밤중에 경계를 서던 중 이틀 연거푸 유령을 보았답니다. 왕자님의 아버님을 닮은 유령이 무장을 한 채 엄숙하게 그들 앞을 지나갔다는 겁니다. 너무 무섭고 놀라 말도 붙이지 못했다더군요. 그들이 제게 넌지시 일러주기에 지난밤 제가 함께 성 위에 올라갔었지요. 그런데 어김없이 그 유령이 또 나타났습니다. 제가 말을 걸자 대답이 없었고 수탉이 울자 사라졌습니다."

"믿을 수 없는 이야기지만 자네 말이니 믿을 수밖에 없겠군. 그래 어떤 표정이셨나?"

"슬픈 표정이셨고 수염은 제가 생전에 뵈었을 때처럼 은빛이었습니다."

"그렇다면 내가 오늘 밤 그대들과 함께 경계를 서겠네. 오늘 다시 오겠지. 정말 아버지 유령이라면 내게는 말을 해주겠지. 그리고 이 일은 자네들과 나만의 비밀로 해두게. 자네들의 우정에는 나중에 보답하도록 하겠네. 자, 내가 오늘 밤 11시와 12시 사이에 망루 위로 찾아갈 테니 이만 가보도록 하게."

그들이 사라지자 햄릿이 혼잣말을 했다.

"아버지의 혼령이……. 게다가 무장까지 하고! 어쩐지 예감이 안 좋아. 뭔가 추한 냄새가 나는 것 같아. 하지만 내 영혼아, 밤이 되기까지 얌전히 있어라. 무슨 악행이 있었다면 제아무리 깊이 묻혀 있더라도 결국 드러나게 될 테니.'

밤이 되자 햄릿은 망루로 갔다. 그는 호레이쇼를 비롯한 근위대원들과 함께 어둠을 응시하고 있었다. 이윽고 자정이 되었다. 요란한 나팔 소리가 울리고 대포가 두 발 발사되었다. 호레이쇼가 이게 도대체 무슨 소리냐고 묻자 햄릿이 대답했다.

"왕이 오늘 밤 늦게까지 질탕하게 마셔대며 연회를 열고 있다네. 포도주 잔을 비울 때마다 저렇게 나팔을 불며 시끄럽게 축배를 드는 거지."

"저게 관행입니까?"

"하긴 이 나라 관행이긴 해. 하지만 지키기보다는 깨야 할 관행이야. 저렇게 허구한 날 마셔대고만 있으니 온 사방에서

크론보르 성

독일 지리학자 게오르크 브라운이 펴낸『세계의 도시들(*Civitates orbis terrarum*)』(1572~1617)에 실린
삽화.『햄릿』의 무대인 엘시노어(Elsinore) 성이라고 널리 알려진 크론보르(Kronborg) 성을 그렸다. 크론
보르 성은 코펜하겐에서 북쪽으로 약 40킬로미터 떨어진 헬싱외르에 위치해 있다. 덴마크 왕국은 6~10세
기 바이킹이 유틀란트 반도를 중심으로 국가를 세우면서 시작되었다. 이후 한때 노르웨이, 스웨덴, 심지어
영국 북부까지 아우르기도 했다. 그러나 16세기에 스웨덴이 다시 독립을 되찾고, 19세기에는 노르웨이가
떨어져나가고, 1944년에는 아이슬란드가 독립하여 지금에 이르렀다.

우리를 비난하는 거 아닌가? 우리를 술고래라고 욕하며 우리 명성에 먹칠을 하는 거지. 개인도 마찬가지야. 한 인간이 아무리 순수하고 온갖 미덕을 갖추고 있더라도 지우기 어려운 오점 한 가지를 지니고 있다면 그것 때문에 썩었다는 평판을 듣게 되지."

그때 갑자기 호레이쇼의 눈이 커지며 한쪽을 가리켰다.

"보십시오, 왕자님! 그가 왔습니다."

햄릿이 호레이쇼가 가리키는 곳을 바라보니 정말로 소리 없이 유령이 나타났다. 햄릿은 성호를 그은 후 유령을 향해 소리쳤다.

"도대체 누구냐. 좋은 영혼이든 지옥의 악귀든 난 말을 해봐야겠다. 아버지 모습을 하고 있으니 대왕, 아버지라 부르겠다. 대답하라. 수의를 입고 입관했던 시신이 왜 그 수의를 찢었는가? 왜 조용히 누워 있던 무덤에서 다시 나왔는가? 무슨 뜻으로 죽은 시체가 다시 완전무장 하고 이렇게 나타났는가? 왜 이곳으로 다시 찾아와 밤을 온통 공포로 물들이고 우리의 마음을 뒤흔드는 것인가? 우리가 무엇을 하길 바라는가?"

햄릿이 말을 마쳤을 때였다. 유령이 햄릿을 향해 따라오라는 손짓을 하는 것이 아닌가! 햄릿은 말리는 호레이쇼의 손을 뿌리치고 유령의 뒤를 따라갔다. 호레이쇼와 마셀러스는 두려움에 그곳에 가만히 있을 수밖에 없었다. 앞서 가던 유령은 햄릿과 단둘이 있게 되자 그 자리에 멈추었다. 그리고 햄릿에게 말했다.

"잘 들어라. 내 말을 듣고 나면 너는 복수하지 않을 수 없을 것이다. 나는 네 아버지의 혼령이다. 낮에는 불 속에 갇혀 굶고 지내다가 밤에만 나다니는 운명에 놓여 있다. 생전에 나도 모르게 저지른 죄를 불로 정화할 때까지 치러야만 하는 벌이다. 내 아들아! 너는 진정으로 나를 사랑하느냐? 만일 그렇거든 흉악무도한 살인에 대해 원수를 갚아다오."

햄릿의 눈이 휘둥그레졌다.

"살인이라니요?"

"그렇다, 살인이다. 나는 살해되었다. 너는 내가 정원에서 자고 있는 동안 독사에 물려 죽었다고 알고 있을 것이다. 그렇게 공표되었다. 덴마크 전체가 그렇게 속고 있다. 하지만 내 아들아, 너만은 알아두어라. 그 독사가 네 아비의 목숨을 빼앗고 지금은 덴마크 왕관을 쓰고 있다."

그 소리를 듣고 햄릿이 부르짖었다.

"그래, 내 영혼이 예측했었지. 그래, 바로 삼촌이야!"

"잘 들어라. 그 짐승 같은 놈이 가장 순결해 보이는 네 어미를 유혹했다. 아, 이 무슨 악마의 힘이란 말인가! 나와 사랑을 맹세한 그녀를 나보다 훨씬 비열한 자에게 끌리게 하는 그 힘은 도대체 무엇이란 말인가! 욕정이란 언제나 쓰레기를 탐하게 되어 있단 말인가!

간단하게 말하마. 나는 늘 그렇듯이 오후에 정원에서 잠들어 있었다. 그때 네 삼촌이 몰래 다가와 내 귀에 독즙을 쏟아부었다. 피를 순식간에 엉기게 만드는 독약이었다. 나는 잠을 자다가 동생 손에 내 생명과 왕관, 왕비까지 한꺼번에 빼앗긴 것이다. 고해성사조차 하지 못하고 그렇게 목숨을 빼앗겼으니 나는 내 죄를 머리에 인 채 저승의 심판대로 갈 수밖에 없었다. 정말 무서운 일이다.

아들아, 네게 진정 효심이 있다면 결코 참으면 안 된다. 덴마크 왕의 침실이 음욕에 물든 잠자리가 되지 않게 해라. 그곳이 저주받은 잠자리가 되지 않게 해라. 하지만 네게 두 가지를 당부하마. 어떤 식으로 복수를 하건 결코 네 마음을 더럽히지 마라. 그리고 네 어미를 벌할 계책은 꾸미지 마라. 그녀는 하늘에 맡겨두어라. 스스로 자신의 가슴을 찌를 가시에 맡겨두어라. 자, 이제 갈 시간이 되었다. 잘 있어라, 잘 있어라. 날 잊지 마라."

아버지의 유령이 사라지자 홀로 남은 햄릿은 머리를 쥐어뜯으며 부르짖었다.

"아, 터질 것 같은 심장! 오, 하늘이시여, 저를 무너지지 않게 해주십시오. 잊지 말라고요? 그러겠습니다. 앞으로는 당신 명령만 머리에 심어두고 다른 모든 것은 잊겠습니다. 당신을 잊지 말라는 그 말에 대고 절대 잊지 않으리라 맹세하겠습니다.

천하에 악독한 여자! 웃음 띤 얼굴을 한 천하의 악당! 그렇게 웃는 얼굴로 악행을 숨기고 지내다니! 삼촌, 당신 바로 그 악당이야. 나는 '잘 있어라, 날 잊지 마라'라는 그 말에 대고 맹세했다. 이건 아버지와 나의 언약이다."

그때 호레이쇼와 마셀러스가 햄릿 곁으로 왔다. 처음에는 무서웠지만 햄릿이 걱정되어 뒤따라 온 참이었다. 햄릿을 본 호레이쇼가 말했다.

"왕자님, 어찌 된 일입니까?"

"놀라운 일을 겪었네."

"왕자님, 저희에게 말씀해주십시오."

"안 돼. 자네들이 누설할 테니."

둘이 동시에 하늘에 맹세코 비밀을 지키겠다고 했지만 햄릿은 횡설수설 돌려댈 뿐이었다. 호레이쇼가 재차 비밀을 지키겠다고 하자 햄릿이 말했다.

"내 이것만은 말해주지. 이곳에는 정말로 유령이 있어. 진짜 유령이었어. 하지만 유령과 나 사이에 무슨 일이 있었을까 하는 궁금증은 자네들 힘으로 이겨내길 바라네. 대신 자네들에게 청이 하나 있어."

"무엇입니까? 왕자님."

"오늘 밤에 본 것을 절대로 남들에게 알리지 말게. 우리만 아는 비밀로 해야 해."

그들은 자신의 칼에 대고 맹세했다. 맹세가 끝나자 햄릿이 다시 말했다.

"자, 앞으로 내 행동이 이상야릇하더라도 그냥 가만히 보고 있게나. 아마 내가 괴상한 짓을 보여주어야 할 때가 올 거네. 그때 팔짱을 끼거나 고개를 끄덕이며 뭘 알고 있는 듯이 보이거나, 입을 열어 뭔가 말하고 싶어하거나, 나에 대해 뭘 알고 있다는 식의 행동이나 말은 절대 하지 말 것도 맹세하게. 자 손가락을 입술에 대게.”

그런 후 햄릿은 혼자 중얼거렸다.

“아, 곤혹스럽구나! 어째서 난 이 뒤틀린 세상, 이 뒤틀린 세월을 바로잡아야만 하는 운명을 갖고 태어났단 말인가!”

「호레이쇼, 햄릿 그리고 유령 Horatio, Hamlet, and the ghost」

스위스 출신 화가 헨리 퓨젤리의 1789년 작품. 살해와 복수는 『햄릿』의 핵심 주제들이다. 『햄릿』과 비슷한 전설 또는 이야기는 인도-유럽어권에서 폭넓게 발견된다. 5세기 말~6세기를 배경으로 한 스칸디나비아 전설 『흐롤프 크라키의 사가(Saga of Hrolf Kraki)』에는 살해된 왕의 두 아들이 변장을 하고 이름을 바꾼 채 지내는 내용이 나온다. 12세기 덴마크 역사가 삭소 그라마티쿠스의 중세 이야기 「암레티의 일생(Vita Amlethi)」에도 미친 척하는 왕자, 왕위 찬탈자와 결혼하는 어머니 등 유사한 내용이 담겨 있다. 셰익스피어의 동시대 선배 극작가인 토머스 키드의 희곡 『스페인 비극(The Spanish Tragedy)』 역시 유령의 복수나 살인자를 함정에 빠뜨리는 극 중 극 같은 내용을 담고 있어, 셰익스피어를 비롯한 당시 많은 작가들이 참고하거나 패러디했다. 셰익스피어는 이런 다양하고 친숙한 소재와 이야기를 절묘하게 엮어 위대한 작품으로 재탄생시켜냈다.

2

항구에서 레어티스가 프랑스로 떠나
는 배에 오를 준비를 하고 있었다. 레어티스는 배에 오르기
전 여동생 오필리아에게 충고를 하고 있었다. 오필리아가 햄
릿 왕자와 사랑하는 사이라고 털어놓은 것이다.

레어티스가 오필리아에게 말했다.

"햄릿 왕자가 네게 보이는 호의는 젊음의 객기일 뿐이야.
청춘기의 덧없는 마음 말이다. 빨리 피어나지만 영원하지 않
고, 달콤하지만 오래가지 못하는. 한순간의 향기고, 심심풀이
일 뿐이란다. 잘 생각하렴."

"오빠, 정말 그뿐일까요?"

"그가 지금은 너를 순수하게 사랑하겠지. 하지만 그는 자기 마음대로 모든 것을 결정할 수 없는 신분이야. 이 나라 전체의 안녕과 번영이 그의 선택에 달려 있잖아. 그가 무슨 선택을 하건 우선 덴마크 백성 대부분이 찬성하리라는 전제 아래 결정해야 하는 거야.

그러니 오필리아야, 무엇보다 순결을 지켜야 한다. 그의 노래에 너무 솔깃해선 안 돼. 그가 간청해도 지킬 건 지켜야 해. 조심하는 것이 안전을 지키는 최상의 수단이야."

"오빠 말 가슴에 새길게요. 하지만 오빠도 내게 해준 말대로 해야 해요. 나한테는 순결을 지키라 해놓고 정작 오빠가 환락의 꽃길에 빠지는 일은 없겠죠?"

그때 폴로니어스가 나타났다. 그는 먼 길을 떠나는 아들 레어티스에게 아버지로서 여러 가지 충고를 해주었다. 배에 오르던 레어티스가 오필리아에게 다시 당부했다.

"아버지, 이만 떠나겠습니다. 오필리아, 내가 한 말 명심하고 잘 지내도록 해라."

"무슨 말을 해준 거니?"

폴로니어스가 묻자 오필리아가 대답했다.

"햄릿 왕자에 관한 거예요."

"그래, 안 그래도 내가 너한테 주의를 주려던 참이었다. 들자 하니 너 요즘 왕자를 너무 자주 만난다며……. 그것도 단둘이. 도대체 어떤 사이냐? 숨김없이 아비에게 말해봐."

"아버지, 왕자님이 저를 사랑한다고 여러 번 말했답니다."

"사랑? 사랑이라……. 딱 철딱서니 없는 여자애들 같은 말을 하고 있구나. 너는 그 말을 믿느냐?"

"아버지, 그분은 명예를 걸고 사랑한다고 했습니다. 그리고 하늘에 대고 맹세까지 했습니다."

"명예를 걸었다고? 아예 전술까지 쓰는구먼. 하늘에 대고 맹세했다고? 덫까지 놓았네. 애야, 피가 끓을 때면 그 어떤 맹세도 혀끝에 맴돌 수 있는 법이야. 그건 한순간에 사라지는 번갯불 같은 거란다. 오필리아야, 그의 맹세를 믿지 마라. 맹세란 놈은 속셈을 감추고 있는 뚜쟁이 같은 거란다. 자, 이제부터 절대로 햄릿 왕자에게 글을 보내거나 말을 하면 안 된다. 그의 편지를 받아서도 안 된다. 명심해라, 이건 명령이야."

오필리아는 순진한 처녀였다. 그녀는 아버지가 시키는 대로 순순히 따르겠다고 말했다. 레어티스가 배에 오르자 작별 인사를 한 번 더 하고 두 사람은 집으로 돌아왔다.

며칠이 지났다. 폴로니어스가 저녁에 집에서 쉬고 있는데 오필리아가 겁에 질린 얼굴로 방에 들어왔다.

"아니, 애야. 무슨 일이 있었기에 얼굴이 그 모양이냐?"

"아버지, 너무 무서웠어요."

"도대체 무슨 일로 그러느냐? 어서 말해봐라."

"제가 방에서 바느질을 하고 있는데 햄릿 왕자님이 들어오셨어요. 그런데, 그런데……."

"그런데 어쨌단 말이냐?"

"조끼 단추는 다 풀어놓고 모자도 쓰지 않으셨어요. 더러운 긴 양말도 발목까지 내려와 걸려 있었고요. 창백한 얼굴에 정말 애처로운 표정을 짓고 있었어요. 꼭 지옥에서 풀려난 사람 같았어요."

"너를 향한 사랑 때문에 미친 모양이구나."

"모르겠어요. 그런데 정말 무서웠어요."

"왜, 무슨 무서운 말이라도 하더냐?"

"제 손목을 잡더니 꼭 껴안으셨지요. 그러더니 곧 저만큼 떨어졌어요. 한 손을 이마 위에 얹고는 저를 뜯어보시는 거예요. 한참을 그러고 있었어요. 그러다 제 팔을 잡고 가볍게 흔들더니 자기 머리를 아래위로 세 번 끄덕거렸어요. 너무 애처롭게 깊은 한숨을 토해내서 마치 곧 죽어버릴 사람 같았어요. 잠시 후 저를 놔주더니 눈길은 여전히 저를 향한 채 문밖으로 나갔답니다."

"상사병으로 넋이 나간 모양이구나. 최근에 네가 무슨 심한 말이라도 했느냐?"

"아뇨. 아버지 말씀대로 그분의 편지를 물리치고 곁에 오지 못하게 했을 뿐이에요."

"그게 더 그를 미치게 한 모양이구나. 자, 전하를 찾아뵙고 말씀드려야겠다. 난 그가 너를 희롱만 하고 팽개칠까 봐 두려웠던 건데……. 내가 너무 넘겨짚은 모양이다. 우리 나이에는 그게 병이란 말이야. 정말 너를 사랑하는지도 모르겠구나. 아무튼 전하에게는 알려야 해. 잘못하면 왕자가 무슨 짓을 할지 모르겠구나."

그날 이후 비텐베르크로 공부하러 떠나기 전의 햄릿과 지금의 햄릿은 너무나 다르다는 말이 사람들 입에 오르내리기 시작했다. 그토록 명랑하고 씩씩하던 예전 모습은 찾아볼 수 없었다. 사람들은 아버지의 갑작스러운 죽음에 너무 슬퍼서 그러려니 생각했다. 그런데 그 슬픔이 너무 깊었고 기간도 너무 길었다. 게다가 요즘은 흡사 미친 사람 같았다.

클로디어스 왕도 햄릿이 왜 이렇게 오랫동안 비탄에 젖어 있는지 못내 궁금했다. 자신의 죄가 탄로 났을까 봐 제 발이 저렸는지도 몰랐다. 왕은 황급히 독일 비텐베르크로 사람을 보내서 로젠크란츠와 길든스턴을 불러오게 했다. 햄릿이 그곳에서 공부할 때 가장 가까이 지내던 친구들이었다. 그들이 오자 왕비와 함께 있는 자리에서 왕이 물었다.

"자네들에게 긴히 청할 것이 있어서 불렀네. 자네들도 햄릿이 너무 변했다는 이야기를 들었겠지? 그래, 변신이라고 말할 수밖에 없어. 전하고는 완전히 달라졌으니까. 아버지의 죽음 때문에 저렇게 되었다고 보기엔 도가 지나쳐. 자네들은 어릴 적부터 그를 잘 아니까 이 궁전에 머물면서 그와 가까이 지내도록 하게. 그리고 기회를 봐서 그가 왜 저렇게 되었는지 알아보게. 무슨 병에 걸렸는지 알아야 치료를 할 수 있을 것 아닌가?"

왕의 말을 듣고 있던 왕비가 덧붙여 말했다.

"왕자가 자네들 이야기를 많이 했어. 자네 둘만큼 왕자와 맘이 맞는 친구는 없을 거야. 우리 부탁을 들어준다면 전하께서 보답을 내리실 거야."

왕비도 곁에서 거들자 그들은 명령을 받들겠다며 물러났다.

그들이 물러나자 폴로니어스가 들어섰다. 그를 보자 왕이 말했다.

"오, 폴로니어스 경, 언제나 내게 희소식을 전해주는 그대. 어인 일이오? 과인에게 뭔가 긴밀히 할 말이 있는 것 같구려."

"전하, 햄릿 왕자가 실성한 이유를 제가 알아냈습니다. 아주 간단하게 말씀드리겠습니다. 왕자님은 미쳤습니다. 그리고 그 이유는 바로 미천한 제 딸 때문입니다."

"무슨 말이오? 어디 계속해보오."

"제 딸은 아버지에 대한 순종의 의무를 지켰습니다. 햄릿 왕자님이 그 애에게 보낸 편지를 제게 보여준 것입니다. 자, 그 내용을 한번 들어보십시오. '거룩한 영혼의 표상, 미끈하게 잘 빠진 오필리아.' 좀 상스러운 표현이 나오지만 그대로 읽겠습니다. '이 글을 그대의 아름다운 흰 가슴에. 이 글을…….'"

왕비가 놀라서 말했다.

"아니, 그게 정말 우리 햄릿이 오필리아에게 보낸 편지란 말인가요?"

"마마, 사실입니다. 제가 더 읽어보겠습니다. '별들이 불타 버릴까 의심이 들고, 태양이 흔들릴까 의심이 들고, 진실이 거 짓일까 의심이 들더라도 내 사랑만은 절대로 의심하지 말기 를. 오, 사모하는 여인, 내 육신이라는 이 기계가 남의 것이 아 니고 내 것인 한, 나는 영원히 그대의 것이오. 햄릿.' 아무리 봐도 정상적인 편지라고 보기 어렵습니다."

"그래서 그대는 어떻게 했소?"

"딸에게 햄릿 왕자님은 너와는 어울리지 않는 분이라고 말 해주었습니다. 그리고 반드시 명심하라며 몇 가지 구체적으로 지시를 내렸습니다. 왕자님이 찾아오면 문을 잠글 것, 왕자님 이 보낸 심부름꾼을 맞이하지 말 것, 왕자님이 뭘 주더라도 절 대 받지 말 것, 이상 세 가지입니다. 쉽게 말씀드리자면 왕자님 이 딱지를 맞은 거지요. 그러자 왕자님은 슬픔에 빠져 음식을 입에 대지 않았고, 불면증과 무기력증에 시달리시게 되었으며, 결국 우리 모두가 통탄하는 광기에 빠지고 만 것입니다."

왕과 왕비는 반신반의했다. 폴로니어스는 틀림없다며 이렇게 말한 후 물러갔다.

　"햄릿 왕자님이 궁전 복도를 홀로 거닐 때 제 딸과 단둘이 이야기를 나누게 할 것이니 그때 확인해보십시오."

　폴로니어스가 왕과 왕비 앞을 물러나와 궁전 뜰로 나섰을 때였다. 햄릿이 홀로 그곳을 거닐고 있었다. 햄릿을 본 폴로니어스가 인사를 건넸다.

　"왕자님, 그간 별고 없으셨습니까?"

　"글쎄, 무슨 별 탈이 있겠나?"

　"왕자님, 저를 알아보시겠습니까?"

　"그럼, 알고말고. 자네, 생선 장수 아닌가?"

　"네? 생선 장수라니요? 저는 생선 장수가 아닙니다."

　"그래? 그렇다면 자네가 생선 장수만큼이라도 정직한 사람이면 좋겠군."

　"정직한 사람이 되라고요, 왕자님?"

　"이 세상에 정직한 사람이 어디 있어야 말이지. 눈을 까뒤집고 찾아도 찾기 힘들어. 참, 자네 딸이 있던가?"

　"있습니다, 왕자님."

"그럼 그 딸이 햇빛 아래 걸어 다니지 못하게 하게. 머릿속 생각이야 어쩔 수 없겠지만 몸이란……. 아무튼 조심하게."

폴로니어스는 속으로 생각했다.

'저 봐, 내 딸 이야기를 하고 있어. 그런데도 처음엔 날 몰라봤어. 내가 생선 장수라고? 정말 맛이 가도 한참 간 거야. 하긴 나도 젊었을 때 사랑 때문에 된통 열병을 앓긴 했지. 어쨌거나 미친 건 확실해.'

그때 햄릿이 말했다.

"이봐, 내 그대가 물러가길 기꺼이 허락하겠네."

폴로니어스는 햄릿 곁에서 물러났다. 그가 멀어지자 햄릿이 혼잣말을 했다.

"정말 지겹고 멍청한 늙은이 같으니!"

햄릿 곁을 떠난 폴로니어스는 궁전 뜰을 걷다가 로젠크란츠와 길든스턴을 발견했다. 둘은 햄릿을 찾고 있던 중이었다. 폴로니어스는 그들에게 햄릿이 있는 곳을 일러주었다. 로젠크란츠와 길든스턴은 햄릿이 있는 곳으로 가 문안 인사를 했다. 그들의 인사를 받은 햄릿이 말했다.

"아, 자네들이군. 이 세상에 둘도 없는 내 친구들. 그래, 잘

들 지냈어?"

"그럭저럭 지내고 있습니다. 운명의 여신 머리 위에 올라탄 것까지는 아니더라도 그럭저럭 그 호의를 받으며 살고 있습니다."

"그래? 운명의 여신이 무슨 까닭으로 자네들을 이 감옥으로 보냈지?"

그러자 길드스턴이 되물었다.

"감옥이라니요. 왕자님?"

"덴마크 말이야. 적어도 내겐 이곳이 감옥이지. 그래, 자네들은 이곳 엘시노아에서 뭘 하고 있는 거야?"

"왕자님을 뵈러 왔을 뿐입니다."

"이런, 감사해야 하겠군. 하지만 내가 거지 신세라서 제대로 감사 표시를 못 하겠어. 아무튼 고맙네, 친구들. 그런데 자네들, 스스로 나를 찾아온 거야? 아니면 불려 온 거야? 얼굴을 보니 불려 왔다고 훤하게 쓰여 있군. 자네들은 교활한 사람들이 아니라서 그걸 감추지도 못해. 자, 왕과 왕비께서 자네들을 부르신 거지?"

로젠크란츠와 길든스턴은 사실대로 말할 수밖에 없었다.

그러자 다시 햄릿이 말했다. 거의 횡설수설이어서 두 사람은 알아들을 수가 없었다.

"자네들이 불려 온 이유를 내가 말해줄까? 요즘 내가 왜 이러는지 알아내라는 거지? 걱정 말게, 자네들한테 내 상황에 대해 이야기해줄 테니까. 미리 말해두지만 내가 넘겨짚은 거지 자네들이 털어놓은 게 아니야. 그러니 왕과 자네들 사이의 비밀에 대해서는 털끝 한 올 건드리지 않은 셈이야.

난 최근에 왠지 모르겠지만 모든 즐거움을 다 잃었다네. 내 마음은 울적하기만 할 뿐이야. 이 아름다운 땅이 온통 메말라 보이기만 해. 저 찬란한 창공도 내게는 병균이 우글거리는 더러운 수증기로 보일 뿐이라네. 인간은 하느님의 걸작품이지. 인간의 이성은 고귀하고 인간의 능력은 무한해. 온갖 생물들의 모범이자 이 지상의 모든 아름다운 것들을 대표하지. 그런데 난 그런 인간이 그냥 흙처럼 여겨질 뿐이야. 인간은 나를 즐겁게 해주지 않아. 자네 웃고 있나? 내 말에 반대하는군."

로젠크란츠가 말했다.

"왕자님, 제가 감히 그런 마음을 품겠습니까?"

"그렇다면 인간이 나를 즐겁게 해주지 않는다고 했을 때 왜 웃었지?"

"배우들이 생각나서입니다. 왕자님 말씀대로 인간이 왕자님을 즐겁게 해주지 않는다면 배우들도 정말 사람들에게 푸대접을 받겠구나 하는 생각이 나서 웃은 것입니다. 실은 이곳으로 오는 길에 배우들을 만났습니다. 왕자님을 즐겁게 해주기 위해 오는 배우들이랍니다."

"그래? 왕 역할을 맡을 배우도 있겠군. 환영해야지. 기사들은 창과 방패를 갖춰야 해. 연인들은 공연히 한숨지으면 안 돼. 광대는 허파에 바람 든 사람들을 웃겨야 하지. 마님 역을 맡은 배우는 신나게 떠들게 해줘야 해. 안 그러면 대사가 헛돌 거야. 그런데 도대체 어떤 배우들이 오는 거지?"

"전에 왕자님을 아주 즐겁게 해주던 이곳 수도 엘시노아의 배우들입니다."

"그렇다면 당연히 환영해야지. 환영에는 격식과 예절이 있는 법이라는 걸 알지? 나는 내 식으로 그들을 환영할 거야. 배우들을 맞이하면서 내가 자네들보다 더 그들을 환대하는 것처럼 보이면 안 되지. 자네들을 환영하네. 그러나 내 삼촌 아버지와 숙모 어머니께서는 속으셨어."

그들은 도무지 무슨 말인지 종잡을 수가 없었다.

그들이 말이 없자 햄릿이 덧붙였다.

"난 북북서로 미쳤을 뿐이야. 바람이 남쪽에서 불면 뭐가 뭔지 분간할 수 있다고."

그들이 이야기를 나누고 있을 때 폴로니어스가 다시 궁전 뜰에 나타났다. 그는 멀리서 셋이 이야기를 나누는 모습을 보고 있었다. 그는 그들이 무슨 이야기를 나누고 있는지 못내 궁금했다.

그가 멀찍이서 그들에게 인사했다. 그를 본 햄릿이 길든스턴과 로젠크란츠에게 속삭였다.

"이보게 길든스턴, 그리고 자네도……. 쉿, 내가 중요한 이야기를 해주지. 저기 저 커다란 아이 보이지? 저 아이는 아직 기저귀를 차고 있다네."

로젠크란츠가 맞장구를 쳤다.

"맞습니다, 왕자님. 노인은 어린애보다 두 배 더 어리다는 말이 있으니까요."

햄릿이 다시 말했다.

"내 예언하지만 배우들 이야기를 해주러 왔을 거야. '맞습니다, 왕자님. 바로 월요일 아침입니다.' 이렇게 말하겠지."

그때 폴로니어스가 다가와서 햄릿에게 말했다.

"왕자님, 소식이 있습니다."

그러자 그의 말이 끝나기도 전에 그의 말을 따라하듯 햄릿이 입을 열었다.

"왕자님, 소식이 있습니다. 로스키우스가 로마의 명배우였을 때……."

"배우들이 왕자님을 기쁘게 해드리려고 이곳에 왔습니다."

"앵앵, 앵앵!"

"이 세상 최고의 배우들입니다. 그 어떤 극도 다 소화해내는 명배우들입니다."

햄릿이 폴로니어스를 보고 말했다.

"오, 이스라엘의 위대한 스승, 입다! 그대는 얼마나 값진 보물을 지니고 있는가!"

"입다라고요? 딸을 제물로 바친 그 사람 말입니까? 그가 무슨 보물을 가지고 있었나요, 왕자님?"

"곱고 예쁜 딸 하나뿐이지. 입다는 그 아이를 끔찍이 사랑했다네."

「입다의 딸 Jephtha's Daughter」

프랑스 화가 봉 블로뉴의 17세기 후반 작품. 입다는 『구약성경』 「사시기」에 나오는 사사(또는 판관) 중 한 사람이다. 엄청난 장사인 그는 적을 물리치러 가기 전에, 만일 하느님께서 도와주어 적을 물리치게 되면 집으로 돌아와 맨 처음 만나는 사람을 재물로 바치겠다고 맹세한다. 그런데 전쟁에서 승리 후 돌아와 처음으로 만난 사람이 바로 자신의 딸이었다. 그는 어쩔 수 없이 딸을 불태워 하느님께 재물로 바쳤고, 이후 이스라엘 사람들은 4일간 그녀를 애도하는 풍습을 지켰다.

셰익스피어 비극

폴로니어스는 속으로 '그래, 여전히 내 딸 이야기야. 틀림없어'라고 중얼거렸다.

폴로니어스가 말했다.

"제가 입다라고요? 제게도 몹시 사랑하는 딸이 하나 있긴 있지요."

"아냐, 그건 앞뒤가 맞지 않는 소리야."

"앞뒤가 맞으려면 어떻게 해야 하나요, 왕자님."

"그것도 몰라? '운대로, 하느님 뜻에 따라서.' 그다음은 자네도 알듯이 '일이 일어나네. 대부분 그런 것처럼.' 더 알려면 성가 첫 번째 연을 봐. 다 나와 있어."

폴로니어스는 햄릿이 미쳐도 단단히 미쳤다고 생각했다.

그때 배우들이 궁전 뜰에 나타났다.

그들을 본 햄릿이 말했다.

"자네들, 어서 오게. 잘 왔네, 친구들. 아니, 자네는 턱에 웬 울타리가 있나? 수염을 갖고 내게 도전하러 온 건가? 여, 우리 어린 숙녀와 부인도 있네. 숙녀화 굽만큼 하늘과 가까워졌군. 그 목소리는 여전한가? 제발 못쓰게 된 동전처럼 금이 가 있지 않으면 좋겠어. 자, 어디 한번 매를 날려볼까? 아무거나 눈에 띄는 대로. 자, 자네들 솜씨를 보여줘. 아무 대목이나 열정적으로 한번 읊어보라고."

배우 중 한 명이 햄릿이 시키는 대로 트로이 왕 프리아모스가 살해되는 장면을 읊었다. 햄릿도 도중에 끼어들어 함께 읊었다. 그들이 한바탕 정신없는 이야기를 나누고 두서없는 연기를 하는 통에 폴로니어스 역시 정신이 하나도 없었다.

잠시 후 햄릿은 폴로니어스에게 그들을 잘 대접해주라고 말했다. 배우들이 폴로니어스를 따라 뜰을 나서려 하자 햄릿이 배우 한 명을 불러 은밀히 말했다.

"내일 공연이 있을 거지? 이보게. 자네들 「곤차고의 살인」을 공연할 수 있겠어?"

"예, 왕자님."

"내일 밤 그 작품을 공연해주게. 필요한 경우 내가 열댓 줄 정도 대사를 끼워 넣을 수 있겠나?"

"예, 그렇게 하겠습니다, 왕자님."

배우가 대답을 하고 일행 뒤를 쫓아가자, 뜰에 홀로 남은 햄릿은 혼잣말을 했다.

"아, 저 배우들에 비하면 나는 얼마나 비열한 놈인가! 배우는 저렇게 단순한 이야기 속에서 한껏 상상력을 발휘하여 모든 것을 생생하게 만들어버리는데, 나란 놈은! 배우는 무대를 눈물로 채우고 무시무시한 대사로 관객들의 귀를 찢어놓는데! 죄인을 부들부들 떨고 미치게 만들어 죄가 없는 사람조차 섬뜩하게 만드는데! 그런데 나는 얼마나 겁쟁인가! 몽상가처럼 기가 죽어 한마디도 못 하고 있으니! 누가 내게 악당이라고, 겁쟁이라고 고함치며 내 머리를 깨버리더라도, 내 수염을 죄다 뽑아 내 얼굴에 훅 날려버리더라도, 누가 내 코를 비틀며 새빨간 거짓말만 하는 놈이라고 욕하더라도, 아, 난 그걸 감수할 수밖에 없어. 난 간이 콩알만 하고 쓸개 빠진 놈이니까. 못난 놈 같으니! 사랑하는 아버지가 살해를 당했는데, 그분이 복수를 명했는데 길거리 여자처럼 말로만 저주를 퍼붓고 있다니! 아, 나 자신도 내가 역겨워.

그래, 머리를 굴려야 해. 죄지은 인간들은 연극을 보다가 거기에 몰입한 나머지 스스로 자기 죄를 고백할 수도 있다고 했어. 그래, 배우들에게 아버지 살해와 비슷한 연극을 시키는 거야. 그걸 삼촌 앞에서 보여주는 거야. 그리고 그 표정을 살피는 거야. 그의 표정이 변하고 움찔하는 기색을 보인다면 그건 바로 죄의 고백이나 다름없어.

그래, 그렇게 해서 반드시 확인을 해야 해. 내가 본 혼령이 악마인지도 모르잖아. 악마는 그럴듯한 모습으로 위장할 줄 아니까. 내가 허약하고 우울하니까 그 틈을 비집고 들어온 건지도 몰라. 악마가 나를 파멸시킬 수도 있어. 좀 더 믿을 만한 증거를 찾아야 해. 연극이 왕의 양심을 흔들 가장 좋은 수단이 될 수 있을 거야."

3

　　　　　궁전 안에 왕과 왕비, 폴로니어스와
그의 딸 오필리아가 함께 있었다. 그들은 햄릿이 미친 이유를
알아내기 위해 모여 이야기를 나누고 있었다. 폴로니어스는
햄릿이 자기 딸 오필리아를 지나치게 사랑한 나머지 미친 게
틀림없다고 확신하고 있었다. 그는 햄릿과 오필리아를 단둘
이 만나게 하면 햄릿이 미친 이유를 확실하게 알아낼 수 있다
고 왕에게 자신 있게 말했다. 그러자 왕이 말했다.

　“우선 그 전에 로젠크란츠와 길든스턴을 들라 하오. 내가
그들에게 햄릿이 미친 이유를 알아보라고 지시했으니까.”

　곧 클로디어스 왕의 부름을 받은 로젠크란츠와 길든스턴이

궁전으로 들어왔다. 그들을 보자 왕이 물었다.

"자, 햄릿과 이야기를 나누어보았나? 그가 왜 그렇게 미쳤는지, 이 조용한 나날을 왜 그렇게 난폭한 광기에 빠져 지내는지 알아낼 수 있었나?"

로젠크란츠가 말했다.

"본인이 실성했다고 거의 실토한 셈입니다. 하지만 그 이유는 알 수가 없었습니다."

옆에 있던 길든스턴이 거들었다.

"저희가 유도도 해보았습니다만 선뜻 속마음을 드러내지 않고 교묘하게 미친 짓으로 거리를 지켰습니다."

"자네들을 잘 맞아주긴 하던가?"

"신사답게 맞아주었지만 어딘가 억지로 기분을 맞추어주는 것 같았습니다."

이번에는 왕비가 물었다.

"그를 즐겁게 해주는 건 하나도 없었나요? 혹시 알아낼 수 없었나요?"

로젠크란츠가 대답했다.

"글쎄요, 저희가 왕자님과 함께 배우들을 만났는데, 그들과 이야기를 나누면서 좀 즐거워하는 것 같았습니다. 배우들은 지금 궁전에 머물러 있습니다. 저희가 알기로는 오늘 저녁 왕자님을 위한 공연을 준비하는 것 같았습니다.”

그때 폴로니어스가 끼어 들었다.

“사실입니다. 저에게 전하 부부께서도 관람해주시길 간청했습니다.”

왕이 대답했다.

“기꺼이 관람하겠소. 그가 연극에 관심을 갖는다니 다행이오. 자네들은 그에게 이런 즐거운 일을 자꾸 마련해주도록 하게. 자, 이제 자네들은 물러가도록 해.”

로젠크란츠와 길든스턴은 예를 표한 후 물러났다.

그들이 나가자 왕이 말했다.

“오필리아야, 너 혼자 이 근처를 서성이고 있도록 해라. 햄릿이 너를 우연히 마주친 것처럼 해야 하니까. 여보, 거트루트, 당신도 자리를 좀 비켜주어야겠소. 나는 몸을 숨기고 엿볼 것이오. 햄릿이 정말 오필리아를 사랑한 나머지 미친 것인지 알아봐야겠소.”

왕비가 말했다.

"당신 뜻대로 하겠어요. 오필리아야, 햄릿이 네 미모 때문에 정신이 나간 거라면 정말 좋겠다. 네가 그를 다시 제정신이 들게 해서 두 사람 모두에게 영광이 돌아온다면 얼마나 좋겠니?"

오필리아가 대답했다.

"마마, 저도 그렇게 되길 간절히 바랍니다."

이윽고 폴로니어스가 오필리아에게 지시했다.

"자, 오필리아야, 이 책을 읽으면서 이곳을 거닐고 있으렴. 혼자 있는 구실이 될 거야. 속에 악마를 감추고 있더라도 경건한 모습을 하고 있으면 남을 속일 수 있는 법이니까."

폴로니어스의 말을 들은 클로디어스 왕은 속으로 뜨끔했다. 그때 햄릿이 멀리서 보였다. 두 사람은 재빨리 몸을 숨겼다.

햄릿은 요즘 부쩍 혼잣말이 늘었다. 때로는 미친 듯, 때로는 깊은 생각에 잠긴 듯, 혼자 무슨 말인가 중얼거리곤 했다. 지금도 그랬다.

"있음이냐 없음이냐, 그것이 문제다(To be, or not to be: that is the question). 어느 쪽이 더 고귀할까? 난폭한 운명의 돌팔매와 화살을 고이 맞고 있을 것인가, 아니면 무기를 들고 맞서 싸우다 모든 것을 끝장낼 것인가? 죽음은 단지 잠드는 것일 뿐이니 잠 한 번으로 모든 육신의 고통과 수많은 갈등을 끝낼 수 있다면 기꺼이 죽음을 맞을 테다.

죽음은 잠드는 것, 잔다는 것은 꿈을 꾼다는 것. 아, 그것이 걸림돌이구나. 살아 있을 때의 모든 갈등을 떨쳐낸 후에, 그 죽음 속으로 또다시 꿈이 찾아온다면! 그래서 우리는 행동을 멈출 수밖에 없다. 그것이 바로 이 세상 불행이 지속되는 이유다. 어떤 것이건 단 한 자루의 단검으로 끝낼 수 있다면 그 누가 이 세상의 불행을 견디며 살아갈까? 이 세상의 채찍과 비웃음, 압제자의 과오, 잘난 자의 불손함, 남에게 손가락질 받는 사랑의 고통, 관리들의 무례함, 비열한 자들로부터 받는 발길질을 뭐 하러 받아들이며 살아갈까? 그건 바로 죽음 이후에 대해 우리가 알지 못하기 때문이다. 그 어떤 나그네도 다시 돌아오지 못한 미지의 나라, 그 죽음의 나라에 대한 두려움이 우리의 의지를 약하게 한다. 죽음 이후에 우리가 알지 못할 또 다른 재난을 맞느니 우리가 알고 있는 재난을 견디며 살게 만들기 때문이다.

우리 모두는 양심 때문에 스스로 비겁하다고 느끼면서도,

붉디붉은 결심은 창백한 빛으로 병들어버리고 웅대한 계획도 행동에 옮기지 못한다."

햄릿은 상념에 젖어 혼잣말을 중얼거리다가 책을 펼쳐 들고 있는 오필리아를 보았다.

"가만, 저게 누구지? 오필리아잖아. 아, 어여쁜 오필리아! 사랑스러운 요정! 나의 온갖 죄를 그대의 기도 가운데 잊지 말고 넣어주길."

오필리아가 햄릿을 맞으며 말했다.

"왕자님, 그동안 어떻게 지내셨어요?"

"잘 지냈소."

"왕자님, 왕자님이 주신 것들을 오래전부터 돌려드리고 싶었습니다. 부디 이것들을 받아주십시오."

"나보고 뭘 받으란 말이오? 나는 아무것도 준 적이 없는데……."

"왕자님, 제게 많은 걸 주셨잖아요. 그것들을 더 값지게 만든 달콤한 말씀도 함께 주셨잖아요. 이제 그것들이 모두 향기를 잃었으니 도로 가져가세요. 준 사람이 불친절하면 아무리 값진 선물도 초라해 보이니까요."

그러자 햄릿이 느닷없이 물었다.

"당신, 정직하오?"

"네, 왕자님? 무슨 말씀이세요?"

"당신은 공정한 사람이오?"

"……."

"당신이 정직하고 공정한 사람이라면, 당신의 정직함이 당신의 아름다움과 서로 등 돌리게 하시오. 당신의 정직이 당신이 아름다움에 아무 말도 걸지 말게 하시오."

"왕자님, 아름다움이 정직과 손을 잡으면 더없이 좋은 일이잖아요."

"참 어리석게 내 말을 못 알아듣는군. 아름다움의 힘에 의해 정직은 곧 뚜쟁이로 바뀐다니까. 말이 안 되는 소리 같소? 세상이 온통 그걸 증명하고 있는데……. 나는 한때 당신을 사랑한 적이 있지."

"왕자님께서 저를 그렇게 믿도록 만드셨지요."

그러자 햄릿은 횡설수설하기 시작했다.

"날 믿어서는 안 되는 거였소. 미덕은 결국 본색을 감추고 있을 뿐, 언제고 드러나고 말지. 나는 당신을 사랑한 적이 없어. 수녀원으로나 가라고. 사랑을 해서 죄인들을 낳고 싶어? 나는 비교적 깨끗해. 그런데도 나는 죄 때문에 시달리고 있어. 어머니가 날 낳지 않았으면 얼마나 좋을까 생각하고 있단 말이야. 내 속에도 겉보기보다는 어마어마한 죄목들이 숨어 있어. 난 지극히 오만하며, 복수심에 불타고 있고, 야심만만해. 그런 내가 저지를 수 있는 죄목들은 겉보기보다 어마어마하단 말이야. 도대체 무엇 때문에 나 같은 녀석들이 저 하늘과 땅 사이에 이렇게 꾸물거리고 있단 말인가! 우리 모두 둘도 없는 악당들이니 아무도 믿지 마. 수녀원에 들어가라고. 당신 아버지는 어디 있어?"

"집에 계세요, 왕자님."

"그럼 밖에서 문을 닫아걸어. 바보짓은 자기 집 안에서만 하는 걸로 족해."

"오, 자비로운 하느님, 우리 왕자님을 도와주세요."

"당신이 나와 결혼하겠다면 지참금 대신 이런 저주를 받게 될 거야. '당신이 아무리 얼음처럼 순결하고 눈처럼 순수하더라도 결국은 남들 욕을 먹게 될 거다.' 그러니 수녀원으로 가. 그래도 결혼을 해야겠다면 바보와 하도록 해. 조금이라도 똑똑한 사람이라면 여자가 자신을 어떤 괴물로 만드는지 잘 알고 있으니까. 자, 수녀원으로 들어가. 어서 빨리. 잘 가."

"천사들이여, 이분의 병을 고쳐주세요."

"당신네 여자들은 화장하지? 하느님이 주신 얼굴은 하나인데 왜 딴 얼굴을 만드는 거지? 제길, 그 이야기는 그만하지. 내가 왜 미쳤냐고? 바로 그 때문에 미친 거야. 앞으로 결혼 따위 없어질 거야. 자, 수녀원으로나 가버려."

오필리아는 그만 탄식하고 말았다.

"아, 그 고귀하던 정신이 이렇게 무너지다니! 이 나라의 희망이요 꽃이며 거울이던 분이 이렇게 쓰러지다니! 아, 나는 얼마나 비참한 여인인가! 그의 음악 같은 달콤한 맹세에 젖었던 내가, 이렇게 광기로 시드는 모습을 봐야만 하다니!"

오필리아가 홀로 탄식하는 동안 햄릿은 또다시 혼잣말을 중얼거리며 멀어졌다. 오필리아는 눈물을 흘렸다.

이 모습을 숨어서 보고 있던 왕과 폴로니어스가 복도로 들어섰다. 왕이 먼저 입을 열었다.

"내가 보기에 그가 미친 건 사랑 때문이 아닌 것 같소. 완전히 광기에 사로잡혀 있는 것 같지도 않았소. 그의 영혼 속 우울증에 뭔가가 들어 있소. 그것이 무엇이든 알을 깨고 나오면 아주 위험할 것 같아. 그걸 막아야겠소. 아무래도 그를 영국으로 보내야겠어. 바다를 여행하고 여러 나라를 구경하면 좋아지지 않겠소? 내 생각이 어떻소?"

폴로니어스가 대답했다.

"좋으신 말씀입니다. 성공할 것입니다. 하지만 저로서는 아직 왕자님이 저토록 비탄에 젖어 지내는 것은 사랑 때문이라고 생각합니다. 사랑이 무시당했기 때문이지요. 괜찮니, 오필리아야? 햄릿 왕자님이 한 말을 우리에게 전할 필요 없다. 우리도 다 들었으니까.

전하, 뜻대로 하십시오. 하지만 그 전에 한 번만 더 왕자님의 속마음을 알아보는 게 어떨지요? 왕자님이 왕비님께 직접 털어놓게 하는 겁니다. 내일 연극 공연이 끝난 후 왕자님을 왕비님과 단둘이 만나게 하는 겁니다. 전하께서 허락하신다면 제가 몸을 숨기고 대화를 엿듣도록 하겠습니다. 왕비님께서 못 알아내신다면 그때 영국으로 보내거나 어디 적합한 곳에 가두어도 늦지 않을 것입니다."

"그럽시다. 더는 왕자의 광기를 방치하면 안 되겠소."

다음 날 궁전 안뜰에 무대가 마련되고 배우들이 열심히 연극을 준비하고 있었다. 그런데 그들 중에 햄릿이 함께 있었다. 햄릿은 배우 한 명과 이야기를 나누고 있었다. 햄릿이 그 배우에게 말했다.

"내가 자네에게 암송해준 대사를 매끄럽게 읊어주게. 멀리까지 들리라고 소리 지를 필요는 없네. 격정적인 대사일수록 절제하며 표출해야 한다네. 하지만 너무 맥이 없어도 안 되니까 절도 있고 분별력이 있어야 하네."

지시를 받은 배우가 대답했다.

"명심하겠습니다. 자신 있습니다."

햄릿이 이번에는 함께 있던 호레이쇼에게 말했다.

"호레이쇼, 자네는 내가 정말 믿는 사람이라네. 듣기 좋으라고 하는 말도 아니고 아첨도 아니야. 자네에게 재산이라고는 훌륭한 기백 외에 뭐가 있겠나? 그런 자네에게 내가 뭘 바라고 아첨을 하겠어.

조금 있으면 왕이 보는 앞에서 연극을 하게 될 거야. 그중 한 장면이 내 아버님 사망 경위와 아주 비슷할 걸세. 자네에게 부탁이 있어. 그 장면을 연기할 때 삼촌을 좀 지켜봐주게. 그가 아무런 동요 없이 덤덤하게 보아 넘긴다면 우리가 본 유령은 악마일 뿐이야. 내가 그 저주를 이어받아 망상에 빠진 거지. 하지만 그렇지 않다면⋯⋯. 나도 유심히 살펴볼 테니 자네도 자세히 살펴보게. 우리 둘이 똑같이 느꼈다면 의심의 여지가 없지."

"잘 알겠습니다, 왕자님. 작은 행동이나 표정까지 놓치지 않겠습니다."

둘이 대화를 나누고 있을 때 왕과 왕비가 폴로니어스, 오필리아, 로젠크란츠, 길든스턴을 비롯해 다른 신하들, 시종들, 근위병들과 함께 궁전 뜰에 나타났다. 근위병들은 횃불을 들고 있었다. 연극을 관람하기 위해 온 것이다. 왕은 햄릿을 보자 어떻게 지내느냐고 안부를 물었다. 그러자 햄릿은 도무지 알아들을 수 없는 말로 횡설수설할 뿐이었다.

"기가 차게 잘 지내고 있지요. 카멜레온 요리를 즐겨 먹고 있지요. 약속이 가득 채워진 공기를 마시고요. 영계 배 속을 그걸로 채울 수는 없답니다."

왕이 미간을 찌푸렸다. 그 모습을 본 햄릿이 폴로니어스에게 물었다.

"듣자 하니 당신도 한때 대학에서 연극을 했다더군요. 무슨 역을 했나요?"

"왕자님, 이래 봬도 훌륭한 배우로 꼽혔답니다. 저는 율리우스 카이사르 역을 했지요. 카피톨 신전에서 살해되었답니다. 브루투스가 절 죽였지요."

"그래요? 그 신전에서 아주 싱싱한 송아지를 살해했군. 브루투스에겐 짐승 같은 역할이었군."

햄릿이 아리송한 말만 하자 왕비가 햄릿에게 자기 곁에 와서 앉으라고 권했다. 그러자 햄릿이 오필리아에게 몸을 돌리며 말했다.

"아뇨, 어머니. 저는 이 금속에게 더 끌리는데요."

그러더니 햄릿이 오필리아에게 말했다.

"아가씨 무릎 사이로 좀 들어가도 되겠소?"

오필리아가 얼굴을 붉혔다.

"아가씨 무릎 위에 머리를 좀 얹으려던 거요. 내가 무슨 엉큼한 속셈이라도 품은 거로 생각한 거요?"

"저는 아무 생각도 없습니다, 왕자님."

"처녀 다리 사이로 들어간다는 건 즐거운 생각이지. 왜 그런지 모르지? 거긴 비어 있으니까."

오필리아가 마지못해 대꾸했다.

"왕자님, 오늘은 무척 명랑하시네요."

"내가 명랑할 것 외에 더 할 게 뭐가 있겠소. 자, 보시오.
저 유쾌한 우리 어머니를. 아버지 돌아가신 지 두 시간 만
에……."

"아뇨, 두 달의 두 배가 되었답니다, 왕자님."

"벌써 그렇게 되었나? 난 가죽 상복을 입고 있는 모양이로
군. 그렇게 오래되었는데도 잊을 수가 없으니."

햄릿은 몇 마디 더 횡설수설을 늘어놓았다. 그때 무대 위에
서 나팔 소리가 울렸다. 이어서 배우들이 등장해서 무언극을
연기했다. 연극의 주제를 전달하기 위해 미리 선보이는 것이
었다.

왕과 왕비가 등장하고 둘이 포옹한다. 이윽고 왕비가 무
릎 꿇어 왕에게 절개를 지킬 것을 맹세한다. 왕이 그녀
를 일으켜 키스한다. 이윽고 왕은 꽃이 피어 있는 언덕
위에 눕는다. 그가 잠들자 왕비가 곁을 떠난다. 그때 무

대 위에 남자 한 명이 나타나 왕의 왕관을 벗긴 후 그 왕관에 입을 맞춘다. 그리고 잠든 왕의 귀에 뭔가를 붓고 사라진다. 잠시 후 돌아온 왕비는 왕이 죽은 것을 알고 경악하며 오열한다. 그때 왕을 죽인 자가 부하 몇 명을 데리고 다시 등장한다. 그들은 그녀를 위로하는 척한다. 그들은 시체를 옮긴다. 암살자가 왕비에게 구애한다. 그녀는 한동안 쌀쌀하게 굴지만 결국 그의 구애를 받아들인다.

(무언극을 연기한 배우들이 모두 퇴장하고 얼마 후 왕과 왕비 역을 맡은 배우가 등장한다.)

배우 왕 참된 사랑으로 우리의 두 마음이 맺어진 이래 태양신의 불마차가 삼십 년 동안 바다와 땅을 돌았으며, 달님도 일 년에 열두 번씩 서른 해 동안 이 세상을 비췄다오.

배우 왕비 같은 세월만큼 해님과 달님을 우리의 참된 사랑 속에 또 볼 수 있게 해주세요. 그런데 요즘 당신 몸이 편치 않으신 것 같아 걱정이에요. 제가 걱정한다고 해서 불편하게 생각하시면 안 돼요. 여자들의 사랑은 걱정과 함께하는 법이랍니다. 사랑이 사라지면 걱정도 사라지지요. 제 사랑이 어떤지는 잘 아시잖아요. 제 사랑이 큰 만큼 두려움도 커지네요. 사랑이 크면 클수록 티끌만 한 걱정거리에도 근심은 커지기 마련이에요. 그리고 작은 근심이 있는 곳에 크나큰 사랑이 무럭무럭 자라는 법이지요.

배우 왕 여보, 이제 정말로 그대를 떠날 때가 된 것 같소. 내 몸의 기능들이 제 역할을 하지 못하고 있소. 그대는 이 세상에 살아남아 존경과 사랑을 받도록 하시오. 그대를 진정으로 사랑하는 이가 있다면 남편으로 맞아서…….

배우 왕비 제발 그런 말 마세요. 제게 반역을 하라는 것과 같아요. 만일 제가 둘째 남편을 얻는다면 저주를 내려주세요. 첫 남편을 영원히 죽이지 않고는 재혼을 못한답니다. 두 번째 결혼은 이기적인 타산으로 하는 거지 참사랑이 아니에요. 둘째 남편이 침대 속에서 이 몸에 입 맞추게 한다는 건 사랑하는 내 남편을 두 번 죽이는 셈이지요.

배우 왕 나는 당신의 말을 믿소. 하지만 우리는 흔히 결심을 깨뜨리게 되어 있다오. 결심이란 건 기껏해야 기억력의 노예일 뿐이오. 기억이 흐려지면 결심도 흐려지기 마련이지. 격정에 휩싸여 결심한 것은 격정이 사라지면 눈 녹듯 없어지는 법이오. 별것 아닌 일로도 슬픔과 기쁨이 엇갈리게 되어 있지. 이 세상은 결코 영원하지 않소. 사랑조차 운명에 따라 바뀌는 게 당연하지. 운명이 우선인지 사랑이 우선인지 누가 알 수 있겠소. 높은 사람이 지위를 잃으면 가장 가깝던 사람이 도망가고, 가난한 자가 벼슬을 하면 적들도 친구가 되는 것이 세상 이치요. 하지만 운명은 우리 뜻대로 되는 게 아니라오. 우리 생각은 우리 것이 맞지만 결과는 우리 것이 아니오. 정반대일 수도 있소. 당신은 지금 둘째 남편을 절대로 맞이하지 않으리라 생각하지만 내가 죽으면 그 생각도 함께 죽을 거요.

배우 왕비 만일 내가 과부가 된 후 남의 아내가 된다면, 땅이여 내게 먹을 것을 내리지 마십시오. 하늘이여 빛을 거두십시오. 내게서 밤낮으로 휴식을 거두어 가십시오.
나의 모든 희망을 절망으로 바꾸어놓으십시오. 내가 바
라는 일은 절대로 이루어지지 않게 하십시오. 이승에서
나 저승에서나 영원한 갈등에 시달리게 하십시오.
배우 왕 맹세가 너무나 깊구려. 여보, 나는 여기 잠시 있
겠소. 낮잠으로 기운을 좀 살려야겠소.

(왕비는 퇴장하고 왕은 잠을 잔다.)

연극을 보고 있던 햄릿이 왕비에게 물었다.
"어머니, 극이 마음에 드시는지요?"
왕비가 대답했다.
"내가 보기엔 왕비가 너무 지나친 맹세를 하는 것 같구나."
"아, 하지만 그 맹세를 지킬 겁니다."
둘의 대화를 듣고 있던 왕이 끼어들었다.
"햄릿, 줄거리는 미리 알아보았느냐? 무슨 저의 같은 게 들
어 있지 않더냐?"
햄릿이 대답했다.
"아, 예. 무슨 저의가 있겠습니까? 그냥 가벼운 농담이지요.

있다면 농담 속에 독이 조금 들어 있다고나 할까, 그냥 그뿐이지요."

왕이 극의 제목이 무엇이냐고 햄릿에게 다시 물었다.

"「쥐덫」입니다. 빈에서 실제 있었던 살인 사건을 다룬 거지요. 왕의 이름은 곤차고이며, 왕비의 이름은 밥티스타입니다. 조금 악의에 찬 작품이지만 그게 무슨 상관 있겠습니까? 전하나 저희처럼 죄 없는 영혼들은 털끝 한 올 건드릴 수 없는데요. 뭔가 찔리는 게 있는 놈이나 움찔하겠지요. 전하나 저는 떳떳하지 않습니까?"

그때 무대 위에 배우가 등장했다. 햄릿이 그는 왕의 조카 루치아누스라고 말했다. 무대 위의 배우가 연기를 시작했다.

루치아누스 시커먼 마음, 능숙한 솜씨, 적절한 독약, 알맞은 때, 모든 게 다 들어맞는구나. 아무도 보는 사람이 없겠지. 독초를 삶아 만든 극약아, 죽음의 여신 헤카테의 저주를 세 번이나 받았으니 그 마력과 독으로 건강한 생명을 당장에 빼앗아버려라.

(그는 잠들어 있는 왕의 귀에 독을 붓는다.)

그때 햄릿이 다시 입을 열어 왕과 왕비, 폴로니어스와 오필리아가 모두 들을 수 있게 말했다.

"자리를 탐내서 정원에서 잠자고 있던 왕을 독살하는 거지요. 죽은 왕의 이름이 곤차고입니다. 이건 실화입니다. 이탈리아어로 쓰인 작품이지요. 이제 조금만 기다리면 저 살인자가 왕비의 사랑을 얻는 장면을 보실 수 있을 겁니다."

햄릿의 말이 끝나기 무섭게 클로디어스 왕이 자리에서 벌떡 일어났다. 그러자 왕비가 물었다.

"전하, 괜찮으세요?"

폴로니어스가 소리쳤다.

"당장 연극을 중단해!"

왕이 불을 가져오라고 명령하자 시종들이 횃불을 들고 왔다. 왕은 황급히 궁전 안으로 들어갔고 모두 뒤따랐다. 연극은 중단되었고 배우들도 물러갔다.

홀로 남아 있는 햄릿 곁으로 호레이쇼가 다가왔다. 햄릿이 그에게 말했다.

"호레이쇼. 내 연기 어떻던가? 나도 배우 중 한 자리를 차지할 만하지? 어때, 유령의 말이 조금도 틀리지 않았다는 걸 알 수 있었지? 자네도 알아차렸지?"

"물론입니다, 왕자님."

"독살이라는 말이 나왔을 때 왕의 표정을 자네도 봤지?"

"아주 똑똑히 봤습니다."

그들이 이야기를 나누고 있을 때였다. 로젠크란츠와 길든 스턴이 궁전 뜰 저쪽에서 모습을 나타냈다. 햄릿이 입술에 손을 대고 "쉿"이라고 하자 호레이쇼가 고개를 끄덕였다.

그들은 햄릿 가까이 다가왔다. 길든스턴이 짐짓 걱정스러운 표정으로 말했다.

"왕자님, 제가 감히 한 말씀 드려도 되겠습니까?"

"한 말씀은 무슨 한 말씀. 뭐, 아무리 긴 이야기라고 괜찮아. 아예 덴마크의 역사를 강의하시지."

"전하께서 대단히 언짢아하십니다."

"왜 그러시지? 과음하셨나?"

"아닙니다, 왕자님. 마음속에 울화가 치밀어서입니다."

"그래? 그런데 왜 내게 와서 그걸 알리지? 의사에게 알리는 게 더 현명한 일 아냐? 내가 무슨 수로 전하의 울화증을 치료해? 오히려 내가 더 울화통 속으로 처박아버릴지도 모르는데."

"왕자님, 그렇게 제 말씀을 회피하지 마시기 바랍니다. 실은 왕비님께서 왕자님 행동 때문에 크게 놀라셨습니다."

"그래? 내가 어머니를 놀라게 했어? 참 장한 아들이군. 그래서 어쩌란 말인가? 나한테 무슨 말을 하셨나?"

"실은 그래서 온 것입니다. 왕비님께서 잠자리에 드시기 전에 왕자님과 만나 이야기를 나누고 싶어하십니다."

"그래? 기꺼이 어머니 말을 따라야지. 그분이 열 배 넘게 어머니라도."

길든스턴과 로젠크란츠는 난감하기 그지없었다. 도무지 어머니의 말을 듣겠다는 것인지 아닌지 종잡을 수 없었다. 그때 폴로니어스가 뜰에 모습을 나타냈다. 길든스턴과 로젠크란츠를 믿을 수 없어 햄릿과 왕비 단둘이 만나게 하려는 계획을 확실히 실행에 옮기기 위해서였다.

폴로니어스가 햄릿에게 말했다.

"왕자님, 왕비님께서 지금 당장 왕자님께 하실 말씀이 있다고 하십니다."

햄릿이 동문서답을 했다.

"저기 낙타처럼 생긴 구름이 보이는가?"

폴로니어스가 맞장구쳤다.

"아, 네. 정말 낙타처럼 생겼습니다."

그러자 햄릿이 말했다.

"아냐, 내가 보기엔 족제비 같아."

"그러고 보니 등이 족제비 같습니다."

"족제비 같지? 맞아, 그렇다면 어머니에게 곧장 가봐야지. 이제 물러가시오."

종잡을 수 없는 이야기였지만 어쨌든 햄릿이 왕비를 뵙겠다고는 한 것 같으니 폴로니어스는 길든스턴, 로젠크란츠와 함께 물러났다.

그들이 모두 물러가자 햄릿은 또 혼잣말을 했다.

"이제 마법의 시간이 되었구나. 교회 묘지가 입을 벌리고 지옥에서 역병이 세상으로 번져가는 시간! 지금은 밤이다. 이제 나는 뜨거운 피를 마시리라. 밤이 되었으니 훤한 대낮이라면 무서워할 독한 짓도 얼마든지 할 수 있다.

자, 어머니에게로 가자. 내 마음아, 결코 효심을 잃지 말기를! 이 가슴에 어머니를 죽인 네로의 악한 영혼이 절대로 들어오지 말게 하라. 잔인하되 불효는 범하지 말게 하라. 내 말을 칼같이 날카롭게 벼르리라. 하지만 결코 진짜 칼을 쓰지는 않으리라. 내 혀는 내 영혼을 속이고 내 영혼은 내 혀를 속이길! 내가 어머니에게 아무리 독한 말을 퍼붓더라도, 내 영혼아, 나의 그 말을 받아들이지 마라."

햄릿 곁을 떠난 길든스턴과 로젠크란츠는 곧바로 궁전으로 들어가 왕을 만났다. 그들을 보자 왕이 말했다.

"햄릿이 정말로 걱정이다. 도무지 마음에 안 들어. 그가 저렇게 마구 미친 짓 하는 걸 내버려둘 순 없다. 내 임명장을 만들어 왕자를 그대들과 함께 영국으로 보내기로 결심했으니 그대들은 준비하라. 그가 무슨 위험한 짓을 저지를지 모르니 이곳에 둘 수 없어."

길든스턴이 대답했다.

"전하, 명을 따르겠습니다. 곧장 떠날 채비를 하겠습니다. 전하의 안전은 곧 백성의 안전입니다."

이번에는 로젠크란츠가 맞장구쳤다.

"왕께서 쉬는 한숨은 곧 백성들의 신음으로 되돌아오는 법입니다. 전하의 마음을 편하게 해드릴 수 있는 일이라면 무엇이든 마다하겠습니까? 서둘러 준비하겠습니다.”

둘은 명령을 받고 물러났다. 그러자 얼마 안 있어 폴로니어스가 나타났다.

그가 왕에게 말했다.

“전하, 우리의 계획대로 왕자가 왕비를 만나기 위해 궁전으로 오고 있습니다. 왕비님 내실로 갈 것입니다. 제가 휘장 뒤에 몸을 숨기고 왕자의 말을 엿듣겠습니다. 왕비께서는 틀림없이 왕자를 크게 꾸짖을 것입니다. 제가 아주 공정하게 그들의 대화 내용을 파악하고 전하께서 잠자리에 드시기 전에 들러서 아뢰도록 하겠습니다.”

말을 마치고 폴로니어스는 물러갔다. 그러자 홀로 남은 클로디어스 왕이 탄식하며 중얼거렸다.

“아, 나의 죄가 하늘까지 닿았구나. 나는 저 인류 최초의 저주, 형제 아벨을 죽인 카인에게 내린 저주를 받고 있어. 내 어떻게 기도할 수 있으리. 나는 내가 해야 할 행동을 분명히 알고 있다. 하지만 나의 죄의식이 내 의도를 꺾어버리는구나. 그러니 망설일 수밖에 없구나.

오, 자비로운 하늘이시여, 저주받은 제 손에 켜켜이 묻어 있는 형님의 피, 그 피를 말끔히 씻어줄 빗물을 내려주실 수 없으십니까? 아, 타락하기 전에 우리를 막아주고 타락한 후에는 우리를 용서해줄 기도의 힘은 어디로 가버렸는가?

그렇더라도 난 위를 보며 기도하리라. 잘못은 이미 지나갔으니까. 그럼 뭐라고 기도해야 할까? '나의 더러운 죄를 용서하십시오'라고 기도할까? 그건 아니다. 난 내가 저지른 살인의 결과를 아직 누리고 있으니까. 왕관과 왕비와 야망을 아직 소유하고 있으니까. 아, 하늘로부터 사면받고 이 모든 것을 그대로 누릴 수 있을까? 아니다. 이 땅에선 그런 일이 가능하더라도 저 위에서는 불가능해. 저 위에서는 우리의 모든 과오가 한 줌 남김없이 드러나기 마련이야.

그렇다면 어떤 기도를 해야 할까? 참회의 기도? 아니다. 그건 불가능해. 내가 진정으로 참회할 수 없는데……. 아, 비참한 처지에 놓여 있는 나! 끈끈이를 밟은 내 영혼! 벗어나려 할수록 나를 더 잡아끄는구나! 천사들이여, 저를 도와 이 뻣뻣한 무릎이 제발 굽혀질 수 있게 하십시오. 철근처럼 단단한 내 심장이 갓난아기 근육처럼 부드러워질 수 있게 해주십시오!"

왕은 그 자리에서 무릎을 꿇었다.

바로 그때였다. 햄릿이 궁전 안으로 들어왔다. 어머니를 만나러 가는 길이었다. 그는 왕이 눈을 감고 기도하는 모습을 보았다. 그는 칼에 손을 대며 생각했다.

　"바로 지금이야. 기도 중이니……. 그래 당장 복수하자."

　하지만 망설일 수밖에 없었다.

　"아냐. 기도 중에 죽이면 그는 천당으로 간다. 아버지를 죽인 악당을 내 손으로 천국으로 보내다니 안 될 말이야.

　아냐, 지금 그를 죽여야 해. 이건 복수가 아니다. 하늘이 내게 명한 것을 행하는 거야. 놈은 육욕과 권력의 포로가 되어 하늘도 사람도 함께 분노할 죄를 저질렀어. 나는 하늘의 명을 받들어 살인을 하는 거야. 그래, 이보다 더 좋은 기회는 없어. 나는 복수가 아니라 하늘의 명을 실행하는 거야.

　아, 하지만 저렇게 영혼을 씻고 있을 때, 이승과 하직할 준비가 되어 있을 때, 놈의 목숨을 빼앗는다면? 안 돼. 멈춰, 내 칼아! 놈이 술에 취해 잠들어 있을 때, 놈이 광란에 빠져 있을 때, 침대에서 쾌락에 빠져 있을 때, 구원받지 못할 행동을 하고 있을 때, 놈을 해치워야 한다. 그래야 놈의 영혼이 영원히 저주받아. 지금은 나를 기다리는 어머니를 만나볼 때야."

햄릿은 기도하는 왕을 그대로 내버려둔 채 왕비의 내실로 갔다. 왕비가 그를 기다리고 있었고 폴로니어스는 휘장 뒤에 숨어 있었다.

내실로 들어온 햄릿이 왕비에게 말했다.

"어머니, 무슨 일로 저를 보자고 하셨습니까?"

"햄릿, 네가 아버지를 몹시 화나게 했다."

"어머니는 저의 아버지를 몹시 화나게 하셨지요."

"어찌 그렇게 경박하게 혀를 놀리느냐?"

"어찌 그렇게 사악하게 혀를 놀리시나요?"

"도대체 무슨 일이 있기에 그러는 거냐, 햄릿?"

"도대체 무슨 일로 이러시는 겁니까?"

"넌 내가 누구인지 아느냐? 넌 나를 잊었느냐?"

"천만에요, 그럴 리가 있겠습니까? 어머니는 왕비시지요. 어머니의 남편 동생의 부인이며, 제발 아니라면 좋겠지만, 제 어머니시지요."

"도대체 말도 안 되는 소리만 하고 있구나. 아무래도 말이 통하는 사람들을 데려와야겠다."

왕비는 자리에서 일어나 방을 나가려 했다. 그러자 햄릿이 그녀를 막았다.

"어딜 가시려고요? 그냥 앉아 계세요. 어머니는 아무 데도 못 갑니다. 어머니가 자신의 마음속 깊은 곳을 들여다보고, 본모습을 알 수 있게 될 때까지 꼼짝할 수 없습니다."

햄릿은 밖으로 나가려던 왕비를 거칠게 붙잡았다. 그러자 겁에 질린 왕비가 소리를 질렀다.

"무슨 짓을 하려는 거냐? 나를 죽이려는 거냐? 사람 살려!"

그러자 휘장 뒤에 숨어서 두 사람의 대화를 엿듣고 있던 폴로니어스가 큰 소리로 외쳤다.

"여봐라, 아무도 없느냐! 사람 살려!"

그 소리를 들은 햄릿이 어머니를 놓고 휘장 쪽으로 향하며 소리쳤다.

"이건 또 뭐냐? 쥐새끼가 거기 숨어 있었구나. 너 같은 놈은 죽어도 싸다."

외침과 동시에 햄릿은 휘장 속으로 그대로 검을 찔러 넣었다. 검은 폴로니어스의 배를 꿰뚫었고 그는 비명과 함께 그대로 목숨을 거두었다.

왕비가 대경실색해서 소리쳤다.

"오, 맙소사. 햄릿, 너 지금 무슨 일을 저지른 거냐?"

"몰라요. 이 쥐새끼가 왕이라도 됩니까?"

말을 하면서 햄릿은 휘장을 들추었다. 휘장 뒤에는 폴로니어스가 피를 흘리며 쓰러져 있었다.

왕비가 말했다.

"오, 어떻게 이런 잔인한 짓을!"

"그래요, 잔인한 짓이지요. 왕을 죽이고 그 동생과 결혼한 짓만큼 잔인하지요."

"왕을 죽이다니?"

햄릿이 폴로니어스의 시체를 보며 말했다.

"이 한심하고 주제넘은 바보, 잘 가게. 난 너인 줄 몰랐다. 네가 모시는 사람인 줄 알았다. 이게 네 운명인줄 알고 그대로 받아들여라."

햄릿은 칼을 칼집에 넣으면서 왕비에게 말했다.

"어머니, 왜 그렇게 손을 쥐어짜는 거지요? 그러지 마세요. 어머니는 손보다 심장을 쥐어짜야 해요. 제가 그렇게 해드릴까요?"

"도대체 내가 무슨 짓을 했다고 그렇게 함부로 혓바닥을 놀리느냐?"

"제가 말해볼까요? 어머닌 정숙이라는 미덕을 온통 흐려놓았지요. 순수한 사랑이 깃든 고운 이마에 창녀의 낙인을 찍어버렸어요. 저 엄숙한 혼인 서약을 거짓 맹세로 만들어버렸어요. 신성한 종교 의식을 한낱 말장난으로 만들어버렸지요. 하늘이 얼굴을 붉힐 일을 했고, 온 천지가 최후의 심판의 날이라도 온 듯 가슴 아파합니다."

햄릿의 말에 왕비는 아무 말 못 하고 휘청거렸다.

햄릿이 손가락으로 벽에 붙은 두 왕의 초상화를 가리켰다.

"자, 어머니, 여기 제 아버지의 초상화를 보세요. 이분 이마 위에 서려 있는 인품을 보시라고요. 저 태양신의 머리칼, 저 제우스의 이마, 군신처럼 호령하는 불타는 두 눈, 전령의 신 헤르메스가 땅으로 갓 내려온 것 같은 이 훌륭한 자태를! 이분이 어머니 남편이셨지요.

그런데 이건, 이건! 어머니 그 옆의 초상화를 똑바로 보세요. 곰팡이 핀 옥수수자루처럼 생긴 지금의 어머니 남편을! 어머니, 도대체 눈이 있는 거예요? 이 산 같은 분을 버리고 이

늪 같은 곳에서 호의호식할 수 있어요? 도대체 그런 걸 사랑이라고 부를 수 있어요? 아무리 미친 자라도 그 차이는 금방 알아볼 수 있을 거예요. 설사 본능이 시키는 쾌락의 노예가 되었더라도, 환각에 빠졌더라도 어떻게 그런 선택을 할 수가 있는 거지요?

어떤 악마가 어머니의 눈을 가린 겁니까? 더러운 역적 같은 욕정? 아, 수치심에 물든 붉은 뺨은 어디로 간 거지요? 이 더러운 욕정아, 너는 중년 여인의 몸이 반역 같은 짓을 저지르게 할 수 있구나! 그렇다면 불타는 청춘도 유혹해라! 순결함이 양초처럼 녹아버리게 해라. 너는 악마의 힘을 가졌으니!"

왕비가 더 듣지 못하고 쓰러지며 절규했다.

"오, 햄릿, 제발, 제발! 네 말에 지울 수 없는 나의 잘못들이 보이는구나."

하지만 햄릿은 가차 없었다.

"아니, 어떻게 그렇게 타락에 푹 절어 살 수 있는 거지요? 역한 냄새 나는 돼지우리 속에서 아양을 떨고 사랑을 나누며 살 수 있는 거지요? 추한 땀과 기름 범벅인 침대에서 뒹굴 수 있는 거지요?"

왕비가 두 귀를 틀어막으며 소리쳤다.

"오, 햄릿, 제발, 그만, 그만! 네 말들이 비수가 되어 내 귀를 찌르는구나."

그러나 햄릿은 그치지 않았다. 햄릿은 클로디어스 왕의 초상화를 향해 손가락질하며 소리쳤다.

"이 살인자! 아버지 발뒤꿈치 때만도 못한 놈! 악당 중의 악당! 귀중한 왕관을 훔쳐 제 주머니에 처넣은 소매치기 같은 몸! 이 쓰레기, 걸레 같은 놈!"

햄릿은 광분해서 정신을 잃을 정도였다.

바로 그때였다. 햄릿의 눈에 소리 없이 내실에 나타난 햄릿왕의 유령이 보였다. 하지만 그 모습은 왕비에게는 보이지 않았다. 유령을 본 햄릿이 말했다.

"천군 천사들이여, 저를 구원하러 오셨습니까! 어쩐 일로 오신 겁니까?"

허공을 향해 헛소리를 하는 햄릿을 보고 왕비는 그가 진짜로 미쳤다고 생각했다. 햄릿은 여전히 유령을 보고 말했다.

"아버지, 당신 아들이 게으르다고 꾸짖으러 오셨나요? 때를 놓치고 열정이 식어 당신의 명령을 실행에 옮기지 못하는 저를 꾸짖으러 오셨나요? 제발 말씀해주십시오."

"아니다. 꾸짖으려고 온 게 아니다. 네 결심이 무뎌질까 봐 독려하러 왔다. 그런데 네 어미가 크게 놀란 것 같구나. 그녀를 달래주어라. 자기 영혼과의 싸움에 지쳐 있을 그녀를 달래주어라. 자, 어서, 햄릿."

햄릿은 유령의 명대로 부드러운 목소리로 말했다.

"괜찮으신가요, 어머니?"

그러자 왕비가 몹시 걱정스러운 표정으로 햄릿을 바라보며 말했다.

"햄릿, 너야말로 괜찮은 거냐? 어째서 허공을 바라보며 혼자 누군가와 대화를 나누듯 하는 거냐? 오, 내 아들아, 너 정말 괜찮은 거냐? 넌 지금 어디를 보고 있는 거냐? 누구와 말을 하고 있는 거냐?"

"어머니, 보이지 않으세요? 저분, 저분을 보세요. 창백한 저 얼굴을! 저기 보세요. 아버지가 살아 계실 때 복장으로 저기 밖으로 나가고 계시잖아요."

유령은 현관을 통해 소리 없이 밖으로 나갔다. 햄릿의 말을 들은 왕비가 말했다.

"아버지라고? 네 머리가 헛것을 꾸며낸 게 틀림없어. 네가 정상이 아니라서 그런 모습이 나타난 거야."

"제가 정상이 아니라고요? 제가 미쳤다고요? 어머니, 제 맥박이 얼마나 건강하게 박자 맞춰 노래하고 있는데요. 이제 까지 제가 한 말도 다 미쳐서 한 거라고요? 어디 한번 시험해 보세요. 제가 미쳤다면 횡설수설하겠지요. 하지만 똑같이 다 말해드릴 수 있어요.

어머니, 맹세코 어머니는 멀쩡하고 저만 미쳐서 떠든다고 생각하지 마세요. 그런 고약한 고약을 어머니 영혼에 바르지 마세요. 겉만 멀쩡해 보일 뿐 고름은 속으로 파고들어 곪아 번 진답니다. 어머니, 하늘에 고백하세요. 지난 일을 뉘우치세요. 제발 간청합니다. 아, 미덕이 악덕에게 간청하는 꼴이군요."

왕비가 겨우 기운을 내어 말했다.

"햄릿, 네가 내 가슴을 둘로 찢어놓는구나."

"그렇다면 잘된 셈이네요. 나쁜 쪽은 버리세요. 그리고 나머지 한쪽으로 순수하게 사세요. 어머니, 안녕히 주무세요. 하지만 삼촌 침대로는 가지 마세요. 어머니께 없는 덕이라도 구해서 걸쳐보세요. 착한 행동을 외투처럼 몸에 걸치세요. 미덕이 습관이 되면 악마를 물리칠 수 있는 놀랄 만한 힘을 가질 수 있답니다. 다시 한 번 안녕히 주무세요."

햄릿은 폴로니어스의 시체를 보며 말했다.

"이 늙은이에게 저지른 짓에 대해서는 저도 참회하고 있어요. 이 죄에 대한 벌을 저 스스로 제게 내릴 겁니다. 이 시체는 제가 처리하고 잘 해명하지요. 어머니, 악한 일이 이제 시작되었을 뿐이에요."

"그럼 난 어떡하란 말이냐?"

"아마 이러겠지요. 왕이 음탕한 시선으로 어머니 뺨을 꼬집겠지요. 그리고 내 생쥐라고 부르며 그 손으로 어머니 목을 애무하겠지요. 그러면 어머니, 다 불어버려요. 내가 진짜 미친 게 아니라 속임수로 미친 척했다고 말해버려요. 누군들 그런 걸 감추고 살 수는 없으니까요."

"아들아, 걱정 마라. 숨을 쉴 수 있어야 말을 할 수 있고 생명이 있는 법이란다. 내 숨이 멈춘 것 같으니 내 생명도 없고, 네가 한 말을 할 수도 없을 테니."

"어쨌든 저는 이제 영국으로 떠날 겁니다. 그건 이미 알고 계시지요?"

「어머니에게 아버지의 유령을 보여주는 햄릿 Hamlet Shows His Mother the Ghost of His Father」

덴마크 화가 니콜라이 아빌고르드의 1778년 작품. 햄릿의 어머니 거트루드 왕비는 남편이 죽자마자 불륜을 저지르는 나쁜 여자로 여겨진다. 실제로 햄릿 또한 어머니를 심하게 비난한다. 하지만 거트루드는 잘못이 없으며 그녀를 욕하는 것은 작품을 잘못 이해하는 것이라는 주장도 있다. 왕비는 아들이 알려주기 전까지는 햄릿 왕이 독살당했다는 사실을 몰랐으며, 남편의 동생 클로디어스 왕과 결혼한 것도 국가의 이익을 위한 선택이었다는 것이다.

"아, 그걸 잊고 있었구나. 그렇게 결정되었지?"

"학교 동창 두 놈이 제 앞길을 미리 빗자루로 쓸며 저를 나쁜 길로 이끌 겁니다. 그러라지요. 제가 놈들보다 더 깊은 계략으로 맞설 겁니다. 계략끼리 정면으로 부딪히는 건 언제나 재미있고 신나는 일이지요. 저는 이제 이 시체를 치우러 가야겠습니다."

햄릿은 시체를 내려다보며 중얼거렸다.

"생전에 그렇게 멍청하게 떠벌리더니, 이제 아주 조용하고 엄숙해졌군."

햄릿은 폴로니어스의 시체를 끌고 왕비의 내실을 나갔다.

4

　　햄릿이 나간 후 왕비는 망연자실하며 앉아 있었다. 그때 왕이 로젠크란츠, 길던스턴과 함께 왕비의 내실로 들어왔다. 왕은 왕비가 비탄에 젖어 있는 것을 보고 물었다.

　　"왜 그렇게 한숨을 내쉬는 것이오? 햄릿은 어디로 갔소?"

　　그러자 왕비가 로젠크란츠와 길던스턴에게 잠시 자리를 비켜달라고 했다. 그들이 나가자 왕비가 말했다.

　　"아, 전하, 제가 오늘 밤 못 볼 것을 보았어요."

　　"그래요? 그런데 햄릿은 뭘 하고 있소."

　　"그 애는 정말 미쳤어요. 마치 바다와 바람이 싸우는 것 같아요. 휘장 뒤에서 무슨 기척이 들리자 '쥐새끼다, 쥐새끼'라고 외치며 칼을 휘둘렀어요. 그 뒤에 있던 노인을 죽인 거예요."

왕이 놀라 외쳤다.

"오, 그런 사악하고 난폭한 짓을! 내가 거기 있었어도 당했겠지! 그를 그냥 놔두면 모두에게 위험하오. 그런데 이 노릇을 어쩌지? 폴로니어스가 죽은 걸 어떻게 해명하지? 모든 게 그 미친 애를 묶어두지 않은 내 잘못이오. 그 애는 어디 있소?"

"시체를 치운다고 나갔어요. 하지만 잊지 마세요. 주검을 보고 그 애가 울었답니다. 미치긴 했지만 아직 순수한 애예요."

"거트루드, 여기서 나갑시다. 아침 해가 뜨자마자 그 애를 배에 실어 보내야겠소. 그리고 이 일은 내가 무슨 수를 쓰든 덮어두겠소. 여봐라, 길든스턴!"

왕이 소리쳐 부르자 길든스턴과 로젠크란츠가 내실로 들어왔다.

"햄릿이 미쳐서 폴로니어스를 죽이고 시체를 끌고 나갔다. 어서 햄릿을 찾아봐. 그를 달래서 시체를 예배당으로 옮겨라. 서둘러라."

명을 받은 둘이 방에서 나가자 왕이 왕비에게 말했다.

"여보 믿을 만한 친구들을 불러 뒷수습을 지시해야겠소. 그리고 무슨 일이 생겼는지 알려야겠소. 그냥 놔두면 나를 비방하는 온갖 소문이 난무할 거요. 그러기 전에 손을 써야 하오. 자, 여기서 나갑시다."

밖으로 나간 길든스턴과 로젠크란츠는 곧 햄릿을 발견했다. 로젠크란츠가 물었다.

"왕자님, 시체를 어떻게 하셨습니까?"

"흙과 만나게 해주었지. 둘이 친척뻘 아닌가?"

"제발 어딘지 말씀해주세요. 저희가 교회에 모시겠습니다."

"너희 같은 스펀지들에게 내가 말을 해주어야 할까?"

"제가 스펀지로 보이십니까, 왕자님?"

"물론이지. 왕의 총애와 권세와 보상을 빨아들이는 물건이지. 왕에게 아주 잘 봉사하는 하수인들이지. 하지만 너희가 빨아들였던 게 필요해지면 왕은 너희를 다시 쥐어짤걸. 그럼 너희는 비쩍 마르게 될 거고."

"왕자님, 무슨 말씀이신지 이해를 못 하겠습니다. 빨리 시체가 어디 있는지 말씀하시고 저희와 함께 전하를 뵈러 가셔야 합니다."

햄릿은 횡설수설하며 그들 뒤를 따랐다.

한편 궁전 안에서는 왕이 가장 믿을 만한 신하들을 만나고 있었다. 왕이 그들에게 은밀히 지시했다.

"햄릿을 찾아내서 시체 있는 곳을 알아내라고 시켰소. 하지만 엄격하게 법을 적용하려 하지 마시오. 얼빠진 대중들이 그를 사랑하고 있소. 그들에게는 판단력이 없소. 그냥 눈에 보이는 대로 믿을 뿐이오. 죄인이 무슨 죄를 지었는지는 염두에도 두지 않은 채, 죄인이 어떤 벌을 받는지에만 관심이 있을 뿐이오. 이렇게 그를 급히 영국으로 보내는 것도 심사숙고한 결과처럼 보여야 하오."

그때 로젠크란츠와 길든스턴이 궁 안으로 들어왔다. 그 뒤를 햄릿이 따르고 있었다.

왕이 햄릿에게 물었다.

"햄릿, 폴로니어스는 어디 있느냐?"

"야식 중이지요. 하지만 그가 먹는 게 아니라 먹히는 야식이지요. 버러지들이 야식을 벌이고 있어요. 먹어치우는 데는 구더기가 황제지요. 우리는 구더기를 위해 우리 몸을 살찌게 만들고 있지요. 뚱보 왕이건 삐쩍 마른 거지건 모두 함께 구더기 황제의 상에 오르지요.”

“잔소리 말고, 폴로니어스는 어디 있느냐.”

“천국에 있으려나? 거기를 한번 찾아보라고 하시지요. 거기서 못 찾으면 반대쪽으로 가보라고 하세요. 한 달 안에 그를 못 찾으면 복도로 통하는 계단에서 냄새가 나려나?”

왕이 시종들에게 명령했다.

“지금 들었지? 복도로 통하는 계단. 어서 가서 찾아봐.”

시종들이 나가자 왕이 다시 햄릿에게 말했다.

“햄릿, 이번 사건 때문에 너를 서둘러 영국으로 보내야겠다. 이번 일로 내 슬픔도 크지만 무엇보다 네 안전이 더 시급하기 때문이다. 이미 배가 준비되었고 바람도 적당하니 너도 준비하도록 해라.”

“영국으로요? 좋습니다. 지금 당장 떠나지요. 그럼, 안녕히 계십시오, 사랑하는 어머니.”

“어머니라니? 난 사랑하는 아버지다.”

“어머니지요. 어머니와 아버지는 부부요, 부부는 한 몸이니, 당신은 제 어머니지요. 자, 저는 이제 영국으로 갑니다.”

말을 마치고 햄릿이 밖으로 나가자 왕이 남은 신하들에게 지시했다.

"그대들은 햄릿의 뒤를 바싹 따르도록 해라. 속히 그를 배에 태워 오늘 밤 출발시키도록 해."

신하들이 나가자 왕은 로젠크란츠와 길든스턴을 은밀히 불러서 편지 한 통을 건넸다. 영국 왕에게 전할 친서였다. 영국에 도착하는 즉시 햄릿을 죽이라는 내용이었다.

폴로니어스가 죽었다는 소식은 그의 딸 오필리아에게도 전해졌고 프랑스에 가 있던 레어티스에게도 전해졌다. 오필리아는 슬픔이 지나쳐 그만 미쳐버리고 말았다. 정신이 나간 그녀는 알아듣기 어려운 노래를 부르며 홀로 이리저리 돌아다녔다.

한편 레어티스는 아버지가 갑자기 죽었다는 소식을 듣고 황급히 프랑스에서 덴마크로 돌아왔다. 그런데 아버지의 장례식이 너무나 초라했다! 아버지가 누구란 말인가? 이 나라에서 왕 외에는 누구도 우러러볼 필요가 없을 정도로 위세가 당당하던 사람이 아닌가! 그의 분노는 절정에 달했다. 이 모든 게 왕의 짓이라고 생각할 수밖에 없었다. 왕이 아니라면 도대체 누가 그토록 위세 당당하던 아버지를 죽일 수 있겠는가?

왕이 직접 그를 죽이지 않았다면 왜 쉬쉬하며 장례식을 치렀단 말인가!

분노에 휩싸인 레어티스는 자신을 따르는 자들과 함께 궁전으로 쳐들어갔다. 궁전으로 들어간 그는 즉시 왕과 왕비 앞으로 가 소리쳤다.

"비열한 왕, 내 아버지를 내놓아라!"

왕비가 흥분하지 말라며 그를 붙잡았다. 왕이 놀란 눈으로 레어티스에게 말했다.

"레어티스, 어째서 반역자처럼 구느냐? 말해봐라, 레어티스. 왜 그렇게 화가 난 것이냐? 남자답게 말해라."

"내 아버지는?"

"죽었다."

"어째서 죽었소? 허튼 수작은 마시오. 내 무슨 일이 있어도 아버지 원수를 갚고야 말겠소."

"레어티스, 네 효성과 복수심은 잘 알겠다. 그렇다고 아군이건 적군이건, 승자건 패자건 가리지 않고 아무에게나 칼을 뽑으려 한단 말이냐?"

"내 칼은 오로지 적을 향해 있소."

"그렇다면 우선 누가 적인지 알아야 할 것 아니냐. 나는 네 아버지를 죽이지 않았다. 누가 네 아버지를 죽였는지 내가 한 점 의혹 없이 밝혀주겠다."

그때였다. 밖에서 오필리아의 노랫소리가 들렸다. 왕이 시종에게 명해서 그녀를 안으로 데려오게 했다. 그녀의 모습을 본 레어티스는 정신이 하나도 없었다. 아버지가 죽었는데 사랑하는 누이동생까지 미쳐버리다니! 오필리아는 무슨 뜻인지 알아들을 수 없는 노래를 흥얼거리면서 그대로 밖으로 나가버렸다.

레어티스가 뒤따르려 하자 왕이 그를 말리며 말했다.

"레어티스, 네 누이는 신하를 시켜 돌보라 하마. 우선은 누가 네 아버지를 죽인 원수인지 밝히도록 하자. 네가 가장 믿을 만한 신하들을 골라라. 그들의 말을 듣고 판단하도록 해라. 어떤 식으로건 내가 연루되었다고 밝혀지면 이 나라와 내 왕관을 비롯해 그 밖의 모든 것을 너에게 주겠다. 그렇지 않을 경우 네 영혼이 만족할 수 있도록 내가 도울 것이다."

레어티스가 대답했다.

"좋습니다. 아버지가 어떻게 돌아가셨는지, 왜 장례식은 공식 의식도 없이 그렇게 초라하게 치러졌는지 모두 밝혀야만 하겠습니다."

"좋다. 우리 함께 가서 신하들을 만나보기로 하자."

왕과 왕비와 레어티스는 함께 밖으로 나갔다.

그 시각 궁전 안 은밀한 곳에서 햄릿의 친구인 호레이쇼가 햄릿이 보낸 선원들을 만나고 있었다. 햄릿이 그에게 편지를 전한 것이었다. 호레이쇼는 편지를 읽었다.

호레이쇼, 이 편지를 읽은 다음에 내가 보낸 친구들이 왕을 만날 수 있게 주선해주게. 내가 왕에게 보내는 편지를 지니고 있어.

우리가 바다로 나간 지 이틀이 못 되어 해적선의 공격을 받았다네. 접전이 벌어졌지. 그러던 중 나는 홀로 해적선에 올라 그들과 싸우게 되었다네. 그 순간 우리 배가 멀리 도망갔고 나 혼자 포로가 되었지. 그런데 무슨 일인지 그들이 나를 너그럽게 대접했다네. 내가 보낸 편지를 왕이 받아볼 수 있게 해준 다음 자네는 한시 빨리 내게로 오게. 난 묘지 근처에 있다네. 이 친구들을 따라

오면 될 거야. 자네에게 해줄 이야기가 많아. 로젠크란
츠와 길든스턴은 영국행을 계속하고 있지. 재미있는 일
이 벌어질 거네.

자네의 친구 햄릿

호레이쇼는 궁금한 게 많았다. 하지만 우선 왕에게 편지를
전하고 볼 일이었다. 그는 선원들과 함께 궁전으로 가서 왕의
시종에게 편지를 건네며 왕에게 전해달라고 한 다음 햄릿과
약속한 장소로 갔다.

한편 궁전 안에서는 왕과 레어티스가 이야기를 나누고 있
었다. 왕이 레어티스에게 말했다.

"어때, 사정을 알겠지? 이제 내가 무죄임을 알겠지? 햄릿
이 내 목숨을 노리다가 네 부친을 살해했다는 것을 똑똑히 듣
고 알았겠지? 이제 너는 나를 진정한 마음속 친구로 받아들
여야 할 거야."

"잘 알겠습니다. 이제 모든 게 분명해진 것 같습니다. 하지
만 한 가지 더 궁금한 게 있습니다. 왜 이런 만행을 보고도 아
무 조치를 취하지 않았습니까? 극형에 처해야 마땅할 죄인을

왜 영국으로 보냈습니까?"

"너는 어떻게 생각할지 모르지만 내게는 아주 중요한 두 가지 이유가 있어. 하나는 그 애 어미 때문이지. 그녀가 거의 아들만 바라보고 살아. 그녀는 내 영혼과 너무나 가깝게 맺어져 있어서 별이 제 궤도를 벗어날 수 없듯이 나도 그녀 밖으로 벗어날 수 없어. 그녀의 뜻을 무시하고 그 애를 처형할 수 없었지.

내가 공개 재판을 열지 못한 두 번째 이유는 사람들이 그를 너무 사랑한다는 거야. 그들은 그의 모든 허물을 애정으로 감싸고, 그의 모든 것을 다 미화시켜버려. 너무 강한 바람이지. 내 화살은 그 강풍을 이기기에는 대가 너무 약해. 아마 내게로 곧장 되돌아올 거야. 그래서 네 부친의 장례식도 쉬쉬하며 치를 수밖에 없었던 거고."

"결국 그 때문에 저는 고귀한 부친을 잃었고 사랑하는 제 누이는 저렇게 되고 말았군요. 기필코 복수하고야 말겠습니다."

"그래, 하지만 네가 그 애 때문에 잠을 설칠 필요는 없어. 내가 이미 조치해놓았으니까. 곧 다 알게 될 거야."

그때 시종이 편지 하나를 들고 들어왔다. 햄릿이 보낸 편지였다. 시종은 편지를 전한 후 밖으로 나갔다. 왕이 편지를 읽었다.

지엄하신 전하, 제가 이곳에 돌아오게 되었음을 알려드립니다. 내일 전하를 뵙기를 청합니다. 제가 어떻게 해서 돌아오게 되었는지 경위를 소상히 말씀드리겠습니다.

햄릿

편지를 읽은 왕이 말했다.

"틀림없이 햄릿의 필체인데 어쩐 일로 돌아온 거지?"

그러자 레어티스가 말했다.

"어찌 되었건 궁전으로 오라 하십시오. 그 입으로 죄를 고백하는 걸 들으면 제 속이 정말 시원하겠습니다."

순간 왕이 머리를 굴렸다. 영국 왕의 손을 빌려 햄릿을 죽이려던 계획은 수포로 돌아갔으니 다른 방법을 찾아야 했다.

그는 잠시 뜸을 들인 후 레어티스에게 말했다.

"그렇다면 레어티스, 내 분부대로 하겠느냐?"

"예, 전하. 햄릿과 평화롭게 지내라는 명령만 아니라면 무슨 말씀이든 따르겠습니다."

"그 애가 다시 영국으로 가지 않을 것이니, 계략을 쓸 수밖에 없다. 누구도 의심하거나 비난할 수 없는 그런 계략. 제 어미도 사고라고 여길 수밖에 없는 그런 계략."

"전하, 그런 계책이 있습니까? 말씀해주십시오. 저를 얼마든지 이용해주십시오."

"너희 둘이 정식으로 결투를 하는 거다."

"예? 저야 문제없지만 그는 무슨 수로 나서게 합니까?"

"햄릿은 자신의 검술에 대해 대단한 자부심을 가지고 있다. 두 달 전 일이다. 넌 프랑스에 있었을 때니 잘 모를 거야. 라모라고 하는 뛰어난 노르망디 기사가 이곳에 온 적이 있다. 당대 최고의 검객이지."

"저도 그를 알고 있습니다. 그야말로 프랑스 전체의 자랑이자 보물이지요."

"그래. 바로 그 라모가 너를 만난 적 있다며 네가 검술의 고수라고 대단한 칭찬을 늘어놓았더랬다. 자기 나라 검객들은 아무도 너와 맞설 수 없다고 단언했지. 그 이야기를 듣고 햄릿이 샘이 나서 독이 올랐던 걸 내가 알고 있어. 아무 일도 손에

잡히지 않는 듯, 네가 한 시라도 빨리 돌아와 한 판 겨루게 되길 빌고 또 빌더구나. 자, 그걸 이용하자."

"……."

"너는 꼼짝 않고 기다리기만 하면 된다. 우선 햄릿에게 네가 돌아왔다고 알리는 거다. 그런 후 신하들을 햄릿에게 보내 네 재주를 칭찬하게 하는 거다. 라모가 했던 칭찬보다 몇 배 더 화려하게. 틀림없이 햄릿의 시샘이 발동할 거야. 그러면 내가 왕명으로 너희 둘을 맞붙게 하겠다. 햄릿은 사람을 쉽게 믿는 성격이지. 술수 같은 것과는 거리가 멀어. 결투에 쓸 연습용 칼을 고를 때 의심 없이 아무 칼이나 집어 들겠지. 그때 너는 끝이 휘지 않고 곧은 칼을 고르는 거야. 그러면 쉽게 그를 찌를 수 있을 거다."

"좋습니다. 확실히 하기 위해 제 칼에 독을 바르지요. 제게 독약이 있습니다. 칼끝이 살짝 스치기만 해도 누구도 목숨을 건질 수 없을 겁니다."

"그래, 좋은 방법이야. 하지만 일이 무산되어 우리 음모가 탄로 나면 안 돼. 일이 제대로 안될 때를 대비해서 차선책을 마련해야 해. 가만 있자, 어떤 방법이 있을까. 그래, 둘이 결투를 하다 보면 갈증이 날 거다. 그가 마실 것을 청하겠지. 그때 독이 들어 있는 음료를 그에게 주는 거다. 혹시 독이 묻은 칼을 피한다 하더라도 그것까지 피할 수는 없겠지."

그때였다. 왕비가 눈물을 흘리며 방으로 들어섰다. 왕이 도대체 또 무슨 일이냐고 묻자 왕비가 레어티스를 향해 대답했다.

"아, 비탄이 이렇게 꼬리를 물고 오다니! 오, 이 노릇을 어쩐단 말이냐, 레어티스! 네 누이가 물에 빠져 죽었단다."

레어티스가 깜짝 놀라서 물었다.

"그게 무슨 말씀이세요? 물에 빠져 죽다니요?"

"네 누이가 냇가에서 들풀을 엮어 화환을 만들었단다. 하얀 나뭇가지에 그 화환을 걸려고 올라가다 그만 가지가 부러져 개울로 떨어졌단다. 그 애는 그냥 그렇게 물에 뜬 채 조용히 옛 찬가를 불렀단다. 마치 물에서 태어나 그곳에서 자란 것 같았지. 그러나 머지않아 입고 있는 옷에 물이 배어들었단다. 그 애는 곱게 노래하며 개울 진흙 속 죽음으로 끌려가고 말았어."

"불쌍한 오필리아. 넌 물이 너무 많은 애로구나. 내 눈물로 네게 또 물을 보태야 한다니."

그는 하염없이 눈물을 흘렸고 왕과 왕비가 그를 달래주었다.

5

　　왕에게 햄릿의 편지를 전한 후 호레
이쇼는 선원들의 안내를 받아 묘지로 갔다. 그곳에서는 햄릿
이 그를 기다리고 있었다.

　묘지 한쪽에서 일꾼들이 무덤을 파며 이야기를 나누고 있
었다. 일꾼들 중 한 명이 다른 일꾼에게 말했다.

　"그 여자를 기독교식으로 묻어준다는 거야? 스스로 목숨을
끊었는데도?"

　그러자 다른 일꾼이 대답했다.

　"맞아. 그러니 잔소리 말고 무덤이나 파라고. 검시관이 그
여자 시체를 살펴본 후 그렇게 말했어."

"아, 알면서 빠져 죽은 게 틀림없다니까. 자, 여기 물이 있지? 이쪽에 사람이 서 있다고 쳐. 이 물이 사람한테 갈 수 있어? 분명 사람이 물로 가는 거야. 어때, 내 말이 맞지? 그 여자 앞으로 물이 올 수 있어? 그 여자는 스스로 빠져 죽은 거라고."

그들이 무덤을 파며 이야기를 나누고 있을 때 관을 멘 사람들을 앞세우고 사제와 왕, 왕비, 레어티스가 다른 신하들과 함께 묘지에 나타났다. 멀리서 그들의 모습을 본 햄릿이 말했다.

"누구 관이지? 그런데 왜 이렇게 약식으로 장례를 거행하는 거야? 스스로 목숨을 끊은 모양이군. 제법 지체가 높았던 모양인데 도대체 누구 장례식이지? 어디 한번 숨어서 지켜볼까."

이윽고 장례 행렬이 일꾼들이 파놓은 무덤 앞에 도착했다. 왕과 왕비의 모습이 햄릿의 눈에 들어왔다. 햄릿은 깜짝 놀랐다. 그때 레어티스가 사제에게 물었다.

"이 외에 다른 의식은 없나요?"

그를 본 햄릿이 호레이쇼에게 속삭였다.

"아니, 저 친구는 레어티스 아닌가?"

사제가 아무 대답이 없자 레어티스가 재차 사제에게 불만을 털어놓았다. 그러자 사제가 마지못해 대답했다.

"허가받은 한도 내에서 최고로 장례를 치르는 거요. 수상하기 짝이 없는 죽음이었소. 왕명이 아니었다면 기도 대신 돌 세례를 맞았을 거요. 이렇게 화환과 함께 안식처에 묻히는 걸 다행으로 생각하시오. 평화롭게 떠나지 못한 영혼에게 진혼가를 들려주고 안식을 기원한다면 장례 예배에 대한 모독입니다."

포기한 레어티스가 한숨을 내쉬며 말했다.

"자, 사랑하는 내 누이를 묻어주시오. 오랑캐꽃이 피어날 거요. 무정한 사제! 당신이 지옥에서 고통으로 신음할 때 내 누이는 구원의 천사가 될 거요."

레어티스가 하는 말을 듣고 오필리아의 장례식이란 사실을 안 햄릿은 경악했다. 놀란 그가 아무 말도 못 하고 있는데 왕비가 관 위에 꽃을 뿌리며 말했다.

"잘 가라, 꽃아. 이렇게 꽃 위에 꽃을 뿌리는구나. 나는 네가 우리 햄릿의 아내가 되기를 바랐단다. 네게 예쁜 신방을 차려주고 싶었지. 아, 신방을 장식할 꽃을 이렇게 네 무덤 위에 뿌리게 될 줄이야!"

그러자 레어티스가 무덤 속으로 뛰어들며 외쳤다.

"네 목숨을 앗아간 그놈의 머리 위에 저주가 내릴 것이다! 아, 내 동생아. 한 번 더 너를 안아보자. 자, 이 위에 흙을 쌓아라. 산 자와 죽은 자가 함께 묻힐 무덤을 만들어라. 산을 만들어라. 저 올림포스 산꼭대기보다 더 높아질 때까지 흙을 쌓아라."

그때였다. 이제까지 숨어서 그 광경을 지켜보던 햄릿이 모습을 드러냈다. 햄릿을 알아본 레어티스가 무덤에서 나와 다짜고짜 욕을 하며 햄릿의 먹살을 잡았다. 그러자 햄릿도 그에게 달려들 기세로 외쳤다.

"네 슬픔의 언어로 세상을 속이지 마라. 난 오필리아를 사랑했다. 세상 모든 남자들의 사랑을 합한다 해도 내 사랑만 못할 것이다. 자, 어떻게 할 거냐? 울 거냐, 싸울 거냐? 굶을 거냐, 아니면 네 몸을 찢을 거냐? 네가 그런다면 나도 그러마. 산 채로 그녀와 함께 묻히고 싶다고? 그렇다면 나도 그러마."

그러자 왕비가 그들을 말리며 말했다.

"레어티스, 그 애는 미쳤다. 그 애를 내버려두어라. 잠시 저렇게 발작하다가 곧 가라앉을 테니……."

그러자 햄릿이 레어티스에게 말했다.

"네가 무슨 이유로 나한테 이러는 거지? 나는 언제나 너를 좋아했어. 하지만 이제 아무 상관 없다. 네 멋대로 해. 어찌 되었건 때는 오게 되어 있으니까."

말을 마친 햄릿은 묘지에서 멀어져갔다. 호레이쇼가 그의 뒤를 따랐다.

그러자 왕이 레어티스에게 은밀하게 말했다.

"레어티스, 어리석은 짓 하지 마라. 지난밤에 내가 말하지 않았느냐? 침착해야 한다. 즉시 계획한 일을 실행에 옮기마."

햄릿과 호레이쇼는 궁전 안 햄릿의 처소로 갔다. 방으로 들어가 자리를 잡자 햄릿이 호레이쇼에게 말했다.

"자, 내게 무슨 일이 있었는지 들어보게. 영국으로 향하던 도중 어느 날 밤 도저히 잠을 이루지 못했다네. 자책하고 있었던 거지. 아버지는 살해되고 어머닌 더럽혀진 내가 아닌가? 내 이성과 혈기는 강력하게 행동을 요구하는 데 망설이고만 있다니! 나는 내가 폭력에 몸을 맡긴 폭도만도 못하다고 생각하고 있었다네. 제아무리 무모한 일을 벌여놓더라도 마무리는 결국 하느님이 하시는 거지.

난 선실에서 일어났지. 그리고 그들, 왜 있잖은가, 로젠크란츠와 길든스턴, 그들 방으로 갔지. 그리고 그들이 지니고 있던 꾸러미를 슬쩍해서 내 방으로 돌아왔다네. 그들은 세상모르고 잠들어 있었지. 그리고 그들이 왕에게서 받은 지령을 뜯어보았어. 그런데 무슨 이야기가 쓰여 있었는지 알아? 온갖 감언이설을 늘어놓은 뒤 결론은 그 편지를 읽자마자 내 목을 자르라는 말이었네."

호레이쇼는 놀라 눈이 휘둥그레졌다.

"어떻게 그럴 수가!"

"자, 여기 그 지령이 있으니 짬이 나면 한번 읽어보게. 그보다는 내가 어떻게 했는지 궁금하지 않은가?"

"제발 말씀해주십시오."

"이렇게 사방으로 온통 흉계의 그물에 걸렸을 때, 다행히 내게는 새로운 각본을 짤 머리가 있었지. 나는 새로 편지를 썼다네. 나도 우선 온갖 감언이설을 늘어놓았지. 그리고 이 편지를 가져온 자들을 참회할 틈도 주지 말고 죽여버리라고 썼지."

"그럼, 봉인은요? 봉인이 없으면 가짜인 게 들키지 않나요?"

"하늘이 보살폈지. 아버지 인장이 내 지갑 속에 있었다네.

덴마크 옥새의 원본을 갖고 있었던 거야. 나는 그 편지를 접어서 서명한 후 도장을 찍어 감쪽같이 제자리에 갖다 두었다네. 그런데 다음 날 해적들과 싸움이 벌어진 거야. 그다음은 말 안 해도 알 테지?"

"그럼 길든스턴과 로젠크란츠는 이미……."

"그들이 자청한 일이야. 나는 조금도 양심의 가책을 느끼지 않아. 보잘것없는 인간들이 힘센 사람들끼리 독이 올라 주고받는 칼 사이에 끼어들다니! 스스로 위험을 부른 거야."

"도대체 이런 왕이 세상에 있을 수 있다니요!"

"맞아. 이제 이 손으로 빚을 갚아야 해. 왕을 시해하고 왕비를 더럽힌 것으로도 모자라 미끼를 던져 내 목숨을 노린 놈을 없애는 건 양심에 떳떳한 임무야. 그는 암적인 존재야. 그런 자가 계속 악행을 저지르도록 내버려두는 건 죄를 저지르는 짓이고 저주받을 일이야."

"아무튼 영국에서 조만간 기별이 오겠지요."

"머지않아 올 거야. 그사이 일을 벌여야지. 어쨌든 내가 레어티스에게 이성을 잃었던 건 잘못한 거야. 내가 그의 심정을 왜 모르겠나. 용서해주게. 그의 슬픔에 나 또한 젖었던 거네.

그의 탄식에 내 격정이 치밀어 올랐던 거지."

그들이 이야기를 나누고 있을 때였다. 왕의 명을 받은 신하 오즈릭이 햄릿의 처소에 나타났다. 그가 가까이 오는 것을 본 햄릿은 또 횡설수설 뜻 없는 말을 내뱉었다.

그러자 오즈릭이 대놓고 말했다.

"왕자님, 전하의 명으로 이렇게 왕자님을 뵈러 왔습니다. 왕자님을 걸고 큰 내기를 하게 되었으니 그 사실을 알려드리라고 하셨습니다."

이어서 오즈릭은 레어티스에 대해 이야기를 늘어놓았다. 그의 자질에 대해 길게 말한 후 그가 신사의 전형이라고 칭찬했다. 햄릿이 따분해하자 오즈릭이 말했다.

"그는 검술에서도 아주 뛰어나답니다. 그의 시종들은 그가 천하무적이라고 합니다."

"그래서?"

"전하께서 왕자님 편을 드셨습니다. 두 분이 열두 합을 겨룰 경우 레이티스가 세 번 이상 왕자님을 찌를 수 없을 거라고 내기를 거셨습니다. 내기에 질 경우 값진 물건들을 내놓겠다고 하셨습니다."

"거 참 재미있겠군. 내 기꺼이 내기에 응하겠네."

"그렇다면 지금 당장 저와 함께 궁전으로 가시렵니까?"

"못 갈 것 없지. 어서 앞장서게."

호레이쇼는 오즈릭을 따라 나서는 햄릿을 말렸다.

"왕자님, 레어티스는 검술이 정말 뛰어납니다. 전에도 왕자님보다는 훨씬 뛰어났던 걸로 알고 있습니다. 왕자님은 그를 이길 수 없을 겁니다."

"걱정하지 마. 그가 프랑스에 있는 동안 나는 검술을 열심히 연습했어. 왕이 내건 점수 차이로 이길 수 있어. 그보다는 뭔가 불길한 생각이 들어. 그렇지만 아무려면 어때? 한번 붙어보는 거야."

"왕자님, 조금이라도 마음에 걸리면 응하지 마십시오. 제가 가서 왕자님이 준비가 되지 않았다고 여쭈면 되잖습니까?"

"아니야, 그럴 필요 없네. 참새 한 마리가 떨어지더라도 하느님의 섭리가 들어있는 법. 죽음이 지금 오면 장차 오지 않을 거고, 장차 안 올 거면 지금 올 거 아닌가? 지금이 아니라도 언젠가는 올 테니, 중요한 건 마음의 준비라네. 자기가 무엇을 남기고 떠나는지 아는 자는 아무도 없다네. 그러니 조금 일찍 떠난들 무슨 문제가 있겠어? 순리대로 따르면 된다네."

그들이 함께 궁전에 도착하니 뜰에는 이미 결투 준비가 되어 있었다. 탁자가 마련된 가운데 그 위에는 연습용 칼들과 단검들이 놓여 있었다. 나팔수와 고수(鼓手)도 이미 늘어서 있었다. 그들이 궁전 뜰에 마련된 결투장에 도착한 지 얼마 안 되어 왕과 왕비, 레어티스가 귀족들과 함께 뜰에 나타났다.

햄릿과 레어티스가 마주 서자 왕은 둘이 서로 손을 맞잡게 해주었다. 그러자 햄릿이 말했다.

"이보게. 내가 잘못했으니 나를 용서해주게. 자네는 신사니 나를 용서해주리라 믿네. 나는 이미 정신이상이라는 벌을 받고 있다네. 내 광기가 자네의 효심과 명예심을 부추겼고, 나를 향한 증오심을 불러일으켰다는 사실을 인정하지. 하지만 명심하게. 나 햄릿이 레어티스에게 잘못한 것은 아니라네. 자네에게 잘못을 범한 것은 햄릿이 아니라 햄릿의 광기라네. 햄릿도 그 광기의 피해자지. 여기 모든 사람들 앞에서 내가 일부러 그런 짓을 저지른 게 아님을 밝히니 제발 너그러운 마음으로 나를 받아들이게. 자, 우리 형제간에 내기를 하는 마음으로 이 시합을 하자고."

"좋습니다. 왕자님의 호의를 호의로 받아들이겠습니다. 결코 그 호의를 저버리지 않을 것입니다."

햄릿이 결투에 쓸 칼을 가져오라고 하자 오즈릭이 각자에게 칼을 갖다 주었다. 레어티스가 오즈릭이 준 칼을 너무 무겁다며 다른 칼로 달라고 하자 탁자 위에 놓여 있던 다른 칼을 시종이 갖다 주었다. 독이 묻은 검이었다.

드디어 둘이 대결에 나섰다. 햄릿이 두 번 연거푸 이겼다. 왕이 승리의 술을 권하자 햄릿은 나중에 마시겠다고 말했다. 그러자 왕비가 햄릿에게 손수건을 건네며 말했다.

"햄릿, 내 손수건을 받아라. 땀이 나고 숨차하는구나. 네 행운을 빌며 내가 대신 이 술을 마시마."

왕비는 왕이 말릴 틈도 없이 술을 들이켰다. 독이 든 술잔이었다.

세 번째 시합이 시작되었다. 이번에는 레어티스가 햄릿에게 상처를 입혔다. 그러자 그들은 난투를 벌였다. 그 와중에 서로의 칼이 바뀌었다. 이번에는 햄릿이 레어티스에게 상처를 입혔다. 양쪽 다 피를 흘리고 있었다. 그렇게 둘이 치열하게 결투를 벌이고 있을 때였다. 갑자기 왕비가 피를 토하며 쓰러졌다. 그 모습을 본 레어티스가 소리쳤다.

"아, 내가 스스로 놓은 덫에 걸렸구나! 내가 비열한 짓을 저지른 거야! 난 죽어 마땅해!"

왕비가 쓰러지는 것을 본 햄릿이 소리쳤다.

"왕비를 돌보라!"

그러자 왕비 옆에 있던 왕이 말했다.

"걱정 마라. 왕비는 피를 보고 기절했을 뿐이야."

그 소리를 들은 왕비가 혼신의 힘을 다해서 말했다.

"오, 햄릿, 아니다. 나는 기절한 게 아니야! 저 술, 저 술! 오, 내 아들 햄릿! 나는 독살당했다."

말을 마친 왕비는 숨을 거두었다. 그러자 햄릿이 분노해서 외쳤다.

"이런 극악무도한 짓이! 여봐라, 어서 궁전 문을 걸어 잠가라! 배신이 일어났다! 배신자를 찾아라!"

그때 레어티스가 햄릿에게 다가와 말했다.

"접니다, 햄릿 왕자님. 왕자님도 이미 살해당했습니다. 이 세상 어떤 약도 소용없습니다. 이제 반 시간도 남지 않았습니다. 왕자님이 손에 들고 있는 그 칼, 그게 바로 배신의 흉기입니다. 끝이 휘지 않은 곧은 칼, 그 끝에 독이 묻어 있지요. 제가 꾸민 흉계가 저 자신에게 되돌아온 겁니다. 보십시오. 저 또한 쓰러져 다시는 못 일어납니다. 왕비께서는 독살되셨습니다. 아, 기운이 떨어지는군요. 왕자님. 이건, 이건 모두 왕의 계략입니다."

"칼끝에 독이 묻어 있다고? 그렇다면, 자, 독아 퍼져라!"

햄릿이 마지막 힘을 내어 칼끝으로 왕을 찔러 상처를 입히며 말했다.

"자, 받아라! 근친상간과 살인을 저지른 저주받은 자야! 자, 너도 독배를 비워라. 네 손에 죽은 사람들 뒤를 따라가라!"

칼을 맞은 왕은 신음하며 쓰러졌다. 그 모습을 보고 레어티스가 힘없이 햄릿에게 말했다.

"그는 마땅히 죽어야 합니다. 그 스스로 준비한 독약이었으니…… 햄릿 왕자님, 우리 이제 서로를 용서합시다. 저의 죽음과 제 아버지의 죽음이 왕자님 탓이 아니고 왕자님의 죽음 또한 제 탓이 아니기를!"

"하늘이 모든 것을 용서하실 거야! 레어티스, 나도 자네를 뒤따라갈 거야. 호레이쇼, 이제 나는 가네. 자네는 살아남아

이 모든 일을 뒷사람들에게 있는 그대로 전해주게."

"아닙니다, 왕자님. 여기 독액이 남았습니다. 저도 왕자님 뒤를 따르겠습니다."

"자네는 사나이니 제발 내 부탁을 들어주게. 자네마저 죽는다면 이 사태를 누가 정확히 알릴 수 있겠나? 어서 그 잔을 이리 줘. 자네가 살아 내 명예를 지켜주게. 그리고 덴마크 왕위는 노르웨이 왕자 포틴브라스에게 넘겨주도록 하게. 이제 내게 남은 건 침묵뿐이라네."

햄릿은 호레이쇼의 품에서 마지막 숨을 거두었다.

오셀로Othello

1

오셀로는 베니스(베네치아)의 장군이 었다. 그는 베니스 원로원 의원 브라반시오의 딸 데스데모나 와 사랑에 빠졌다. 하지만 그는 흑인인 무어인이었다. 그런 그 에게 브라반시오가 선선히 딸을 내줄 리 없었다. 그러던 어느 날 데스데모나는 한밤중에 집을 몰래 빠져나와 곤돌라를 타 고 오셀로와 미리 약속한 장소인 사지타 여관으로 갔다. 남몰 래 결혼식을 올리기 위해서였다. 둘은 사랑의 힘으로 비밀리 에 결혼식을 올렸다.

오셀로의 기수 노릇을 하고 있는 이아고라는 자가 있었다. 그는 악당이었다. 하지만 절대 속마음을 겉으로 드러내지 않았다. 오셀로는 그를 정직한 사람이라 믿고 있었다.

이아고는 오셀로에게 앙심을 품었다. 자신이 원하던 오셀로의 부관 자리가 카시오에게 돌아갔기 때문이었다. 그는 오셀로와 카시오를 곤경에 빠뜨리기 위해 음모를 꾸미기 시작했다. 이 이야기는 바로 이아고의 음모와 함께 시작되고 그의 음모와 함께 끝난다.

데스데모나가 집을 빠져나가 오셀로와 결혼한 바로 그날, 이아고는 평소에 데스데모나를 연모하던 베니스 귀족 로데리고를 만났다. 그리고 오셀로와 데스데모나가 남몰래 결혼했다는 사실을 알려주었다. 그를 부추기기 위해서였다. 화가 난 로데리고는 이 사실을 데스데모나의 아버지 브라반시오에게 일러바치겠다고 길길이 날뛰었다. 둘은 함께 브라반시오의 집으로 향했다.

브라반시오의 집으로 가는 도중 이아고가 로데리고에게 자기의 억울한 사연을 말해주었다.

"저를 그의 부관으로 임명하라고 베니스의 유력 인사 세 명이 저를 추천했지요. 그런데 군대 경험이라고는 전혀 없는 카시오라는 자를 덜컥 부관에 임명했다 이 말입니다. 주판알이

나 굴리던 놈은 부관이 되고 수없이 전장을 누비던 저는 그 빌어먹을 양반의 기수 노릇이나 하고 있어야 하다니!"

그러자 로데리고가 말했다.

"나라면 그만둬버리겠네."

"그런 말씀 마십시오. 제가 필요해서 하고 있는 거니까. 우리 모두가 높은 사람이 될 수는 없지요. 그렇다고 누구나 윗사람을 충실하게 섬길 수도 없는 법이고요. 공손하게 굽실거리기만 하는 놈들은 당나귀처럼 여물만 얻어먹다가 늙으면 쫓겨날 뿐이지요. 그런 정직한 놈들은 엿이나 처먹어라! 저는 다릅니다. 겉으로는 복종하는 척하지만 속으로는 제 실속을 챙길 뿐이지요. 실속을 두둑하게 챙겼을 때 물러나야 하지요. 그게 진정으로 자기 자신을 위해 세상을 사는 태도 아니겠어요? 그게 기백이 살아 있는 태도 아니겠어요? 제가 그를 따르는 건 그를 위해서가 아니랍니다. 바로 저 자신을 위해서지요. 저는 겉모습의 제가 아닙니다. 자, 이제 브라반시오 어른의 집에 다 왔네요. 그 양반을 소리쳐 깨우세요. 오셀로의 기쁨에 독약을 뿌리세요."

"일어나세요, 의원님!"

로데리고가 브라반시오의 집 앞에서 이렇게 소리치자 이아고가 더 큰 소리로 외쳤다.

"도둑이야! 의원님, 의원님 집에 도둑이 들었어요. 의원님 딸 도둑! 도둑이야, 도둑!"

시끄러운 소리에 브라반시오가 창문을 열고 내다보며 소리쳤다.

"웬 소란인가? 도대체 무슨 일인가?"

"의원님, 저를 알아보시겠습니까? 저, 로데리고입니다."

"아니, 내 집 근처에 얼씬도 마라 하지 않았는가! 도대체 이 무슨 짓인가? 내 딸은 절대 넘보지 말라고 분명히 말했는데 이렇게 미쳐서 술까지 잔뜩 먹고 행패를 부린단 말인가?"

로데리고가 머뭇거리자 브라반시오가 재차 말했다.

"뭐? 내가 도둑을 맞았다고? 여긴 베니스야. 시골 농가가 아니라고."

우물쭈물하는 로데리고를 제치고 이아고가 나섰다.

"원 참, 의원님도. 의원님을 도와주려고 온 사람들을 불한당 취급하시다니. 그러니 의원님의 귀한 딸이 아랍 말과 교접하는 사고가 벌어지지요. 의원님의 손자들이 말처럼 울고, 푸

른색 말과 친척이 될 판이란 말입니다."

"거 참, 더러운 입버릇이로구나. 도대체 넌 누구냐?"

"의원님, 의원님의 딸과 무어인이 배를 맞추고 있다는 걸 알려드리려고 온 사람입니다."

"이런 악당 같으니라고! 로데리고, 어째서 이런 자와 어울린단 말이냐! 어디서 이런 오만불손한 짓을! 로데리고 네가 다 책임져야 한다."

로데리고가 힘을 내어 말했다.

"물론 책임지지요. 자정도 넘은 이 한밤중에 의원님의 아름다운 따님이 곤돌라를 타고 음탕한 무어인의 품으로 갔답니다. 만일 의원님 허락을 받고 그런 거라면 저희는 정말 오만불손한 걸 겁니다. 그러나 만일 모르고 계신다면 저희를 꾸짖으시면 안 되지요. 자, 어서 확인해보세요. 만일 따님이 집에 있다면 저희는 어떤 엄한 벌이라도 달게 받겠습니다."

브라반시오는 이게 무슨 소리인가 하고 반신반의하면서도 하인들에게 명령했다.

"여봐라, 불을 켜라! 횃불을 가져와라. 하인들을 다 깨워라."

그러자 이아고는 자기는 이만 물러나겠다고 로데리고에게

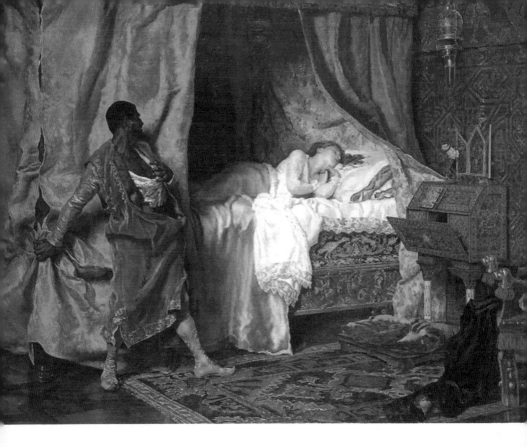

「오셀로와 데스데모나」 Othello and Desdemona

스페인 화가 안토니오 무뇨스 데그라인의 1880년 작품. 오셀로는 용맹스러운 장군이지만 무어인이라는 이유로 무시당한다. 무어인은 원래 북아프리카 지역에 살던 베르베르족과 아랍계 사람들의 후손으로, 중세시대에 북아프리카와 이베리아 반도(스페인, 포르투갈), 시칠리아, 몰타 등에 거주한 이슬람을 가리킨다. 711년 중동에서 북아프리카까지 장악한 아랍 제국 우마이야 왕조의 무어인 군대가 이베리아 반도로 쳐들어갔다. 714년 이베리아 반도를 장악한 무어인 군대는 이후 프랑스 남부까지 점령했다. 이후 약 7세기 동안 무어인은 알안달루스 왕국을 건설하고 유럽 기독교 국가와 맞섰다. 1492년 아라곤 왕국과 카스티야 왕국의 연합 왕국인 에스파냐 왕국에 그라나다를 빼앗김으로써 무어인의 유럽 지배는 막을 내렸다.

오셀로

말했다. 그에게는 계산이 있었다.

'이번 일로 오셀로가 견책을 받을 수는 있겠지만 장군직에서 물러나지는 않을 거야. 그가 오스만튀르크와 벌이는 전쟁에 곧 출정하게 될 것이니 안보상 그를 해임할 수는 없을 것이다. 내가 여기서 그에게 불리한 증언을 하면 내 자리가 위험해. 아직은 그의 곁에서 그를 극진히 모시는 척해야 해.'

이아고는 브라반시오에게 수색대를 사지타 여관으로 보내면 분명히 오셀로와 함께 있는 데스데모나를 찾을 수 있을 것이라고 말한 후 어둠 속으로 사라졌다.

집 안에 데스데모나가 없는 것을 알게 된 브라반시오는 불같이 화를 냈다.

"모두 다 깨워라. 이보게, 로데리고. 그 둘이 벌써 결혼해버렸을까?"

"그럴 겁니다."

"아, 도대체 어떻게 빠져나갔단 말이냐! 감히 내 딸이 나를 배신하다니! 세상 아버지들아, 딸의 행동만으로 그 마음을 믿지 말기를. 자, 내 동생을 불러라. 빨리 수색대를 조직해서 놈을 체포하러 사지타로 가자."

한편 이아고는 서둘러 사지타 여관으로 가서 오셀로를 만났다. 그는 로데리고 욕을 하면서 그가 브라반시오에게 두 사람의 결혼 사실을 알렸다고 말했다. 그는 오셀로를 걱정하는 척했다.

"장군님, 두 분이 확실하게 결혼식을 올리신 거지요? 브라반시오 의원님은 영향력이 대단한 분입니다. 공작님께서도 어쩌지 못하는 분이지요. 장군님을 이혼시키거나 법이 허용하는 한 장군님께 해를 가할지도 모릅니다."

"상관없다. 내가 이 나라에 끼친 공로를 생각해서 원로원이 얼마든지 막아줄 테니까. 내가 공공연히 밝히지는 않았지만 나는 왕족의 후손이다. 게다가 자랑스러운 공적을 수없이 세웠어. 내가 왜 이런 일을 저질렀겠느냐? 왜 스스로 자유를 속박당할 일을 했겠느냐? 온 세상 보물을 다 주어도 양보하지 않을 소중한 자유를 말이다. 바로 그녀를 그만큼 사랑하기 때문이야."

오셀로가 이야기를 하고 있는 도중, 멀리서 불빛이 보였다. 오셀로는 브라반시오 일행이 오는 줄 알았다. 그는 당당하게 그들을 맞겠다고 속으로 다짐했다. 그런데 가까이 온 그들은 브라반시오 일행이 아니었다. 공작 휘하의 장교들과 오셀로의 부관 카시오였다. 오셀로가 카시오에게 물었다.

"아니, 이 밤중에 무슨 일인가? 좋은 일인가?"

"장군님, 공작님께서 장군님을 부르십니다. 지금 당장 출두하시랍니다."

"그래? 무슨 일인 것 같은가?"

"제 짐작에 키프로스 일 때문이 아닌가 합니다. 오늘 저녁 여러 군함들에 전령들이 속속 도착해서 뭔가 보고하더군요. 의원들이 모두 소집되어 이미 공작님 저택에 모여 있습니다. 장군님도 급히 찾으셨으나 숙소에 계시지 않아 이렇게 수색대가 나선 것입니다. 수소문 끝에 겨우 장군님을 찾았습니다."

오셀로가 데스데모나에게 사정을 말하려고 안으로 들어갔다. 그러자 카시오가 이아고에게 물었다.

"이보게, 이아고. 장군께서 여기는 왜 오신 건가?"

"아, 오늘 보물선 하나를 덮치셨지요. 불법만 아니라면 평생 팔자 고치신 거지요."

"도대체 무슨 소리야?"

"장군님이 오늘 결혼하셨다, 이 말씀입니다."

오셀로는 금방 밖으로 나왔다. 그들이 함께 떠나려고 하던 바로 그때 브라반시오가 로데리고와 일행들을 앞세우고 나타났다. 로데리고가 오셀로를 가리키며 외쳤다.

"의원님, 바로 그 무어인입니다."

그러자 브라반시오가 소리쳤다.

"저 도둑놈 잡아라!"

양쪽 진영 사람들 모두 칼을 빼 들었다. 이아고가 앞으로 나섰다.

"로데리고 너냐? 어서 덤벼라. 너는 내가 상대해주지."

그러자 오셀로가 침착하게 앞으로 나서며 말했다.

"모두 칼을 거두어라. 의원님, 무기보다는 연륜으로 명령을 내리시는 편이 낫지 않겠습니까?"

브라반시오가 노한 음성으로 소리쳤다.

"너, 이 더러운 도둑놈아! 내 딸을 어디다 감추었느냐? 이 저주받을 놈아! 넌 그 애를 마법으로 홀렸어. 그렇지 않고서야 그토록 아름답고 상냥한 아이가, 한사코 결혼을 안 하겠다던 그 아이가 어째서 숯검정 같은 네놈의 가슴에 안기겠느냐? 네놈이 그 애에게 마법을 걸거나 약을 먹인 거야. 불법 마법으로 세상을 어지럽힌 죄목으로 너를 체포한다. 모두 저놈을 잡아라. 만일 저항하면 강제로 잡아 묶도록 해라.”

오셀로가 두 손을 내저으며 말했다.

“멈춰라. 지금 우리가 싸워야 할 사정이라면 내 마다하지 않겠다. 하지만 지금은 그럴 때가 아니다. 자, 의원님, 저를 마법사라 고발하셨지요? 저도 답변을 해야지요. 어디에서 할까요?”

“당연히 감옥으로 가야지. 그런 후 나중에 법적 절차를 밟게 될 거다.”

“저도 그러고 싶군요. 하지만 공작님이 지금 저를 당장 만나자고 하시니 그 명령에는 복종하기 어렵습니다.”

오셀로 곁에 있던 장교가 끼어들었다.

“사실입니다, 의원님. 공작님께서 회의를 소집하셨고 의원님도 호출하셨습니다.”

브라반시오가 눈을 동그랗게 뜨고 말했다.

“뭐야, 이 밤중에 회의를? 그거 마침 잘되었다. 자, 그를 끌고 가라. 공작은 물론이고 원로원 의원 그 누구도 이 사건을 치욕으로 여기지 않을 사람은 없을 것이다. 이 따위 짓이 허용된다면 이 나라 정치는 노예와 이교도 손으로 넘어갈 거야.”

그들은 모두 원로원 회의가 열리고 있는 곳으로 갔다.

회의실에는 공작을 중심으로 원로원 의원들이 둥그렇게 앉아 있었다.

공작이 먼저 입을 열었다.

"전령들이 보내온 정보가 도무지 들쑥날쑥해서 종잡을 수가 없구려. 어디서는 군함이 107척이고 어디서는 140척이고 어디서는 200척이니."

그러자 의원 한 명이 말했다.

"어찌 되었건 튀르크 함대가 키프로스로 향하는 건 틀림이 없습니다."

공작이 말했다.

"그렇소. 우리도 하루 빨리 군대를 파견해야 하오."

그때 브라반시오와 오셀로가 카시오, 이아고, 로데리고 및 장교들을 대동하고 회의장에 나타났다. 오셀로를 본 공작이 말했다.

"용감한 오셀로, 당신이 곧바로 나서야겠소. 오스만튀르크를 막아야 하겠소."

그런 후 공작은 브라반시오를 향해 말했다.

"미처 못 알아보았소. 때맞춰 잘 오셨소, 브라반시오 의원. 의원님의 고견을 듣고 싶소."

"나도 그렇습니다. 하지만 공작님께 용서를 바랍니다. 내가 이 밤중에 잠에서 깨어난 것은 나랏일 때문이 아닙니다. 개인 적인 비탄이 나를 사로잡아서 뒤흔들어놓았기 때문입니다."

"무슨 일이기에 그러시오?"

"내 딸, 아, 내 딸이!"

"의원님 딸이라니? 혹 죽기라도?"

"그런 셈입니다. 그 애는 마법의 약에 홀려서 납치되었답니 다. 그렇게 정신 똑바른 아이가 마법의 힘이 아니라면 그런 짓을 할 리 없습니다."

"의원님 딸을 납치해요? 게다가 마법의 힘으로? 그런 추악 한 짓을 저지른 자가 도대체 누구요? 그가 누구든 법에 따라 처벌받게 될 것이오. 비록 내 친아들이라 할지라도 처벌을 면할 순 없소."

브라반시오는 오셀로를 손가락으로 가리키며 말했다.

"그렇게 말씀해주시니 감사하기 이를 데 없습니다, 공작님.

앞에 있는 저 무어인이 바로 그 흉악한 놈입니다.”

공작이 깜짝 놀라며 말했다.

“오셀로 장군, 어찌 된 일이요? 어디 말해보시오.”

“존경하는 의원님들, 제가 브라반시오 의원님의 딸을 데려간 건 사실입니다. 전 그녀와 결혼했고 그것이 전부입니다. 더 이상 드릴 말씀도 없습니다. 저는 싸움터만 누벼왔기에 말주변이 없습니다. 그냥 어떻게 이분 따님과 결혼하게 되었는지 있는 그대로 말씀드리겠습니다. 저 자신을 미화하기 위해 꾸며대지도 않겠습니다.”

그러자 브라반시오가 말했다.

“그 애는 너무 얌전해서 작은 일에도 얼굴을 붉히던 처녀였어. 너 같은 놈은 무서워서 쳐다보지도 못하던 애야. 그런데 그 애가 너와 사랑에 빠져? 나이 차이가 얼마나 나는데? 피부색도 그렇게 다른데? 공작님, 제가 단언합니다. 이자는 욕정을 불러일으키는 약품을 썼거나 마법을 썼음에 틀림없습니다. 진상을 낱낱이 밝혀야만 합니다.”

공작이 말했다.

“단언은 증거가 못 되오. 그런 추측만으로는 죄가 성립되지 않소."

그러자 의원 중 한 명이 일어서서 말했다.

"오셀로, 당신이 직접 말해보시오. 당신은 무슨 음흉한 방법이나 강압적인 방법을 써서 처녀를 홀렸소? 아니면 영혼과 영혼의 순수한 대화로 그녀를 얻은 것이오?"

"청컨대 사지타 여관으로 사람을 보내주시길 원합니다. 그녀를 직접 불러와서 아버지 앞에서 사실을 말하도록 해주시길 바랍니다. 그녀의 답변에서 만일 제가 더러운 짓을 한 게 밝혀진다면 제 모든 공직을 빼앗고 제 목숨을 거두어 가져도 좋습니다."

공작이 데스데모나를 불러오라고 명령했다. 그러자 오셀로가 이아고에게 길 안내를 하라고 명했다. 두세 명의 시종과 함께 이아고가 방을 나가자 오셀로가 말했다.

"그녀가 오기를 기다리는 동안 모든 사실을 고해하듯이 털어놓겠습니다. 어떻게 제가 그 아름다운 숙녀에게 사랑받게 되었는지, 제가 그녀를 사랑하게 되었는지 최대한 정직하게 말씀드리겠습니다."

공작이 말해보라며 고개를 끄덕이자 오셀로가 이야기를 이어나갔다.

"사실은 지금 저렇게 화가 나 있는 그녀 부친께서는 저를 무척 아껴주셨습니다. 저를 자주 초대했으며 제가 겪었던 인생이야기를 들려달라고 하셨습니다. 저는 제 소싯적 이야기부터 연도별로 죽 이야기해드렸습니다. 위험했던 사건들, 감동적인 모험들, 전쟁에서 벌어진 온갖 일들을 다 이야기해드렸지요. 적에게 붙잡혀 노예로 팔렸던 이야기, 마주쳤던 거대한 동굴과 메마른 사막의 모험들, 식인종을 만난 이야기 등 모든 이야기를 해드렸습니다.

데스데모나는 언제나 곁에서 진지하게 제 이야기를 들었습니다. 그러나 자주 집안일 때문에 자리를 비워야만 했습니다. 그녀는 집안일을 빨리 해치우고 돌아와 제 이야기를 경청하곤 했습니다. 그녀는 자기가 없는 동안 듣지 못한 이야기를 듣고 싶어했지요. 그리고 그 이야기를 해달라고 제게 간청했습니다. 저는 그녀의 청을 받아들였습니다. 그녀가 정한 적당한 시간을 잡아 그녀에게 제 인생 역정을 모두 이야기해주었습니다. 제가 괴로웠던 젊은 시절 이야기를 하면 그녀는 눈물지었습니다. 제 고통을 자신의 고통인 양 동정한 거지요. 그런

한편으로 자기도 그런 남자로 태어났으면 좋았을 것이란 말을 했습니다.

이야기 끝에 그녀가 제게 말했습니다. 만일 그녀를 사랑하는 사람이 제 가까이 있다면 그 사람에게 제 이야기를 모두 들려주라고요. 그리고 그 이야기를 다시 자기에게 하게 해달라고요. 그 사람이 그녀에게 그 이야기를 들려주는 것만으로도 그 사람을 사랑할 수 있을 거라고 말했습니다. 그녀는 요조숙녀의 마음씨로 슬기롭게 사랑을 고백한 것입니다. 그녀는 제가 겪은 고난을 동정했고 사랑했습니다. 저 역시 제가 겪은 고난을 진정으로 동정하고 사랑하는 그녀를 사랑하게 된 것입니다. 이게 마법이라면 저는 마법을 쓴 셈입니다. 마침 그녀가 왔으니 사실을 확인해보시기 바랍니다."

그가 긴 이야기를 마쳤을 때 데스데모나와 이아고가 시종들과 함께 회의장에 도착했다.

오셀로의 이야기를 들은 공작이 말했다.

"그런 사연이라면 내 딸도 얻을 수 있겠군. 브라반시오 의원, 이미 돌이킬 수 없게 된 일, 최선을 다해 수습하기로 합시다."

그러자 브라반시오가 말했다.

"하지만 공작님, 내 딸의 말도 좀 들어봐야 하지 않겠습니까? 우리 애가 구애를 한 게 사실이라면 내가 저 사람을 나쁘다고 나무랄 수는 없지요. 그랬다가는 벼락을 맞아야지요. 얘야, 이리 오너라. 여기 있는 모든 귀한 사람들 중에 네가 가장 순종해야 할 사람이 누구인지 아느냐? 어서 말해보아라."

"아버지, 전 이제 제가 지켜야 할 도리가 둘이 되었음을 압니다. 제게 생명을 주신 아버지는 제가 지켜야 할 단 하나의 도리였고 저는 아버지의 딸이었습니다. 하지만 이제는 남편이 제 곁에 있습니다. 제게는 그의 아내로서 지켜야 할 도리가 하나 더 생겼습니다."

그러자 브라반시오가 체념한 듯 말했다.

"알았다. 보내주마."

그는 마지못해 그렇게 말한 후 혼잣말로 중얼거렸다.

"휴, 자식을 낳아 기르느니 차라리 입양하는 게 낫겠구나."

그는 체념한 듯 말했다.

"무어인, 내 자네에게 내 딸을 주겠네. 정말로 주고 싶지 않지만 자네에게 준다는 말은 절대로 거짓이 아니라네. 아무튼 내게는 자식이 저 애밖에 없다는 게 다행이로군. 또 같은 일을 당하지는 않을 테니. 공작님, 오셀로 고발을 취하하겠습니다."

공작이 부드러운 말로 브라반시오를 위로한 후 오셀로에게 말했다.

"오스만튀르크가 키프로스를 빼앗으려고 막강한 군대를 이끌고 가고 있소. 그곳에 능력이 뛰어난 몬타노가 있지만 안심이 안 되오. 장군이 가서 그들을 물리쳐야겠소. 원로원의 여론이 그러하오. 그대의 기쁨에 찬물을 끼얹는 꼴이 되었지만 바로 출정해야만 하겠소."

"공작님, 그리고 존경하는 의원님들, 제게는 전쟁터의 차갑고 딱딱한 잠자리가 최고로 부드러운 솜털처럼 여겨진 지 오래되었습니다. 기꺼이 열정을 다해 이번 전쟁을 치르겠습니다. 다만 한 가지 청이 있습니다. 제가 없는 동안 제 사랑하는 아내에게 지낼 만한 적당한 집을 내려주시고 수당을 지급해 주시길 요청합니다."

공작은 그녀의 친정집에서 지내는 게 어떻겠느냐고 제안했다. 하지만 브라반시오가 받아들이지 않았다. 그녀도 마찬가지로 공작의 제안을 점잖게 거절했다. 공작이 데스데모나에게 원하는 게 무엇이냐고 물었다.

"저는 이제 제 남편 오셀로의 명성과 자질에 제 운명을 바쳤습니다. 의원님들, 남편이 전쟁터로 나가 싸우는데 저만 한가롭게 뒤에 남아 지낸다면 견디기 어려울 것 같습니다. 제발 저이를 뒤따라가게 해주세요."

공작은 모든 것을 오셀로와 데스데모나의 뜻에 따르겠다고 했다. 그리고 오셀로에게 당장 그날 밤 출정하라고 명령했다. 오셀로는 즉시 출정하기 위해 데스데모나와 함께 회의장을 나섰다. 그때 브라반시오가 그에게 한마디 했다.

"장군, 그 애를 조심해야 할 거네. 똑똑히 잘 지켜보라고. 아버지를 속인 애니 자네를 속이지 말란 법도 없지."

그러자 오셀로가 말했다.

"그녀의 정절에 제 생명을 걸겠습니다."

오셀로는 즉시 준비를 마치고 출정 길에 올랐다. 하지만 데스데모나는 그와 함께 배에 오를 수 없었다. 여자로서 여러 가지 떠날 준비를 하려면 며칠 더 베니스에 머물러야만 했다. 오셀로는 이아고에게 함께 남아 있다가 데스데모나를 잘 모시고 오라고 명한 후 먼저 키프로스를 향해 출발했다.

오셀로가 출정하고 나자 로데리고가 이아고를 찾아와 불평했다.

"이보게, 난 헛물만 켠 셈이잖아. 이제 난 어떻게 해야 하지?"

"뭐, 집에 가서 잠이나 자면 되잖아요."

"아냐, 물에 빠져 죽어버릴 거야."

"무슨 그런 어리석은 소리를 해요? 사랑 때문에 죽는다고요? 사랑 좋아하네. 사랑이란 발작적인 충동, 색욕, 무절제한 욕망과 한 가지일 뿐이에요. 우리는 이성으로 그걸 식혀야 해요. 뭐, 물에 빠져 죽어요? 남자답지 못하기는.

자, 물에는 눈먼 강아지나 빠뜨리고 내 말대로 해요. 내가 지금부터 진짜로 당신을 도울 테니까. 지갑 두둑하게 채우고 당신도 전쟁터로 쫓아가요. 가짜 수염을 달고 변장을 해요. 데스데모나가 저 무어인을 계속 사랑할 것 같아요? 그건 불가능해요. 저렇게 격정적으로 출발한 애정이니 거기에 걸맞은 결말을 맞이할 겁니다. 지갑만 두둑하게 채워요……. 무어인들은 변덕이 들끓는 사람들이에요. 그녀도 지금은 그가 천도복숭아처럼 달콤하겠지요. 하지만 언제까지나 그럴 리 없어요. 설익은 감을 씹을 것처럼 떨떠름해질 겁니다. 아마 곧 사랑하는 사람을 바꾸려들 걸요.

그러니 우선 돈을 모아요. 만일 지옥에 떨어져야 한다면 좀 더 세련된 방법을 생각해보시고, 우선은 모을 수 있는 대로 돈을 끌어모아요. 둘 사이의 맹세? 저 근본도 모르는 야만인과 닳고 닳은 베니스 여자 사이의 맹세를 내 재주로 못 깰 것 같아요? 옆에서 보고만 있다가 그녀를 차지하고 즐겨요. 그러니 빠져 죽는 일일랑 집어치우고 돈을 모아요. 돈만 있으면 돼요. 돈만 있으면 사랑도 얻을 수 있어요.”

로데리고가 얼굴을 빛내며 말했다.

“자네, 내가 원하는 걸 꼭 이루게 해줄 거지?”

“어허, 나를 믿으라니까요. 빨리 가서 돈이나 챙겨요. 나도 저 무어인에게 복수해야 해요. 가슴에 맺힌 원한이 있단 말입니다. 우리는 서로 통하는 게 있다니까요. 자, 어서 가서 돈을 만들어요.”

로데리고는 희망에 들떠 이아고와 헤어졌다. 둘은 헤어지면서 아침에 이아고의 숙소에서 만나기로 약속했다.

로데리고와 헤어진 이아고는 속으로 복수 계획을 골똘히

구상했다. 그는 속으로 생각했다.

'그래, 카시오가 데스데모나와 너무 가깝게 지낸다고 오셀로의 귀에 속삭이는 거야. 풍채도 좋은 데다 여자들 마음을 끌게 생겼잖아. 오셀로는 순진해서 내 말을 다 믿을 거야. 그저 겉으로 조금 정직한 척하기만 해도 내가 정말 정직한 사람인 줄 알거든. 게다가 그는 날 좋게 보고 있어. 코뚜레를 꿰는 건 일도 아냐. 그래, 생각이 떠올랐다. 그렇게 하자. 카시오와 오셀로 둘 다에게 멋지게 복수할 수 있는 방법이 떠올랐어.'

2

　　전쟁은 너무나 싱겁게 끝났다. 아니, 전쟁이랄 것도 없었다. 극심한 태풍이 오스만튀르크 함대를 강타해서 거의 전멸하고 만 것이다. 하지만 오셀로의 함대도 태풍의 영향으로 뿔뿔이 흩어질 수밖에 없었다. 그중 제일 먼저 키프로스 항구에 도착한 것은 오셀로의 부관 카시오였다. 그는 키프로스 총독 몬타노를 만나서 소식을 전했다. 그들은 오셀로 장군이 무사히 뭍에 오르기를 기원했다. 그런데 오셀로보다 먼저 도착한 것은 이아고와 데스데모나를 태운 배였다. 생각보다 일주일이나 앞서 상륙한 것이다.

　　카시오는 데스데모나와 이아고를 보자 너무 반가웠다. 그는 데스데모나와 이아고의 부인 에밀리아에게 신사답게 예의를 표했다. 그녀들의 손을 잡고 입을 맞춘 것이다. 그 모습을 본 이아고가 속으로 중얼거렸다.

'어렵쇼, 저 녀석이 그녀 손바닥을 잡네. 잘했어, 정말 잘했어. 이제 귀에 대고 속삭여야지. 어디 거미줄이 밧줄처럼 굵어서 파리를 잡나? 옳지, 그녀에게 미소를 짓고 있네. 아주 예절만점이네. 그렇지, 예의 바른 녀석이니 입맞춤도 해야지. 내가 던지지도 않은 미끼에 저절로 걸려든 꼴이로구먼.'

그때 척후병이 외쳤다.

"배, 배가 들어옵니다. 나팔 소리가 들립니다."

그러자 이아고가 말했다.

"오셀로 장군입니다. 제가 그 나팔 소리를 잘 알거든요."

오셀로의 배가 키프로스에 도착했다. 데스데모나를 비롯한 일행은 배에서 내리는 그를 반갑게 맞았다. 데스데모나를 본 오셀로가 그녀를 껴안으며 말했다.

"아, 당신을 무사히 만나다니. 당장 죽더라도 여한이 없을 것 같소. 내 영혼이 최고의 기쁨을 맛보았으니……. 아, 이 행복이 영원히 이어질 수 있다면……."

데스데모나가 행복한 눈길로 그를 보며 말했다.

"하늘의 신들이 우리 사랑을 영원히 지켜주시고 키워주실 거예요."

오셀로는 그녀에게 입을 맞추었다. 그 모습을 보고 있던 이아고가 또 속으로 중얼거렸다.

'흥, 잘해보라지. 아주 잘 조율된 악기 같아. 하지만 내가 곧 그 줄을 풀어주지. 음이 엉망으로 나오게 만들어줄 거야.'

오셀로가 여러 사람 앞에 나서며 말했다.

"자, 여러분 전쟁은 끝났소. 모두 함께 성으로 갑시다. 이아고 자네는 배로 가서 내 짐들을 해안에 내려놓게. 갑시다, 데스데모나. 여기서 잘 지냅시다. 공작님 명으로 내가 이제 키프로스 총독을 맡게 될 거요."

이아고는 오셀로가 시킨 대로 해안으로 향했다. 남들이 못 알아보게 변장한 로데리고가 그의 뒤를 따랐다.

길을 가면서 이아고가 로데리고에게 말했다.

"자, 내 말 좀 들어봐요. 부관 카시오가 오늘 저녁 초소에서 경계를 서게 돼 있어요. 우선 당신에게 알려줄 게 있어요. 데스데모나는 분명 그자를 사랑하고 있어요."

"뭐? 무슨 그런 말도 안 되는 소리를!"

"쉿, 입 다물고 조용히 해요. 내가 당신의 영혼에게 큰 가르침을 베풀 테니. 저 무어인이 그녀가 자기를 진정으로 사랑한다고 큰소리치고 있지요? 웃기는 소리! 그래, 그렇게 떠벌린다고 사랑이 계속된답디까? 눈이 만족을 주는 법인데 눈앞의 시커먼 악마를 어떻게 계속 좋아할 수 있단 말입니까? 열정이 식을 수밖에 없지요. 여자에게 끊임없이 새로운 욕정을 불러일으키려면 용모도 매력적이고, 나이도 비슷해야 하며, 기품도 있어야 하는데 저 무어인에게 어디 그런 게 있습니까? 그녀는 감수성이 예민하니 금방 자신이 속았다는 걸 알게 될 거란 말입니다. 그를 징그럽게 여기기 시작하겠지요. 그리고 다른 남자를 향해 눈을 돌리겠지요. 그건 본능이에요.

자, 그렇다면 누가 그 행운을 잡을까요? 카시오만 한 놈이 또 있을까요? 놈은 말을 아주 잘해요. 속으로는 욕정을 감춘 채 겉으로만 점잖은 척할 수 있는 놈이지요. 게다가 얼마나 잘생겼고 몸도 잘 빠졌습니까? 어리석은 여자들이 좋아할 만한 건 다 갖추고 있지요. 정말 불쾌한 놈이고 지독한 악당입니다. 데스데모나가 벌써 그놈을 점찍었단 말입니다."

"믿을 수 없어. 그녀는 여자로서 최고의 자질을 다 갖춘 축복받은 사람인데……. 정숙하고 현명하고……."

"축복 좋아하시네. 그녀가 마시는 포도주는 포도 말고 뭐다른 거로 만들었나요? 다른 여자랑 똑같아요. 만약 그런 축복을 받았다면 무어인을 좋아하지 말았어야죠. 그녀가 카시오 손바닥을 만지작거리는 거 못 봤어요?"

"보긴 봤지. 하지만 예의상 그런 거잖아?"

"원, 모르는 말씀! 음란한 그 눈빛 못 봤어요? 그들 입술이 가까이 간 거 못 봤어요? 숨결이 서로 합쳐질 정도였다니까요. 이제 곧 주요 행사가 벌어지겠지요. 둘이 살을 섞을 거란 말입니다. 이봐요, 당신 내 말을 듣고 베니스에서 여기까지 온 거 아닌가요? 그러니 아무 말 말고 내가 시키는 대로 해요.

자, 오늘 카시오가 보초를 설 때 그에게 가까이 가서 그의 화를 돋워요. 방법은 당신이 알아서 생각해보고. 그자는 성격이 급해서 금방 화를 잘 내요. 그러니 화를 돋우기 아주 쉬워요. 혹시 그가 곤봉으로 당신을 내리칠지도 몰라요. 그럼 일이 아주 잘 풀리는 거지요. 아무튼 저 무어인이 카시오를 자르게 만들어야 해요. 장애물을 제거해야 당신 욕심도 쉽게 채울 수 있지 않겠어요?"

"하겠어. 내게 기회가 올 수 있는 일이라면 뭐든 하겠어."

"자, 내가 보장할게요. 잠시 후 요새에서 만나기로 해요. 나는 그의 물건들을 날라야 하니까."

둘은 인사를 나눈 후 헤어졌다.

오셀로를 맞이한 전임 키프로스 총독 몬타노는 포고문을 발표했다.

여러분에게 우리 고귀하고 용맹스러운 오셀로 장군의 뜻을 알린다. 장군께서 축제를 명하셨다. 튀르크 함대가 전멸했음을 확인했으니 축하하기 위해서다. 불을 피우고 춤을 추어라. 모두 마음껏 즐겨라. 이 축제는 또한 장군님의 혼인을 축하하는 잔치기도 하다. 모든 창고를 열어 여러분을 기쁘게 해주겠다. 11시 종이 울릴 때까지는 마음껏 자유롭게 즐기기 바란다.

다들 축제에 들떠 있는 가운데, 오셀로에게 경계 임무를 부여받은 카시오는 경계를 서기 위해 나설 채비를 하고 있었다.
그때 이아고가 나타났다. 카시오가 반갑게 그를 맞았다.

"어서 오게, 이아고. 자네도 나와 함께 경계를 서러 가세."

"아직 한 시간도 더 남았어요. 11시까지 즐겨야 하는데 아
직 10시도 안 되었잖아요. 자, 부관님, 여기 아주 좋은 포도주
한 통이 있습니다. 게다가 밖에 키프로스 양반 두 분이 손님으
로 와 계십니다. 오셀로 장군의 건강을 위해 부관님과 함께 축
배를 들겠다고 찾아왔는데요."

"여보게, 이아고. 다음에 하세. 나는 술에 약한 데다, 술이
취하면 실수를 한단 말이야."

"모처럼 찾아온 분들인데……. 딱 한 잔만 드세요. 나머지
는 부관님 대신 제가 마시면 되잖아요."

"날 보게나. 오늘 저녁에 딱 한 잔 했을 뿐인데 얼굴이 이렇
게 뻘개졌다네. 도저히 안 되겠어."

"아, 뭘 그리 까다롭게 그러세요? 잔칫날 아닌가요? 저분
들이 몹시 섭섭해할 걸요."

"거 참. 그럼 들어오라고 하게."

마음 좋은 카시오는 이아고의 꾐에 넘어가 그들을 들어오

라고 했다. 그런데 이아고가 말한 키프로스 사람들 중에는 전 총독 몬타노도 있었다. 이아고가 감언이설로 그를 꾀어낸 것이었다. 술이 약한 카시오는 기분 좋게 몇 잔 마신 후에 취해버렸다. 술에 취한 그는 그들이 주는 술을 넙죽넙죽 받아 마셨다. 그러고는 만취 상태가 되어버렸다. 술에 취해 경계 근무를 나서면서 그는 횡설수설했다.

"여러분, 이제 우리는 우리 본분을 다해야 합니다. 내가 취한 것 같아요? 천만에! 자, 보세요. 이 사람은 기수고, 이건 제 손입니다. 자, 틀린 거 있습니까? 보세요. 이렇게 비틀거리지 않고도 걸을 수 있어요. 말도 잘할 수 있단 말입니다."

그는 비틀거리며 경계를 서러 갔다. 그가 술에 취한 모습을 보고 몬타노가 말했다.

"저 친구 자주 저러는가?"

"저러다 바로 잠에 곯아떨어지지요."

"장군께서 저 친구 저러는 줄 아시나 모르겠네. 아셔야 할 텐데. 저 친구는 장군의 부관이 아닌가? 부하의 장점뿐 아니라 단점도 알고 계셔야지."

카시오가 경계초소로 가자 로데리고가 그를 기다리고 있었다. 로데리고는 이아고의 계략대로 카시오에게 욕을 해댔다.

"아니, 경계를 서야 할 사람이 술에 취하다니! 이런 형편없는 놈. 부관의 임무를 잊었단 말이냐? 초소에서 계집이나 껴안고 뒹굴 놈 같으니라고!"

술에 취한 카시오는 금방 흥분했다.

"뭐? 네깐 놈이 나를 가르치는 거야 뭐야? 이런 건방진 놈, 실컷 맞아봐야 정신 차리겠냐?"

카시오는 그에게 주먹을 한 방 날렸다. 그러고는 칼을 빼들고 로데리고에게 달려들었다. 로데리고는 이아고의 계략대로 요새 쪽, 이아고와 몬타노가 있는 곳으로 도망갔고 카시오는 그 뒤를 쫓았다.

카시오가 칼을 빼들고 로데리고에게 달려드는 모습을 본 몬타노가 카시오를 말렸다.

"이보게 부관, 제발 손을 멈추게."

"놓지 못해요, 안 그러면 당신 머리통이 깨질 줄 아쇼."

"글쎄, 이제 그만. 자네 취했어."

"뭐, 내가 취해? 어디 취한 놈 맛 좀 봐라!"

카시오가 이번에는 몬타나에게 달려들었고 둘 사이에 싸움이 벌어졌다. 그러자 이아고가 로데리고에게 말했다.

"아, 멍청하게 싸움 구경이나 할 거예요? 어서 빨리 나가 '폭동이다!'라고 큰 소리로 외쳐요."

로데리고가 밖으로 나가자 이아고는 남들이 들으라는 듯 큰 소리로 말했다.

"아이고, 부관님, 제발 멈춰요. 이러다 사람 죽이겠네. 원 세상에! 사람 살려! 부관님이 사람 죽이네! 아이고, 몬타노 님. 저걸 어쩌나! 정말 경계 한번 잘 서고 있네! 아이고, 종이 울리네. 온 마을이 들고 일어나겠어!"

로데리고가 폭동이 일어났다고 외치자 긴급 사태를 알리는 종이 울린 것이다. 사태는 곧 오셀로에게 보고되었다. 오셀로는 부하들과 함께 황급히 요새로 왔다. 오셀로는 난장판이 벌어진 것을 보고 이아고에게 물었다.

"아니, 어쩌다 이런 일이 벌어진 거야. 이아고, 자네는 정직한 사람이지. 겁이 나서 얼굴이 새파랗게 질렸구나. 자, 숨김없이 말해봐라. 도대체 어쩌다 이런 일이 벌어진 거냐? 누가 잘못한 거야? 너의 충정에 걸고 솔직히 말해."

"저도 모르겠습니다. 조금 전까지 둘이 친구 사이였던 건 알겠는데요, 어떻게 이런 싸움이 벌어졌는지는 모르겠습니다."

그러자 오셀로가 카시오를 향해 물었다.

"카시오, 자네는 어쩌다가 자제력을 잃어버린 거야?"

얼마간 정신을 차린 카시오가 말했다.

"죄송합니다만 드릴 말씀이……. 저도 어떻게 된 일인지……."

그러자 오셀로가 몬타노에게 말했다.

"몬타노, 당신은 늘 예의 바르고 신중했소. 그런데 야밤에 이런 일을 벌이다니 도대체 어찌 된 일이오? 당신의 명성을 해쳐도 좋단 말이오? 자, 대답해보시오."

"장군, 날 보십시오. 이렇게 심하게 부상을 입었습니다. 난 오늘 밤 잘못한 게 없어요. 나는 그저 좋은 마음으로 싸움을 말리려 했을 뿐입니다. 정당방위였을 뿐입니다."

누구에게 물어도 진상을 알 수 없자 오셀로가 노해서 말했다.

"누구든 이 추한 일이 어떻게 해서 벌어진 건지 정확히 보고하라. 이번 사건에서 유죄로 판명 나는 자는 누구든 벌을 면할 수 없을 것이다. 새롭게 주둔하게 된 마을에서 민심을 다독이지는 못할망정 한밤중에 집안싸움을 일으키다니! 그것도 경계초소에서! 아는 사람은 빨리 말하라! 정직한 이아고, 그대는 아는 것 같으니 어서 사실대로 말해봐라. 착한 마음으로 죄지는 자를 감싸는 것은 군인의 미덕이 아니다."

이아고가 마지못해 나서는 척하며 말했다.

"아이고, 장군님, 너무 다그치지 마십시오. 제 입으로 카시오에게 피해를 입히느니 차라리 혀를 잘라버리고 싶습니다. 하지만 진실을 말하라고 하시니 말씀드리는 수밖에 없군요.

몬타고 님과 제가 이야기를 나누고 있었지요. 그런데 웬 녀석이 살려달라고 고함을 지르며 나타나는 게 아니겠습니까? 카시오가 그를 죽이기로 작정한 듯 칼을 들고 뒤따르고 있었지요. 몬타고 님이 카시오를 말렸답니다. 저는 소리치며 도망가는 녀석을 뒤쫓았지만 어디론가 사라지고 없었습니다. 등뒤로는 요란한 칼 소리와 카시오의 심한 욕설이 들렸습니다. 걱정되어 돌아올 수밖에 없었지요. 돌아와보니 두 분이 칼을 들로 싸우고 있었습니다. 제가 본 것은 그뿐입니다. 아마 카시오 부관이 도망친 자에게서 참기 힘든 모욕을 받았겠지요."

그의 이야기를 듣고 오셀로가 말했다.

"잘 알겠네, 이아고. 자네는 참 정직하면서도 정 깊은 사람이야. 끝까지 카시오를 감싸려 하다니. 카시오, 내 자네를 아끼지만 자네는 이제부터 내 밑의 장교가 아니네. 자네를 부관직에서 해임하네.”

자기가 무슨 짓을 했는지, 왜 그런 짓을 했는지 전혀 기억 못 하는 카시오는 그저 멍하니 오셀로의 명을 듣고 있을 뿐이었다. 오셀로는 사태를 그 정도로 마무리하고 숙소로 돌아갔고 몬타나도 돌아갔다. 자리에는 카시오와 이아고 단둘만 남았다. 이아고가 카시오를 보고 말했다.

“아니, 부관님도 다치셨네요.”

“그래, 좀 심하게 다쳤어.”

“하느님 맙소사! 어쩌지요?”

“아니, 그건 중요하지 않아. 난 명성을 잃었어. 가장 중요한 걸 잃었어.”

“저는 정직한 사람이니 솔직히 말씀드리겠습니다. 저로서는 그런 보이지 않는 명성보다는 상처가 더 아프리라 생각되는데요. 명성이란 건 어리석고 헛된 짐일 뿐입니다. 아무 공을 세우지 않아도 얻을 수 있고 아무 이유 없이 잃어버리기도 하지요. 그깟 명성 때문에 괴로워하실 필요 없어요.

자, 제가 충고 하나 해드리지요. 장군님의 마음을 돌릴 길이 얼마든지 있습니다. 장군님은 일시적인 기분으로 부관님을 쫓아낸 겁니다. 절대로 부관님에게 악의를 품고 있는 게 아니에요. 용서해달라고 간곡하게 청을 드려보세요. 분명 들어주실 겁니다."

"용서해달라고 빌어? 차라리 나를 실컷 경멸해달라고 간청하겠네. 그렇게 훌륭한 지휘관을 모시고 있으면서 이런 주정뱅이 추태를 부리다니! 아, 취해서 앵무새처럼 조잘대고, 싸우고, 욕을 해대고. 이놈의 술 귀신! 네 놈은 악마야. 그래, 난 이제부터 술을 악마라고 부르겠어!"

"술 갖고 너무 그러지 마세요. 그건 그렇고 부관님이 칼을 들고 뒤따라왔던 사람 있잖아요? 그 사람 도대체 누군가요? 부관님께 무슨 몹쓸 짓을 했나요?"

"모르겠어. 어렴풋이 기억나는 것도 있지만 확실한 건 하나도 없어. 어쩌다 그렇게 싸우게 됐는지 모르겠어. 인간이란! 도대체 술을 왜 마시는 거야! 정신을 빼앗아버리는 적을 스스로 자기 입에 넣다니! 흥청망청하다가 스스로를 짐승으로 변하게 하다니!"

"그런데 지금은 말짱하시네요. 어떻게 그렇게 빨리 회복되신 거지요?"

"주정뱅이 악마가 할 일 다 하고 분노의 악마에게 자리를 내준 거지. 스스로를 경멸하게 만드는 분노의 악마 말이야!"

"교훈은 그 정도면 됐습니다. 자, 기왕 일이 벌어졌으니 좋은 방향으로 바로잡아야지요."

"안 돼. 내 자리를 다시 달라고 부탁을 해? 그러면 그분은 나를 정말 주정뱅이 취급할 거야. 나는 그분 앞에서 입도 떼지 못할 거고. 그러면 나는 진짜로 바보나 짐승 같은 놈이 될 거야. 에잇, 그놈의 술! 저주받은 악마!"

"그만하세요. 적당히 마시면 술은 더없이 좋은 친구니 너무 그렇게 악담하지 마세요. 어떤 사람이건 한두 번 취할 수 있는 겁니다.

장군님께 직접 용서를 비는 건 내키지 않는다? 그럼 어떻게 한다? 옳지, 이렇게 하면 되겠군. 자, 이제부터 내가 시키는 대로 하십시오. 우리 장군님의 부인은 이제 장군님과 다름없습니다. 장군님이 부인에게 푹 빠져 있다 이겁니다. 자, 부인을 만나 솔직하게 털어놓는 겁니다. 부인에게 부관 자리를 되찾게 해달라고 부탁하세요. 그녀는 너무나 너그럽고 친절한 분이라서 누가 부탁한 것 이상으로 도와주는 분이랍니다."

이아고의 말에 카시오는 고개를 끄덕였다.

"그래, 그거 좋은 생각이야. 내일 아침 당장 데스데모나에게 간청해야겠네. 좋은 충고 고맙네."

그러자 이아고가 카시오에게 말했다.

"제가 내일 아침 일찍 제 마누라를 데리고 갈게요. 마누라가 마님 시중을 들고 있으니 부관님이 마님을 만날 수 있게 도와줄 수 있을 거예요."

카시오는 이아고에게 작별 인사를 하고 숙소로 돌아갔다. 그러자 숨어 있던 로데리고가 들어왔다. 이아고가 물었다.

"무슨 일로 왔어요?"

"난 베니스로 돌아가려네. 내가 이게 무슨 꼴인가? 꼭 사냥터에서 죽어라 뛰어다닌 개 꼴 아닌가? 돈은 거의 바닥난 데다 흠씬 두들겨 맞기나 했으니……. 이제 그만 돌아가야겠어."

"참 딱한 양반이네. 아니 그렇게 참을성이 없어요? 어디 그렇게 단번에 되는 일이 있답디까? 우리는 마법을 부리는 게 아니라 기지를 사용하는 겁니다. 다 잘되고 있는 걸 모르겠어요? 당신은 그저 상처를 조금 입었을 뿐이잖아요? 그런데 그 덕에 카시오가 파면되었잖아요? 자, 이제 꽃이 피기 시작한 겁니다. 열매를 맛보려면 좀 기다려야 해요.

어럽쇼, 벌써 날이 밝았군. 자, 당신 숙소로 돌아가서 잠이나 청해요. 나중에 내가 앞으로 당신이 할 일을 알려줄 테니."

로데리고는 이아고의 말을 듣고 고개를 갸우뚱하며 나갔다. 그러자 이아고가 혼잣말로 중얼거렸다.

"내 머리는 정말 잘 돌아가. 금세 마누라를 이용할 생각이 떠오르다니. 마누라가 데스데모나에게 먼저 간청하게 해야지. 그리고 어떻게든 수를 내서 카시오가 데스데모나에게 애원하는 모습을 시커먼 무어인이 보게 만드는 거야. 이거 정말 그림이 잘되어가는군."

3

　　다음 날 아침 이아고와 에밀리아가 카시오에게 찾아왔다. 에밀리아는 이아고에게 이미 사정 이야기를 들은 후였다. 에밀리아가 카시오를 보자 인사하며 말했다.

　"부관님, 안녕하세요. 너무 상심하지 마세요. 다 잘될 거예요. 제가 데스데모나 마님을 만나 뵙고 두 분의 만남을 주선하겠어요."

　　이아고는 둘을 그대로 둔 후 성곽 순찰에 나선 오셀로에게 갔고, 에밀리아는 카시오를 접견실로 안내한 후 데스데모나를 데리러 갔다. 얼마 후 데스데모나가 에밀리아와 함께 접견실로 들어왔다. 하지만 카시오는 그저 우물쭈물하면서 말을 꺼내지 못했다. 보다 못한 에밀리아가 대신 데스데모나에게 사정을 설명한 후 말했다.

"마님, 마님은 부관님을 잘 아시잖아요. 장군님께 말씀드려서 다시 복직할 수 있게 해주세요."

그러자 데스데모나가 카시오에게 말했다.

"안심하세요, 카시오. 내가 당신을 위해 최선을 다할게요."

에밀리아가 다시 나서서 말했다.

"마님, 정말 그래주시겠어요? 제 남편도 마치 자기 일인 것처럼 걱정하고 있답니다."

"그래? 네 남편은 정말 정직하고 좋은 사람이야! 안심하세요, 카시오. 제가 어떻게든 남편을 설득하겠어요. 두 분은 이전처럼 가까운 사이가 될 수 있을 거예요."

카시오가 대답했다.

"아, 정말 선량하신 마님. 복직이 되건 안 되건 저는 마님의 충실한 종복이 되겠습니다."

"너무 그러지 마세요. 당신은 제 남편을 진심으로 모셨고, 둘이 그토록 오래 가까이 지내셨으니 남들처럼 멀어지는 일은 없을 거예요.”

“하지만 저는 이미 부관직에서 물러났으니 너무 오래 장군님 눈에 띄지 않는다면 장군님은 곧 저를 잊으실 겁니다.”

“아무 염려 마세요. 에밀리아 앞에서 약속하니 절 믿으세요. 제 남편이 귀찮아할 정도로 그대 이야기를 할게요. 그러니 안심하고 가세요.”

카시오가 물러서려고 할 때 오셀로와 이아고가 집으로 돌아왔다. 실은 이아고가 절묘하게 시간을 맞추어 돌아온 것이다.

시종이 들어와서 장군이 돌아왔다고 전갈하자 카시오가 이만 물러나겠다고 말하고 밖으로 나갔다. 이런 상황에서 오셀로와 마주치는 것이 불편하리라는 생각에서였다. 방으로 들어오며 카시오가 나가는 것을 본 이아고가 짐짓 말했다.

“어허, 저거 저러면 안 되는데…….”

그러자 오셀로가 물었다.

“뭐라고?”

“아닙니다, 장군님, 그냥 혹시 해서……. 잘 모르겠습니다.”

“근데, 지금 내 아내와 있던 사람이 카시오 아닌가?”

“카시오라니요? 분명 아닐 겁니다, 장군님. 만일 카시오였다면 장군님이 오시는 걸 보고 저렇게 황급히 도망가겠어요? 마치 무슨 죄를 지은 사람 같잖아요."

"아냐, 틀림없이 카시오였어. 그 친구가 내 아내와 무슨 볼일이 있었던 걸까?"

오셀로를 본 데스데모나가 그를 맞으며 말했다.

"여보, 여긴 어쩐 일이세요? 성곽 순찰을 하시겠다더니……. 전 방금 당신이 내치신 분하고 이야기를 하고 있었어요."

"누구?"

"당신 부관 카시오요. 여보, 그를 제발 다시 받아들이세요. 그는 정말 정직한 사람이에요."

"방금 여길 떠난 게 그 친구였소?"

"맞아요. 너무 풀이 죽어 있던 걸요. 여기다 그의 슬픔을 남겨놓고 간 것 같아요. 저도 가슴이 아프답니다. 여보, 그를 다시 불러서 곁에 두세요."

"음, 생각해보지. 하지만 지금 당장은 어려워요."

"하지만 곧 부르실 거지요?"

"그래, 당신이 그렇게 말하니 서두르겠소."

"오늘 저녁 식사 때는 되겠어요?"

"좀 곤란한데……. 내일 점심도 어려워요. 요새에서 대장들을 만날 일이 있어서 밖에서 점심을 들게 될 거요."

"그럼 내일 저녁이나 그다음 날 아침이나 제발 빨리 만나주세요. 그는 정말 뉘우치고 있어요. 사실 뭐 그렇게 큰 죄를 지은 것도 아니잖아요? 전쟁터에서 모범이 되어야 할 사람이 그러지 못한 것뿐이잖아요. 여보, 그를 언제 오라고 할까요? 어서 말해주세요, 오셀로. 제가 언제 당신 요청을 거절한 적이 있나요? 더욱이 그는 당신이 제게 청혼할 때 함께 온 사람이잖아요. 제가 망설일 때마다 당신 편을 들어주었잖아요. 그런 카시오를 어떻게 내치실 수 있어요? 제가 당신이라면……."

"자, 자, 이제 그만하시오. 당신 좋을 때 아무 때든 오라고 하시오. 내 당신 말대로 다 따를 테니."

"여보, 저는 지금 청탁을 하고 있는 게 아니에요. 당신에게 좋은 음식을 권하는 것과 같은 일이에요. 당신에게 이로운 일을 권하는 거라고요."

"잘 알겠소. 그 전에 내 부탁 하나 들어주시오. 잠시 나를 혼자 내버려둘 수 없겠소? 어쨌든 당신 말을 다 들어줄 테니."

데스데모나는 에밀리아와 함께 밖으로 나갔다. 접견실에는 오셀로와 이아고만 남았다.

단둘이 있게 되자 이아고가 입을 열었다.

"고귀하신 장군님!"

"무슨 할 말이 있는가, 이아고?"

"장군님 말씀을 들으니 장군께서 부인께 정식으로 청혼할 때 카시오가 그 사실을 알고 있었던 것 같네요."

"그럼 당연하지. 처음부터 끝까지 다 알고 있었어. 왜 그러나?"

"전 그가 부인을 한 번도 본 적이 없는 줄 알고 있었지요. 제가 장군 결혼 이야기를 했을 때 아무것도 모르는 척하더라고요."

"그럴 리가. 그 친구가 가운데서 다리를 놔준 셈인데. 들러리 역을 했어."

"그래요? 그런데 왜……."

"뭐 짚이는 게 있어서 그러는 건가? 그가 뭔가 속이고 있다고 생각하는 건가?"

"글쎄요, 속인다기보다는……. 장군님, 제가 알기로는……."

"그래 자네는 어떻게 생각하느냔 말일세."

이아고로 분장한 에드윈 부스

미국 배우 에드윈 부스가 1870년경 연극 「오셀로」 공연을 위해 이아고로 분장하고 찍은 사진. 『오셀로』에서 이아고는 전형적인 악당, 똑똑한 어릿광대 역할을 수행한다. 셰익스피어는 이탈리아 작가 조반니 바티스타 지랄디(필명 신티오)가 쓴 『백 편의 이야기』(1565) 중 한 이야기인 「무어인 대장」에서 이아고를 빌려왔다. 한 연구자에 따르면 인간 정신의 작용에 특별히 관심이 많았던 셰익스피어는 상투적인 도덕적 인물을 또다시 등장시키기 싫었다. 그래서 자신의 행동이 잘못인 줄 전혀 모르는 인물, 이른바 사이코패스의 전형을 창조해냈다. 아마 셰익스피어는 동료 의식은 지극히 약한 반면 이기심은 너무나 강한, 그러면서 완벽하게 제정신을 가진 그런 사람을 알고 있었고, 그 예를 통해 이아고를 만들어냈을 것이라 추측할 수 있다.

"제 생각이오? 글쎄요."

"원 참, 뭘 그렇게 빙빙 돌리나? 자네 생각 가운데 무슨 끔찍한 괴물이라도 있는 것 같군. 자네, 카시오가 아내 곁을 떠날 때 '저러면 안 되는데'라고 중얼거렸지? 내가 똑똑히 들었네. 자네는 정직한 사람 아닌가? 뭘 저러면 안 된다는 건가? 자네 생각을 속 시원하게 보여주게."

"장군님, 제가 진정으로 장군님을 사랑한다는 건 믿으십니까?"

"믿고말고. 자네가 정직한 사람이라는 것도 알고 있다네. 말을 함부로 하지 않는다는 것도 알지. 자네가 그렇게 말을 머뭇거리니까 더 궁금하네. 거짓된 자는 속임수를 쓰려고 말을 아끼겠지만 자네같이 정의로운 사람은 진심으로 뭔가 해줄 말이 있기에 그런 식으로 망설이는 것 아닌가? 자, 망설이지 말고 말해보게."

"아, 장군님, 장군님께서 아무리 재촉하셔도 말씀드리지 못하겠습니다. 장군님께 해가 될뿐더러 제 인간성에도 누가 되는 일이기 때문입니다. 사람에게 무엇보다 중요한 것은 명성이 아니겠습니까?"

"어허, 말을 해보래도. 내 무슨 수를 쓰건 자네 생각을 알아내고 말 거야."

"장군님이 제 심장을 두 손에 쥐고 계신다고 해도 어려울 것입니다. 다만 질투심을 조심하라고 말씀드릴 수 있을 뿐입니다. 질투심은 푸른 눈의 괴물입니다. 희생물을 잡아먹고 말지요. 오쟁이 진 자, 즉 아내가 딴 남자와 바람을 피운 자도 행복하게 지낼 수 있습니다. 운명이라고 체념하고 아내를 사랑하지 않으면 되지요. 하지만 아내에게 푹 빠져 있으면서 의심을 하게 된다면, 아내를 수상히 여기면서도 여전히 사랑한다면, 그 얼마나 저주받은 시간을 보내게 되겠습니까? 이게 모두 질투심에서 비롯되는 것입니다."

오셀로는 점점 이아고가 쳐놓은 덫에 빠져들었다. 그는 단호하게 말했다.

"자네 질투라고 말했나? 내가 질투 속에 빠져 살 거라고 말했나? 아니야. 그런 말 말게. 내 아내가 남들과 어울리기 좋아하고 자유롭게 노래하고 춤을 추더라도 나는 질투하지 않아. 그녀의 덕을 더 빛나게 할 뿐이니까. 내가 매력이 없다고 그녀가 나를 배신할까 봐 염려하지도 않아. 그녀가 두 눈 똑바로 뜬 채 나를 선택한 거니까. 만일 이상한 게 있으면 난 의심이 들기 전에 미리 알아보고 다 밝혀낼 거야. 해결책은 단 하나지. 사랑과 질투, 둘 중 하나를 단번에 없애버리면 되는 거야."

이아고는 드디어 오셀로가 데스데모나를 의심하게 되었다고 속으로 쾌재를 불렀다. 그가 말했다.

"좋습니다. 장군님께서 그렇게까지 말씀하시니 속 시원히 말씀드리겠습니다. 하지만 아직 확실한 증거가 있어서 말씀드리는 것은 아닙니다. 아무튼 부인과 카시오를 유심히 살펴보십시오. 다만 평상시 눈빛으로 살펴보셔야 합니다.

장군님, 장군님은 순수하고 고귀한 성품을 가지신 분입니다. 저는 장군님이 바로 그 미덕 때문에 속아 넘어가는 걸 두고 보기 어렵습니다. 저는 베니스 여자들에 대해 아주 잘 알고 있습니다. 베니스 여자들의 미덕은 불륜을 안 저지르는 데 있는 게 아닙니다. 안 들키는 게 그들의 도덕관입니다."

무어인인 오셀로는 이아고가 베니스 여자의 도덕관까지 들먹이자 안 넘어갈 재주가 없었다.

"그래서?"

"마님은 우선 아버지를 속였습니다. 장군님과 결혼하기 위해서였지요. 위엄 있고 무서운 장군님 표정을 좋아했기 때문이었습니다."

"그랬지."

"아버지가 마법인 줄 알 정도로 속였던 거지요. 하지만 장군님, 용서해주십시오. 그건 장군님을 너무 사랑했기 때문이지요."

"맞아, 내가 그녀에게 영원히 빚을 진 셈이지."

"그런데 이런 일이 벌어지다니! 장군님, 이번 일로 실망하셨지요?"

"아냐, 절대로 그렇지 않아. 난 데스데모나가 정숙하다는 걸 전혀 의심하지 않아."

그러자 이아고가 두 손을 번쩍 들고 외쳤다.

"만세! 마님 만세! 마님을 이토록 생각하시는 장군님 만세!"

이아고가 그렇게까지 나오자 오셀로는 애가 닳아 더 이상 참을 수 없었다.

"어디 더 말해보게. 어서 말해보라니까."

"장군님, 본성은 속일 수 없는 법입니다. 자신도 모르게 밖으로 나오게 되어 있지요. 마님은 본성을 어기고 고향, 피부색, 신분, 나이가 다른 장군님을 택했지요. 마님의 본성은 장군님과는 다른 남자를 향하게 되어 있습니다. 하지만 용서해 주십시오. 그냥 일반적인 이야기를 마님에게 갖다 붙인 것뿐이니까요. 장군님이 직접 확인해보시기 바랄 뿐입니다. 저는 이만 물러가겠습니다."

이아고는 일단 이 정도면 성공이라고 생각하고 정중히 인사한 후 물러났다.

이아고가 물러나자 오셀로는 머릿속이 복잡해졌다.

'저 친구는 정직해. 게다가 인간관계를 훤히 꿰뚫어볼 만큼 영리하고 지혜도 있어. 그래, 저 친구는 자기가 말한 것보다 훨씬 많은 것을 보고 알고 있어. 아, 내가 왜 결혼을 했을까! 그녀는 내 곁을 떠난 게 틀림없어. 난 속은 거야. 아, 저주받을 결혼! 나는 오쟁이 질 팔자를 타고 난 거야.'

그때였다. 데스데모나가 오는 모습이 보였다. 그는 혼잣말을 했다.

'그녀는 분명히 부인할 거야. 하지만 믿을 수 없어.'

데스데모나가 방으로 들어오며 말했다.

"여보, 어쩐 일로 아직 여기 계세요? 저녁 초대를 받은 사람들이 당신을 기다리고 있는데……."

"머리가 좀 아파서 그랬소."

"잠을 못 주무셔서 그럴 거예요. 제가 머리를 묶어드릴게요. 금방 좋아지실 거예요."

그녀는 손수건을 꺼내 그의 머리를 묶으려 했다. 하지만 손수건이 너무 작았다. 오셀로는 손수건을 물리치며 말했다.

"그냥 내버려두시오. 금방 괜찮아질 테니. 자, 우리 함께 나갑시다."

그 순간 손수건이 바닥에 떨어졌다. 데스데모나는 손수건이 떨어진 줄 몰랐다. 둘이 밖으로 나가자 에밀리아가 손수건을 집어 들고 중얼거렸다.

'어머, 이게 바로 그 손수건이네. 오셀로 장군님이 마님께 준 첫 선물인데……. 이유는 모르지만 내 남편이 이 손수건을 훔쳐 오라고 수없이 말했잖아. 하지만 마님이 얼마나 아끼는지 항상 몸에 지니고 있어서 손에 넣을 수 없었는데……. 정말 아끼시는 건데 이아고에게 줘야 하나? 그래, 갖다 주자. 너무 간절하게 원했잖아. 이걸 어디다 쓰려는 건지 모르겠네. 내

가 아는 건 그이의 변덕밖에 더 있어.'

그때 이아고가 방으로 들어왔다.

"아니, 여기서 혼자 뭘 하고 있는 거야?"

"야단치지 말아요. 당신에게 줄 게 있으니까."

에밀리아는 이아고에게 손수건을 건넸다. 그의 얼굴이 금세 환해졌다. 그의 머리에 번갯불처럼 계책이 떠올랐다.

'그렇지, 이 손수건을 카시오의 숙소에 몰래 떨어뜨려놓는 거야. 질투심에 사로잡힌 사람에게는 아무리 하찮은 거라도 확신을 심어주게 돼 있어. 저 시커먼 무어인은 벌써 내가 먹인 독약을 삼킨 거야. 사람이 변해서 제멋대로 상상하게 만드는 독약! 처음에는 아무 맛도 못 느끼고 무심코 마셔버리지. 그게 조금씩 핏속으로 번지기 시작하면 유황불처럼 활활 타오르게 되는 거야.'

그날 밤 오셀로는 거의 잠을 이루지 못하고 뒤척였다. 다음 날 아침 이아고가 일찍 그를 찾아왔다. 오셀로는 이아고를 보자마자 다짜고짜 화부터 냈다.

"어서 꺼져버려! 어서 가버리라니까! 네놈이 나를 고문대 위에 올려놓은 거야. 아, 차라리 속는 게 아는 것보다 나은 것을!"

"장군님, 무슨 말씀이신지?"

"그녀가 남몰래 즐긴 욕정에 대해 나는 아무것도 몰랐어. 보지도 못했을뿐더러 생각조차 하지 않았어. 내게 해를 입히지도 않았어. 그녀의 입술에서 카시오의 입술을 느끼지도 못했어. 도둑맞은 자가 무엇을 잃었는지 모르면 도둑맞은 게 아냐."

"아이고 장군님, 죄송합니다."

"모든 사람이 그녀의 달콤한 육체를 맛보았다 하더라도 내가 아무것도 모른다면 난 행복할 거야. 아, 평온했던 내 마음아, 이제는 영원히 작별이구나! 아, 기쁨아, 영원히 안녕이구나! 전사로서 나의 용맹아, 모두 잘 가거라! 이제 오셀로는 아무것도 아니다. 장군도 아니고 총독도 아니다!"

"장군님, 왜 이러십니까?"

"이놈, 어서 썩 증명하지 못해! 내 사랑하는 그녀가 몸을 마구 굴렸다는 확실한 증거를 내놓지 못해! 입증을 못 할 경우 네놈은 지옥으로 갈 각오를 해라."

"오, 하늘이시여, 저를 보호해주십시오! 그래요? 좋습니다.

안녕히 계십시오. 전 사표를 내겠습니다.”

그러더니 이아고는 주먹으로 자신의 머리를 때리며 외쳤다.

“이런 천하에 바보 같은 놈! 정직함 때문에 이 지경이 될 때까지 살아 있다니! 바르게 살면 안전하지 못하다는 교훈을 주셔서 정말 감사합니다. 정직하면 바보가 되고 자기를 위해주던 사람을 잃는다더니, 그 말이 꼭 맞았어.”

이아고가 밖으로 나가려 하자 오셀로가 절규했다.

“아, 어쩌란 말이냐! 어찌 이럴 수가 있단 말이냐! 내 아내가 정숙하다고 생각하면 네놈 얼굴이 떠오르고, 네놈이 옳다고 생각하다가는 절대로 그럴 리 없다는 생각이 떠오르고…… . 그래, 뭐든 증거가 있어야 해. 증거를 봐야 믿을 수 있겠어.’

오셀로는 밖으로 나가려는 이아고를 향해 말했다.

“가긴 어딜 가는 거냐? 그녀가 부정을 저질렀다는 확실한 증거와 이유를 대라.”

“글쎄요. 그걸 어떻게 확실하게 보여드립니까? 함께 붙어 있는 걸 보여달라고요? 그들에게 그걸 구경시켜달라고 애걸할까요? 좋아요, 그 대신 이런 말씀을 해드리지요. 제가 최근에 카시오와 함께 잠을 잔 적이 있었습니다. 그런데 제가 도중에 잠에서 깨어났지요. 이빨 하나가 욱신욱신 쑤셔대는 통에 말입니다. 그런데 그가 잠꼬대를 하더군요. 그대로 읊어드릴까요?

'아름다운 데스데모나, 우리 서로 조심해야 해.' 뭐 그런 거였습니다. 그러더니 제 손을 꼭 움켜쥐더군요. 그리고는 '사랑하는 그대여'라고 외치면서 입을 맞추는 겁니다. 그때 그가 뭐라고 중얼거렸는지 아십니까? '아, 무슨 몹쓸 운명이 그대를 그 무어인의 품에 안기게 했단 말인가!' 이러더군요. 하긴 꿈일 뿐이니 확실한 증거는 못 되겠네요."

"내 이년을 갈가리 찢어놓겠다."

"아뇨, 이럴수록 침착하고 현명해야 합니다. 아직 직접 눈으로 확인한 게 아니니, 그녀는 아직 순결을 간직하고 있는지도 모르니까요."

말을 마친 이아고는 잠시 생각에 잠겨 있는 척하다가 오셀로에게 물었다.

"참, 딸기 무늬 손수건을 부인이 아직 가지고 계시지요? 저도 여러 번 본 적이 있습니다."

"내가 준 첫 번째 선물이지."

"그렇다면……. 오늘 카시오가 그 손수건으로 수염을 닦는 걸 제가 분명히 보았습니다."

"아, 그놈의 목이 수천 개였다면 그 목들을 다 날려버릴 것을! 그래, 내 어리석은 사랑 같은 건 이제 저 허공으로 날려 보냈어. 검은 복수여, 이제 네 그 어두운 동굴에서 나와라! 아, 사랑아! 그대가 차지하고 있던 옥좌를 이제 그만 증오심에게 넘겨주어라. 내 가슴아, 부드러운 사랑일랑 물러가고 살무사의 혓바닥이 널름거리게 하라. 사랑 대신 증오의 독으로 부풀어 올라라!"

이아고가 그를 붙잡으며 무릎 꿇고 말했다.

"저, 이아고, 하늘에 대고 맹세합니다. 이제부터 이아고의 머리와 손, 마음은 불행한 장군님을 돕기 위해 모두 내놓겠습니다. 장군님 명령이라면 아무리 피비린내 나는 일이라도 마다않겠습니다."

그러자 오셀로가 말했다.

"이아고, 나를 향한 자네의 충정을 진심으로 받아들이겠네. 어서 가서 카시오를 사흘 안에 없애도록 하게."

"장군님 말씀대로 그 친구는 죽을 겁니다. 약속합니다. 하지만 마님은 살려주십시오."

"망할 년! 음탕한 년! 아, 빌어먹을 년! 자, 이제 자네는 가보게. 그 얼굴 고운 악마를 어떻게 해치울지 내가 방법을 찾아보겠네. 이제부터 자네가 내 부관이야."

마음 착한 데스데모나는 오셀로가 곧 카시오를 복직시키리라 믿고 있었다. 그녀는 자기가 남편에게 직접 부탁을 했으며 모든 일이 다 잘되어갈 것이라는 말을 전하기 위해 하인을 시켜 카시오를 불러오라 했다. 그녀는 카시오를 기다리는 동안 에밀리아에게 잃어버린 손수건 이야기를 꺼냈다. 손수건이 없어진 것을 알고 당황스러웠던 것이다. 그녀는 에밀리아에게 혹시 손수건을 보지 못했냐고 물었다.

에밀리아는 속이 뜨끔했지만 시치미를 뗐다.

"마님, 전 보지 못했는데요."

"손수건 대신 금화가 가득 든 지갑을 잃어버리는 게 낫지. 우리 그이가 고결한 인품을 지니셔서 다행이지 안 그렇다면 이상한 생각을 하실 수도 있어."

"나리는 질투 같은 건 안 하시나요?"

"누가? 그이가? 그런 건 그분 안에는 티끌만큼도 없어."

그때 오셀로가 그녀의 방으로 들어왔다. 그녀에게 손수건이 있는지 당장 확인하기 위해서였다.

그녀가 오셀로에게 말했다.

"여보, 어쩐 일이세요."

"당신이 어떤가 보러 왔지."

"저야 늘 행복하지요."

"손 좀 이리 주시오. 손이 왜 이리 축축하지?"

오셀로는 그녀의 두 손을 잡은 후 말했다.

"정말 축축하군. 남에게 잘 내주는 아주 너그러운 손이니."

"그래요, 당신께 이 손을 통해 제 마음을 아낌없이 드렸으니까요."

"아낌없는 손이지. 전에는 마음을 준다며 손을 주더니 이제는 마음 없이도 손을 주는군."

"무슨 말씀을 하시는 거예요? 아무튼 약속하신 거 지키실 거지요?"

"무슨 약속?"

"카시오 말이에요. 제가 그를 불렀어요. 당신께 직접 말씀드리라고요.”

오셀로는 딴청을 하며 자기 코를 만졌다.

“아니, 왜 이렇게 콧물이 흘러나오는 거야. 당신 손수건을 좀 빌려야겠소.”

“여기 있어요.”

데스데모나가 손수건을 그에게 내밀었다.

“아니, 그것 말고 내가 준 것.”

“지금 제게 없는데요.”

“없다고?”

“네.”

순간 오셀로의 가슴에 분노가 치밀었다. 하지만 그는 꾹 참고 말했다.

“그러면 안 되는데……. 그건 어떤 이집트 여자 마법사가 내 어머니께 준 거요. 그걸 지니고 있으면 영원히 아버지의 사랑을 받을 수 있다고 했소. 하지만 그걸 잃어버리거나 남에게 주면 아버지가 어머니를 혐오하고 다른 여자에게 눈길을 돌릴 거라고 했소. 그러니 늘 애지중지하며 잘 간직해야 하오.”

“어머나, 이를 어째.”

"왜 그러시오. 잃어버리기라도 했소?"

"그런 건 아니지만, 만일 잃어버렸다면요?"

"허허! 당장 가져와요. 소중한 거니까 내가 직접 확인해야 겠소."

"그럴게요. 하지만 지금은 그거보다 더 급한 게 있잖아요. 제 부탁을 따돌리려고 딴소리 하시는 거지요? 지금은 카시오를 도와주세요."

"글쎄 손수건을 가져오라니까. 내 마음이 불안해서 그래."

"그보다 더 유능한 사람은 없을 거예요."

"손수건!"

"제발 카시오 이야기를 좀 해보세요."

"손수건!"

"일생 동안 당신에게 헌신하고 당신 사랑의 그늘에서 커온 사람이에요. 당신과 온갖 위험도 함께했고……."

"손수건!"

오셀로는 계속 "손수건" "손수건"을 외치면서 화난 얼굴로 방에서 나가버렸다.

에밀리아가 데스데모나에게 말했다.

"저분이 질투를 안 하시는 분 맞아요?"

"전에는 절대로 이런 적이 없으셨어. 그 손수건에 뭔가 있는 게 분명해. 그걸 잃으면 안 되는 건가 봐."

"마님, 남자는 한두 해 겪어서는 모르는 법이에요. 우리는 음식일 뿐이고 남자들은 우리를 삼키는 배예요. 허겁지겁 우리를 집어먹고, 배가 부르면 거들떠보지도 않아요."

그때 카시오가 이아고와 함께 방으로 들어왔다. 데스데모나의 부름을 받은 카시오가 이아고와 함께 가자고 청한 것이다.

데스데모나가 먼저 인사했다.

"어서 오세요, 카시오 님. 무슨 소식 없나요?"

"저는 마님으로부터 소식만 기다리고 있었습니다."

"저런, 카시오 님, 지금 무슨 일인지 제 부탁이 먹혀들지 않아요. 잠시 참고 기다려보세요. 제가 더 노력해볼 테니……."

그때 이아고가 슬쩍 끼어들었다.

"마님, 장군님께서 화나셨습니까?"

그러자 에밀리아가 대답했다.

"분명 뭔가에 흔들리시는 것 같았어요. 화가 나서 이곳을 떠나셨어요."

이아고가 다시 말했다.

"그분이 화가 나셨다고? 그렇다면 뭔가 심상찮은 나랏일이 벌어진 걸 겁니다. 마님, 제가 장군님을 만나봐야겠습니다."

말을 마친 이아고는 밖으로 나갔다. 데스데모나가 말했다.

"그래 분명 베니스나 키프로스에서 무슨 일이 일어난 거야. 그런 줄도 모르고 나 때문에 화가 나신 줄 알고 그이를 원망할 뻔했으니. 난 정말 못됐어."

에밀리아가 말했다.

"마님 말씀대로 나랏일 때문이라면 좋겠어요. 마님 때문이 아니길 빌겠어요."

"나 때문에? 그럼 나는 어떻게 해? 그이가 내게 왜 화를 내는지 정말 모르겠어. 그럴 만한 게 아무것도 없어."

"질투에 사로잡힌 이에게는 그런 건 아무 문제도 되지 않아요. 질투할 게 있어서 질투하는 게 아니라 질투하기 때문에 질투하는 거랍니다. 질투는 스스로 자라서 커지는 괴물이랍니다."

데스데모나가 기도하는 마음으로 말했다.

"오, 하늘이시여, 그이의 마음속에서 괴물을 몰아내주십시오. 카시오, 내가 그이를 찾으러 가볼 테니 당신은 이 근처에서 기다려요. 들어주실 것 같으면 다시 한 번 말씀드려볼게요.
아무튼 제가 할 수 있는 한 노력해볼게요."

카시오는 밖으로 나왔다. 그는 손수건 하나를 지니고 있었
다. 방으로 들어서다 손수건이 떨어져 있는 것을 보고 주운 것
이다. 너무 예쁜 손수건이었다. 그는 잠시 생각하는 듯하더니
최근에 가까이하고 있는 비안카 집 쪽으로 향했다. 그녀에게
손수건을 맡기기 위해서였다.

비안카는 거리의 여자였다. 그녀는 카시오를 사랑하고 있
었다. 몇 발자국 옮기지 않았는데 카시오는 비안카와 마주쳤
다. 그가 그녀를 보고 말했다.

"비안카, 집에 있지 왜 나왔어? 지금 자기에게 가던 길인데."

"나는 지금 당신 숙소로 가던 길이야. 어떻게 일주일이나
안 찾아올 수 있어? 당신을 기다리는 시간, 너무 지루했어."

"미안해, 너무 힘든 일이 있어서……. 나중에 다 갚을게."

그는 데스데모나의 손수건을 비안카에게 건넸다.

"그런데 이 손수건 무늬 좀 베껴줄래? 무늬가 너무 예뻐. 임
자를 찾아 돌려주게 될 텐데, 그 전에 무늬를 좀 베껴놓으려고."

"와, 카시오! 이거 어디서 났어? 정말 예쁜데……. 아, 그렇구나! 새 여자가 준 거지? 그래서 그렇게 오랫동안 안 온 거지?"

"말도 안 되는 소리 하지 말고, 그놈의 질투란 놈은 악마 입에 도로 쑤셔 넣어. 날 믿으라고. 자, 이걸 갖고 얌전히 집으로 가주면 좋겠어."

"집으로 가라고? 왜?"

"난 여기서 장군님이 부르시길 기다려야 해. 여자와 함께 있는 걸 보면 뭐라고 하시겠어? 내 체면이 뭐가 되냐고?"

"장군님 만나는 이유를 내게 말해줄 수 없어?"

"그냥 좀 사라져줄 수 없어? 널 사랑하지 않아서가 아니야. 나중에 갈게"

"홍, 핑계는……. 좋아, 난 순순히 말 잘 듣는 여자니까……."

4

정신이 나갈 대로 나간 오셀로는 자기 방으로 이아고를 불렀다. 오셀로는 이제 완전히 이아고의 포로가 되어 있었다. 이아고는 오셀로를 거의 주무르다시피 했다.

그는 이런저런 이야기로 오셀로를 갖고 놀다가 다시 손수건 이야기를 꺼냈다.

"장군님, 제가 아내에게 손수건을 줬다면……."

"그래, 그러면?"

"그럼 그건 그녀 거지요, 장군님. 아무에게나 주어도 되지요."

"아 참, 잊어버리고 있었네. 카시오가 내 손수건을 갖고 있다고 했었지?"

"예, 그렇게 말씀드렸지요. 그런데 그게 뭐 어때서요?"

"기분이 영 좋지 않아."

이아고는 때를 만났다고 생각했다.

"장군님, 실은 제가 드릴 말씀이 있습니다. 이 세상에는 여자를 정복하고 나면 남에게 지껄이지 않고는 못 배기는 자들이 있지요."

"그래, 그가 무슨 말을 하던가?"

"했지요, 장군님, 하지만 신경 쓰실 필요 없습니다. 그냥 떠벌인 것일 수도……."

"뭐라고 했어?"

"글쎄요, 뭔가 했다던데……. 근데 그게 뭔지는 잘 모르겠습니다, 장군님."

"도대체 뭘 했다는 거야!"

"잤답니다."

"뭐야? 놈이 그녀와 잤다고! 손수건을 그놈이! 게다가 고백까지! 아, 놈의 고백을 내가 직접 듣고 교수형에 처해야 하나? 아니야 교수형에 처한 다음에 고백을 들어야 해. 치가 떨린다. 그래, 내가 이렇게 격정에 사로잡히는 것을 보면 틀림없어. 내가, 침착한 내가 아무 이유 없이 이럴 리 없어. 나는 그까짓 말 몇 마디에 이렇게 흥분하는 사람이 아니야. 그래 확실해. 뭐야! 둘이서 입술을! 둘이서 그 짓을! 아, 어떻게 그럴 수가! 아, 악마여!"

오셀로는 그대로 쓰러져버렸다. 그 모습을 보고 이아고가 중얼거렸다.

"그래, 그래, 듣는구나, 아주 잘 들어! 내 약발이 기막히게 듣는구나. 어리석은 바보! 이런 바보들은 언제나 이런 식으로 넘어가지. 아무 죄 없는 정숙한 부인들을 괴롭게 만드는 건 내가 아냐. 바로 이런 바보들이지. 눈이 있어도 보지 못하는 바보천치들!'

그는 쓰러진 장군을 붙잡으며 정신 차리라고 소리쳤다.

그때 카시오가 안으로 들어왔다. 밖에서 기다리다 아무도 부르러 오지 않자 궁금해서 들어온 것이다. 카시오는 오셀로가 쓰러져 있고 이아고가 그 옆에 있는 것을 보고 물었다.

"아니, 장군님께서 무슨 일인가?"

"간질 발작을 일으키셨습니다. 어제도 그러셨으니 두 번째

입니다."

"관자놀이를 문질러드려."

"아닙니다. 가만히 내버려두는 게 상책입니다. 아, 움직이시네. 잠시만 자리를 비켜주세요. 장군님이 회복되셔서 쉬러 가신 다음에 다시 이리로 오세요. 중요한 이야기를 해드릴 테니."

카시오는 순순히 밖으로 나갔다. 이아고가 자신의 복직 문제를 이야기해주리라는 기대도 은근히 가졌다. 카시오가 나가자 정신을 차린 오셀로에게 이아고가 말했다.

"장군님, 이제 정신이 좀 드세요? 머리는 괜찮으신가요?"

"날 놀리는 건가? 그래, 놈이 고백했어?"

"장군님, 남자다우셔야 합니다. 가능한 한 자제력을 발휘하세요. 장군님이 정신이 없으실 때 카시오가 여기에 왔었습니다. 왜 정신을 잃으셨는지 제가 적당히 둘러댔습니다. 다시 돌아와 저와 이야기를 나누기로 했으니 어딘가 몸을 숨기시고 잘 살펴보세요. 야유와 조롱과 경멸의 표정이 그의 얼굴 구석구석에 얼마나 자주 나타나는지 보시기만 하세요. 마님을 어디서 어떻게 만나는지, 얼마나 자주 만나는지, 언제 다시 만날 건지 제가 다 고백하게 만들겠습니다. 그의 몸짓을 보고 정확히 상황 판단을 하세요. 자, 그가 곧 올 것 같으니 자리를 피하세요."

오셀로는 옆방으로 몸을 숨겼다. 말소리는 잘 들리지 않았지만 방안 광경은 훤히 볼 수 있었다.

이아고에게는 속셈이 있었다.

'그래, 카시오에게 비안카 이야기를 물어보는 거야. 고것이 지금 카시오에게 홀딱 빠져 있단 말이야. 그에게 진지하게 그녀 이야기를 하면 웃음이 터지는 걸 못 참을 거야. 그거면 충분해. 질투심에 사로잡힌 오셀로는 제멋대로 엉뚱하게 해석하면서 미쳐버리겠지. 나는 정말 머리가 좋아.'

얼마 안 있어 카시오가 들어왔다.

이아고가 그에게 말을 건넸다.

"부관님, 무슨 언짢은 일이라도 있으신가요? 별로 기분이 안 좋아 보이시네요."

"부관이라고? 그렇게 불러주니 기분이 더 나빠지네. 그 이름을 잃어버려서 환장할 지경인데⋯⋯."

"데스데모나 마님을 더 다그치세요. 그러면 그 이름을 되찾게 될 겁니다. 그런데 비안카가 나서면 더 빨리 성사되겠지요."

이아고 입에서 느닷없이 비안카 이름이 나오자 카시오는

어이없는 웃음을 지었다.

그러자 이아고가 재빨리 말을 이었다.

"남자를 그렇게 진정으로 사랑하는 여자는 보기 힘들어요."

"불쌍한 여자야, 나를 정말 사랑하는가 봐."

카시오가 다시 얼굴에 웃음을 띠었다. 그 모습을 숨어서 본 오셀로는 치를 떨었다.

'저런, 저런, 저놈 벌써 웃고 있는 걸 봐.'

이아고가 계속 말했다.

"그런데 말이지요, 그 여자가 부관님이 자기와 결혼하게 될 거라고 큰소리 치고 다니는 모양입니다. 부관님, 정말 그럴 생각이십니까?"

그 말에 카시오는 웃음을 터뜨렸다. 그가 웃음을 터뜨리자 오셀로는 '그래, 승리했다 이거지?'라고 생각하며 주먹을 불끈 쥐었다.

"결혼한다고? 무슨 소리야 도대체? 그 매춘부와? 하하하, 도대체 무슨 소리를 하는 건가?"

"소문이 그렇게 나 있던데요. 저는 거짓말은 할 줄 모르잖습니까."

"고 여우같은 게 그런 말을 하고 다니는 모양이지? 자기가 나를 좋아해서 그런 거지 난 약속한 적 없네."

그때 이아고가 은밀하게 뒤쪽으로 손짓을 했다. 그것을 본 오셀로가 생각했다.

'이아고가 신호를 보내는군. 놈이 이제 자세한 이야기를 하기 시작했어.'

카시오가 계속 말했다.

"고것이 방금 이 근처에 있었는데……. 아무데나 무턱대로 나를 쫓아다닌단 말이야. 언젠가는 내가 해안에서 베니스 사람들과 이야기를 하고 있었는데, 글쎄 거기까지 쫓아온 거야. 내 목을 이렇게 휘감고는……."

카시오는 자기 목을 누군가 감싸 안는 몸짓을 했다.

숨어서 그 모습을 본 오셀로는 속으로 중얼거렸다.

'그래, 그러면서 오, 내 사랑하는 카시오! 하고 속삭였단 말이지.'

카시오는 아무것도 모른 채 말을 이었다.

"글쎄 막무가내로 이렇게 매달리더니 내게 기대고 막 울더군. 그러더니 나를 마구 끌어당겼어, 하하."

오셀로의 가슴에는 분노의 불길이 치솟았다.

'그래, 그녀가 내 침실로 녀석을 끌어들인 이야기를 하고 있구나. 내 저놈을 그냥.'

그 순간 비안카가 방으로 들어왔다. 카시오의 눈이 휘둥그레졌다.

"아니, 이제는 못 오는 데가 없군. 여기까지 쫓아오다니! 도대체 무슨 일이야?"

"흥, 쫓아오긴 뭘 쫓아와? 도대체 무슨 생각에 이 손수건을 내게 준 거냐고? 이런 걸 넙죽 받은 내가 지지리도 못난 년이지. 뭐? 무늬를 베껴놓으라고? 누가 놓고 갔는지도 모르고 그냥 방에서 우연히 발견했다고? 날 보고 그걸 믿으라고? 도대체 어떤 음탕한 년이 준 거야? 어떤 년하고 정을 나눈 거야? 뭐야? 이 무늬를 나보고 베끼라고? 가져가. 가져가서 그 계집한테 돌려줘. 자, 받아. 마지막 기회를 줄게. 오늘 밤 저녁 먹으러 내게 와. 아니면 다음부터는 아예 올 생각 마."

비안카는 카시오에게 손수건을 던지고는 밖으로 나가버렸다. 그것을 본 오셀로가 머리를 쥐어뜯었다.

'아니, 저건, 저건, 바로 내 손수건이잖아.'

오셀로

이아고가 카시오에게 말했다.

"뭐 하세요? 빨리 따라가지 않고.."

"그래야겠군. 안 그러면 동네방네 악담하고 다닐 테니. 달래주는 수밖에."

"비안카 집에서 저녁을 먹겠네요."

"그래야겠지."

"제가 나중에 그리로 가지요. 긴히 드릴 말씀이 있어요."

"그렇게 하세."

카시오는 비안카를 쫓아 밖으로 나갔다. 그러자 숨어 있던 오셀로가 안으로 들어왔다. 그는 반쯤 넋이 나가 있었다.

"내, 저놈을! 저놈을 어떻게 죽여버리지?"

"다 보셨지요? 놈이 못된 짓을 하면서 얼마나 즐거워하는지?"

"그래!"

"그리고 손수건도 보셨지요?"

"맞아, 내 거 맞지?"

"놈은 마님과 그냥 심심풀이로 즐기는 겁니다. 그 손수건을 자기가 좋아하는 매춘부에게 주었으니까요."

"아, 아름다운 그녀가⋯⋯. 내, 오늘 이 두 연놈을 가만두지 않을 거야. 지옥에 떨어지게 만들 거야. 날 오쟁이 진 남자로 만들다니. 그것도 내 부하 장교와!"

"참으로 더러운 짓이지요."

"이보게 이아고, 오늘 밤 내게 독약을 갖다 주게. 그녀와 길게 이야기 나눌 것도 없어. 그러다가 그녀의 아름다움 때문에 결심이 흐려지면 안 되니까. 오늘 밤이야, 이아고."

"독약을 쓰실 것 없어요. 그냥 침대에서 목을 조르세요. 마님이 더럽힌 바로 그 침대에서 말입니다."

"그래, 그게 좋겠어. 맞아 그렇게 해야 해. 좋아, 아주 좋아."

"카시오 처치는 제게 맡기십시오. 자정쯤 돌아와서 보고 드리겠습니다."

둘이 그렇게 모의하고 있을 때 시종이 들어와 허리를 굽혔다. 오셀로가 시종에게 물었다.

"무슨 일이냐?"

"베니스에서 사신이 왔습니다."

"들라 하라."

잠시 후 방으로 데스데모나를 앞세우고 베니스 사신 일행이 들어왔다. 사신의 대표는 원로원 의원인 데스데모나의 사촌 오빠 로도비코였다. 브라반시오의 동생 그라시아노도 함께 있었다. 일행과 오셀로는 경의를 표하며 인사를 나누었다. 로도비코가 베니스 공작과 의원들이 전하는 것이라며 오셀로에게 편지를 건넸다. 오셀로가 편지를 읽는 동안 데스데모나가 로도비코에게 물었다.

"무슨 소식인데요, 오빠?"

"응, 장군에 관한 일이야. 카시오에 관한 일이기도 하고……. 그런데 카시오 부관은 잘 지내나?"

"오빠, 그 사람과 저이 사이에 틈이 벌어졌어요. 하지만 오빠가 다 해결해주실 거죠? 둘 사이를 정말 화해시키고 싶어요. 전 카시오를 사랑하니까요."

편지를 다 읽은 오셀로가 그 대화를 들었다. 그는 자신도 모르게 치를 떨었다.

"저, 저런 육시랄! 뭐? 사랑?"

깜짝 놀란 데스데모나가 놀라서 물었다.

"예? 무슨 말씀을……."

그러자 오셀로가 버럭 고함을 질렀다.

"도대체 정신이 있는 거야, 없는 거야?"

오셀로는 데스데모나에게 정신이 있느냐고 물었지만 정작 사람들에게는 오셀로가 정신이 나간 사람 같았다. 데스데모나가 로도비코를 보며 말했다.

"저이가 왜 저렇게 화를 내는 거지요?"

"편지 때문일 거야. 잘은 모르지만 그에게 귀국을 명하고 이곳 통치를 카시오에게 맡긴 것 같아."

데스데모나가 대답했다.

"정말 잘된 일이네요."

듣다 못한 오셀로가 소리쳤다.

"이, 악마야!"

"저보고 악마라뇨? 당신 무슨 말씀을 하세요."

로도비코도 놀라서 입이 벌어졌다.

"아니, 장군이 데스데모나에게 그런 말을 하다니! 그 어떤 베니스 사람도 믿지 않을 거요. 직접 본 나도 믿을 수 없으니. 저런 데스데모나가 우는군. 장군, 좀 달래주시오."

오셀로가 소리쳤다.

"아, 악마, 악마! 저 악마의 눈물로 대지가 잉태할 수 있다면 이 땅은 징그러운 악마들로 들끓을 거야! 썩 꺼지지 못해!"

"제가 있는 게 당신 기분을 상하게 한다면 기꺼이 눈앞에서 사라지겠어요."

데스데모나는 문 쪽으로 걸음을 옮겼다. 그러자 로도비코가 말했다.

"장군, 그러지 말고 데스데모나를 다시 불러주시오. 이렇게 내쫓으면 어쩝니까?"

그 소리에 데스데모나가 발길을 멈추었다.

오셀로가 정신 나간 듯이 횡설수설했다.

"그래, 가다가 다시 돌아올 수도 있지. 돌고 돌다가 또 가다가 또다시 돌고. 또 울기도 하고. 그래요, 공작님과 의원님들 말씀에 순종하지요. 두말없이 순종하겠소. 어디 당신은 계속 울어보시지. 그러니까 여기 명령서에…… 얼씨구, 감정 한번 기막히게 꾸미는구나. 그러니까 이건…… 저리 가! 곧 부를 테니까……. 난 명령대로 베니스로 돌아가겠소. 썩 없어져. 그러니까 카시오가 내 지위를 넘겨받는다 이거지요. 그래야지요. 저녁은 나와 함께하시지요. 키프로스에 잘 오셨소. 염소, 원숭이 같은 것들!"

도무지 알아들을 수 없는 횡설수설이었다. 그러는 중에 데스데모나는 밖으로 나갔고 오셀로가 그 뒤를 따랐다. 완전히 정신이 나간 모습이었다. 그 광경을 본 로도비코가 어이없는 표정으로 말했다.

"저 무어인이 바로 그 무어인인가? 우리 상원 의원들 전부가 고결하다고 말하는 바로 그 오셀로 장군인가? 어떠한 격정에도 끄떡없고 어떤 화살도 뚫을 수 없는 굳건한 덕성을 지녔다고들 말하는 바로 그 사람인가? 아, 내가 그를 잘못 봤어."

오셀로는 데스데모나를 뒤쫓아 그녀의 방으로 갔다. 그런데 데스데모나는 없고 에밀리아만 그곳에 있었다. 오셀로는 잘 만났다는 듯 그녀에게 다그쳤다.

"넌 아무것도 본 게 없어? 너라면 다 알 거 아냐"

에밀리아는 어리둥절해서 대답했다.

"장군님, 뭘 보았다는 말씀이세요?"

"카시오가 저년과 함께 있는 걸 못 봤다는 거야?"

"물론 함께 있었지요. 하지만 절대로 나쁜 짓 하는 건 못 봤어요. 두 분 사이에 오가는 이야기도 제가 다 들었는데요."

"둘이 속삭인 적도 없었단 말이야?"

"절대로요, 주인님."

"너를 밖으로 내보낸 적도 없었고?"

"절대로요, 주인님."

"둘이 있으면서 뭔가 가져오라고 널 내보낸 적도 없어?"

"절대로요, 주인님."

"그럴 리가 없는데……."

"주인님, 마님의 정절을 의심하시는 거예요? 주인님, 제 영혼에 걸고 서약합니다. 마님은 순결하세요. 이상한 생각 버리세요. 정말 치욕스러운 생각이세요. 어떤 개자식이 주인님 머릿속에 그런 생각을 불어넣었다면, 정말이지 그런 놈은 저주를 받아야 해요. 마님이 순결하지 않다면 이 세상 모든 여자가 다 더러운 여자일 거예요."

하지만 오셀로가 그 말을 믿을 리 없었다. 그는 에밀리아에게 데스데모나를 불러오라 시켰다. 잠시 후 데스데모나가 방으로 들어왔다.

"여보, 부르셨어요?"

"이리 좀 와보시오."

"……"

"어디 당신 눈 좀 봅시다. 자, 날 좀 똑바로 보시오."

오셀로는 에밀리아를 밖으로 나가 있으라고 하더니 물러나는 그녀 등 뒤에 대고 말했다.

"이봐, 너는 나가서 네 일이나 해. 우리는 교미나 할 테니 문이나 닫아. 누가 오거든 헛기침으로 알리기나 하라고. 그게 네가 하던 일이잖아"

데스데모나가 오셀로에게 말했다.

"여보, 도대체 왜 그러세요? 그게 도대체 무슨 말씀이세요?"

"넌 도대체 뭐냐?"

"당신의 충실한 아내지요."

"제길, 충실한 아내? 지옥에나 떨어져라. 겉모습이 천사 같으니 악마들이 겁에 질려 도망갈지도 모르니까."

"무슨 말씀이세요. 하느님은 모든 진실을 아실 거예요."

"암, 아시다마다. 다 아시지. 네 부정을……"

"부정이라니요? 제가 누구와 어떻게 부정을 저질렀다는 거예요?"

그녀가 오셀로에게 다가오며 말하자 오셀로가 두 팔을 내저으며 외쳤다. 그는 울고 있었다.

"오, 데스데모나, 저리 가, 저리 가, 저리 가라고!"

"아, 여보, 왜 우세요? 저 때문에 우시는 거예요? 혹시나 당신을 소환한 게 제 아버지일까 해서 그러시는 거예요?"

"아, 검은 잡초! 너는 왜 이렇게 곱고 아름답단 말인가? 그 달콤한 냄새에 내 코가 아려올 지경이구나. 넌 아예 태어나지 말았어야 했어!"

"제가 저도 모르게 무슨 죄를 범했다는 건가요?"

"뭐야? 너도 모르게? 아무에게나 노리개 감인 주제에! 이 더러운 년아! 넌 창녀야! 뭐야? 너도 모르게 죄를 범했다고? 뻔뻔하고 더러운 년!"

"여보, 당신 제게 정말 잘못하시는 거예요."

밖에서 엿듣고 있던 에밀리아가 참지 못하고 방으로 들어섰다.

그녀가 무슨 말인가 하려는데 오셀로가 데스데모나를 향해 먼저 입을 열었다.

"아, 실례했소이다. 난 당신이 오셀로와 결혼한 베니스 출신의 유명한 창녀인 줄 알고 그만⋯⋯. 실수했소."

그러더니 에밀리아를 향해 말했다.

"여봐라, 너, 지옥문을 지키는 개야. 그래, 이제 우린 교미를 끝냈어. 지키느라 수고했다. 수고비를 줄 테니 이제 나를 나가게 해다오. 비밀은 지켜줘."

그러더니 오셀로는 방을 나가버렸다.

에밀리아는 눈물을 글썽이며 데스데모나에게 말했다.

"마님, 괜찮으세요? 착한 마님, 아, 저분이 도대체 무슨 엉뚱한 망상에 사로잡혀 계신 거죠? 마님, 주인님께 무슨 일이 있는 거예요?"

"누구?"

"주인님이오."

"네 주인이 누군데?"

"바로 마님의 주인이 제 주인님이지요."

"에밀리아, 내게는 이제 주인이 없어. 눈물짓는 것 외에는 할 말도 없어. 부탁이 하나 있어, 에밀리아. 오늘 저녁 침대에 우리 결혼 때 시트를 깔아줘. 꼭이야, 잊지 마. 그리고 네 남편 좀 불러줄래?"

데스데모나의 명에 따라 에밀리아는 이아고를 찾으러 밖으로 나갔다. 데스데모나는 넋을 놓고 앉아 있었다. 얼마 후 에밀리아가 이아고를 데리고 방으로 들어왔다.

이아고가 데스데모나에게 물었다.

"마님, 어쩐 일로 부르셨는지요?"

데스데모나는 아직 정신이 없는 듯 혼잣말을 했다.

"아, 정말 알 수 없구나. 어린아이에게는 알아듣기 쉽게 야단을 쳐야 하는 건데……. 꾸중을 듣는 데는 난 아직 어린애일 뿐이거든. 난 내가 왜 그렇게 그이에게 야단을 맞아야 하는지 정말 모르겠어."

에밀리아가 대신 나서서 설명했다.

"글쎄, 주인님이 마님을 창녀라 욕했단 말이에요. 도저히 참기 어려운 악담과 독설을 퍼부었다고요."

데스데모나가 탄식했다.

"아, 창녀라! 그게 정말 내 이름인가!"

이아고가 물었다.

"도대체 왜 그러셨을까요?"

"난 몰라. 그런 여자가 어떤 건지도 난 몰라."

이아고가 데스데모나를 울지 말라고 달랬다. 그러자 에밀리아가 화를 내며 말했다.

"아니, 우리 마님께서 그 좋은 혼처들을 마다하고 아버지와 친구마저 저버리고 저분을 택한 게 고작 창녀 소리 듣기 위해서란 말이에요? 그런 기막힌 소리를 듣고도 안 울 수 있어요?"

이아고가 말했다.

"장군님도 참 딱한 분이시군. 어쩌다 그런 착각을 하신 거지?"

에밀리아가 씩씩거리며 말했다.

"어떤 흉악한 놈이 농간을 부린 거야. 한 자리 얻어 차지하려고 그런 게 틀림없어요. 쓸데없이 남의 일에 참견하고 아부나 떠는 놈, 남들 속여먹고 사기나 치는 데 이골이 난 그런 비열한 놈이 꾸며낸 일이 분명해요. 아니라면 내 손가락에 장을 지지겠어요."

이아고가 고개를 내저었다.

"원 세상에 그런 놈이 어디 있어? 절대로 그럴 리가 없어."

데스데모나는 역시 천사 같은 여자였다. 그들이 하는 이야기를 듣고도 겨우 이렇게 말했을 뿐이었던 것이다.

"오, 하늘이시여! 만약 그런 사람이 있다면 용서해주십시오."

에밀리아가 다시 씩씩거렸다.

"흥, 그래요, 용서해야죠. 그런 자는 목매다는 게 바로 용서예요. 지옥에서 썩게 만드는 게 용서라고요! 아니 도대체 왜 마님을 창녀라 그러시는 거죠? 무슨 근거로 그러시는 거예요? 도대체 장군님은 어떤 건달에게 속은 거예요? 천하에 둘도 없는 악당, 치사한 놈에게 속은 게 틀림없어요. 오, 하늘이시여, 그놈을 우리 앞에 훤히 밝혀주십시오. 모든 정직한 사람들이 그런 놈을 채찍으로 응징하게 하십시오. 벌거벗겨 매질하게 해주십시오!"

아무리 악당이라도 듣기에 좀 민망했던지 이아고는 아내에게 소리쳤다.

"좀 조용히 있지 못해!"

그러자 데스데모나가 이아고에게 말했다.

"아, 선량한 이아고, 제발 말해줘. 어떻게 해야 그이의 마음을 돌릴 수 있지? 어떻게 해야 나의 주인님을 다시 찾을 수 있지? 그이가 왜 저러는지 그대가 가서 좀 알아봐줘. 내가 왜 그이를 잃었는지 나는 정말 모르겠어. 내 무릎 꿇고 빌게. 오,

하늘이시여! 언제 내가 그이의 사랑을 어겼는지 알려주십시오. 내 눈이나 귀가 그이의 사랑 말고 다른 곳에서 즐거움을 취한 적이 있었습니까? 설사 그이가 날 내치더라도 난 그이를 여전히 깊이 사랑하고 있는데……. 설사 그이가 너무 무정해서 내 생명을 잃는 일이 벌어진다 해도, 내 사랑은 순결한 채 있을 텐데……. 아, 창녀라니! 난 그런 소리를 들을 만한 행동은 절대 하지 않았어. 이 세상 모든 것을 다 준다 해도 나는 그런 짓 절대 안 해.”

이아고가 데스데모나를 달래는 척했다.

“마님, 고정하세요. 나랏일로 기분이 상하셔서 마님께 화풀이 하신 걸 겁니다. 곧 기분이 풀리실 겁니다. 자, 저녁 식사 나팔이 울립니다. 베니스에서 오신 사절단이 기다리고 있어요. 울음을 거두고 들어가세요.”

그들은 모두 방 밖으로 나왔다. 에밀리아는 데스데모나를 사절단이 기다리고 있는 곳으로 데려갔고 이아고는 그들과 헤어져 집 밖으로 나왔다.

그가 밖으로 나오니 로데리고가 씩씩거리며 그를 기다리고 있었다.

"아니, 또 웬일입니까?"

"웬일? 내가 가만히 있게 생겼어?"

"뭐가 잘못되었는데요?"

"이아고, 자네 왜 자꾸 나를 따돌리는 건가? 내 돈만 다 챙기고. 더 이상 당하고만 있지 않을 거야. 내가 자네에게 당한 일을 떠벌리고 다닐 거야."

"왜 그리 성급해요? 가만히 내 말 좀 들어봐요."

"자네 말을 들어보라고? 어디 한두 번인가? 언제 말한 대로 실천해본 적 있어?"

"무슨 그런 천부당만부당한 말을……."

"난 재산을 탕진해버렸어. 자네가 데스데모나에게 전해주겠다고 얼마나 많이 가져갔나? 수녀라도 낚을 수 있었을 거야. 그런데 결과는 이게 뭔가? 내가 데스데모나에게 가서 직접 말할 거야. 내가 준 보석들을 돌려주기만 하면 난 그만 물러날 테야. 하지만 그녀가 돌려주지 않으면 자네에게 요구할 테니 그리 알라고."

"원, 성미 급하기는. 자, 드디어 실행의 날이 가까이 왔어.

만일 당신이 내일 데스데모나와 즐길 수 없다면 나를 없애버려도 좋습니다."

"그게 어디 말이 되는 소린가? 무슨 능력으로?"

"들어봐요. 베니스에서 특명이 왔다고요. 카시오가 오셀로의 자리를 차지한다는 명령이."

"그래서? 그러면 데스데모나는 오셀로를 따라 베니스로 갈 것 아닌가?"

"가긴 가는데 베니스가 아니에요. 오셀로는 모로코의 모리타니아로 가라는 명령을 받았어요. 데스데모나를 그리로 데려갈 겁니다. 그러니 빨리 사고를 쳐서 그들이 떠나지 못하게 해야 해요. 우리가 아주 큰 사고를 치는 겁니다. 카시오를 제거하는 것보다 큰 사건이 있겠어요?"

"그게 무슨 소리야? 카시오를 제거해?"

"아, 둔하기는. 그놈이 오셀로 자리를 차지하지 못하게 해야 데스데모나가 여기 남아 있을 거 아니에요? 그 일을 당신이 해줘야 해요."

"내가?"

"그래요. 진심으로 데스데모나를 사랑한다면 그 정도는 힘을 써야지요. 카시오가 오늘 저녁 창녀 한 명이랑 저녁을 할 거예요. 나도 그리로 갈 겁니다. 놈은 아직 제 운수가 트인 걸 모르고 있어요. 12시에서 새벽 1시 사이에 놈이 떠나게 만들 테니 지켜보고 있다가 해치워요. 나도 도울 테니……. 그놈이 죽어야 당신 원하는 걸 이룰 수 있으니 꼭 성공해야 해요."

"그다음에는 어떻게 된다는 거야? 좀 더 자세히 설명해줘."

"그건 나중에 설명할게요. 우선은 내가 시키는 대로 해요."

그날 저녁, 사절단 일행과 식사를 마친 오셀로는 데스데모나에게 침실로 가서 기다리라고 하고 밖으로 나갔다. 이아고가 임무를 잘 수행하는지 궁금해서였다. 데스데모나는 결혼 첫날의 시트가 깔린 침대로 가서 오셀로를 기다렸다.

5

어두운 밤, 비안코 집 근처 길모퉁이에 로데리고와 이아고가 숨어서 속삭이고 있었다. 이아고가 먼저 말했다.

"당신은 이곳에 숨어 있어요. 놈이 곧 나타날 겁니다. 단검을 뽑아서 푹 찔러버려요. 겁낼 것 없어요. 내가 곁에 있을 테니 마음 단단히 먹어요."

"멀리 가지 마. 실패할 수도 있잖아."

"알았어요. 자, 난 가까이 숨어 있을게요."

이아고가 로데리고를 두고 가면서 중얼거렸다.

"저런 버러지 같은 놈도 살살 비벼줬더니 성질낼 줄 아네.

카시오가 죽든 저놈이 죽든 결국 나만 신나는 거지. 저놈이 죽으면 더 이상 내게 준 돈을 달라고 할 놈이 없어지잖아. 카시오가 죽는다면? 그거야 두말할 필요 없지."

그때 거리 모퉁이에 카시오가 나타났다. 숨어 있던 로데리고가 갑자기 달려들어 카시오를 찔렀다. 하지만 입고 있는 옷이 두꺼워 상처조차 입히지 못했다. 놀란 카시오가 재빨리 칼을 빼어 들고 로데리고를 찔렀다. 로데리고는 상처를 입고 쓰러졌다. 숨어서 그 광경을 보고 있던 비열한 이아고가 살금살금 카시오 뒤로 다가갔다. 그리고 몰래 카시오의 다리를 베고 도망갔다. 카시오는 쓰러지면서 큰 소리로 외쳤다.

"살인, 살인이야!"

그때 마침 오셀로도 그 근처에 있었다. 이아고가 카시오를 제대로 처치하는지 궁금해서 뒤따라왔던 것이다. 그는 카시오의 외침을 듣고 속으로 중얼거렸다.

'그래, 이아고가 약속을 지킨 거야.'

멀리서 보니 정말 카시오가 쓰러져 소리치고 있었다.

"사람 살려, 의사를 불러줘요."

그때 쓰러져 있던 로데리고가 탄식했다.

"아, 나는 나쁜 놈이야. 악당 짓을 한 벌을 받는구나."

오셀로는 경황 중에 그 말이 카시오가 죽어가면서 한 말인 줄 알았다. 그는 집으로 발걸음을 급히 옮기면서 혼잣말을 했다.

"그래, 놈이 죽어가면서야 죄를 고백하는군. 이아고, 넌 정말 훌륭해. 나 대신 복수를 해주다니. 이제 네 차례다, 이 매춘부야! 나를 홀리던 네 눈은 이제 내 마음에서 완전히 지워져 버렸다. 욕망에 물들었던 네 침대가 이제 피로 얼룩질 거야!"

그때 마침 그곳을 지나던 로도비코와 그라시아노가 카시오의 비명소리를 들었다.

그라시아노가 말했다.

"아니, 무슨 일이 났나? 웬 비명소리야?"

"어두워 잘 안 보이는군요. 두세 명이 쓰러져 신음 소리를 내고 있는 것 같지요? 무슨 속임수가 있는지 모르니 섣불리 가까이 가면 안 되겠어요."

그들은 머뭇거리며 카시오와 로데리고가 쓰러져 있는 곳으로 다가갔다. 그때 누군가가 횃불을 들고 나타났다. 카시오의 다리를 찌르고 도망갔던 이아고였다. 그가 로도비코와 그라시아노를 보고 시치미를 떼며 말했다.

"누군가 살인이야, 하고 외치던데 누가 그러는 건가요?"

로도비코가 대답했다.

"누군지 모르겠네."

그때 카시오가 다시 사람 살리라고 소리쳤다. 이아고가 그를 향해 다가갔다. 그라시아노가 로도비코에게 말했다.

"저 친구는 오셀로의 기수 아닌가?"

"그렇군요. 아주 용맹하다던데."

이아고가 카시오에게 다가가며 말했다.

"누군데 그렇게 비명을 지르는 겁니까?"

카시오는 그가 이아고임을 알아보았다.

"아, 이아고! 악당들이 나를 습격했네. 날 좀 도와주게."

"아이고, 부관님 아니십니까! 도대체 어떤 놈들이 그랬어요?"

"몰라, 한 놈은 도망치고 한 놈은 요 근처에 쓰러져 있는 것 같아. 내가 칼로 찔렀거든……."

"이런 나쁜 놈들!"

그는 로도비코와 그라시아노를 향해 고개를 돌리며 말했다.

"두 분 와서 좀 도와주십시오."

그때 로데리고가 사람 살리라고 소리쳤다. 카시오가 바로 저놈이라고 말하자 이아고가 로데리고에게 다가갔다. 그리고 느닷없이 그를 칼로 찌르며 소리쳤다.

"이 흉악한 놈, 감히 부관님을 공격하다니! 어디서 사람을 죽이려고 해?"

로데리고는 죽어가면서 겨우 더듬거리듯 말했다.

"너, 너, 이아고! 이 더러운 개자식⋯⋯. 잔인한 놈⋯⋯. 네가, 네가, 나를⋯⋯. 오, 오, 오⋯⋯."

이아고는 얼른 카시오에게 와서 그의 상처를 옷으로 싸맸다. 로도비코와 그라시아노가 보고 있는 것을 알아채고 재빨리 머리를 굴린 것이다.

그때 비안카가 달려왔다. 그녀도 비명소리를 들었던 것이다. 그녀는 카시오가 쓰러져 있는 것을 보고 놀라서 달려들었다.

이아고가 그녀를 보고 말했다.

"이거 누구신가! 저명하신 매춘부, 비안카!"

그는 로도비코와 그라시아노 쪽을 향해 외쳤다.

"여기 수상한 년이 있습니다. 아무래도 이 사건과 관련이 있는 것 같으니 붙잡아야겠습니다."

참으로 머리가 빨리 돌아가는 이아고였다. 그는 횃불로 죽어 있는 로데리고의 얼굴을 비추더니 놀란 듯 외쳤다.

"아니, 이게 누구야? 로데리고 아냐?"

그러자 로도비코가 되물었다.

"뭐야? 베니스 사람 로데리고?"

"아, 의원님이시군요. 죄송합니다, 경황이 없어 몰라봤습니다. 이 사람을 아십니까?"

"알지. 어디 보세. 맞아. 바로 그 로데리고야. 이 친구가 여긴 어떻게 있게 된 거야? 무슨 영문인지 도무지 모르겠네."

이아고는 다시 카시오 곁으로 가면서 들것을 가져오라고 소리쳤다. 군인들이 들것을 가져와 카시오를 그 위에 눕히고 서둘러 요새 쪽으로 옮기려 했다. 이아고가 실려 가는 카시오에게 물었다. 마치 사건을 해결하려는 탐정 같았다.

"여기 죽은 사람은 저랑 친한 친구인데, 둘 사이에 무슨 일이 있었나요?"

카시오가 힘없이 대답했다.

"난 전혀 모르는 사람이야."

"그러시군요. 빨리 가서 치료받으세요."

그런 뒤 이번에는 비안카를 향해 말했다.

"뭐야, 얼굴이 하얗게 질려 있군. 두 분 이 여자 얼굴을 보셨나요? 보이시지요? 아무리 말을 안 해도 죄의식은 얼굴에 드러나게 되어 있지요."

이아고는 그녀와 죽은 로데리고에게 죄를 뒤집어씌울 작정이었다.

그때 에밀리아가 현장에 나타났다. 무슨 시끄러운 사건이 일어났다는 소식이 그녀의 귀에까지 들어간 데다 이아고가 보이지 않자 밖으로 나선 참이었다. 그녀가 이아고를 발견하고 물었다.

"여보, 무슨 일이에요? 무슨 일이 있었어요?"

"카시오가 기습을 당했어. 로데리고가 그랬어. 함께 가담했던 놈들은 도망간 것 같아. 카시오는 부상을 입었고 로데리고는 죽었어."

"어머, 카시오 님이! 이걸 어째?"

"창녀랑 놀아나더니 사달이 난 거지. 에밀리아, 카시오가 도대체 어디서 저녁을 먹고 오던 길인지 알아볼 수 있겠어?

왜 그런 일이 벌어졌는지 조사해봐야 해."

그 소리를 들은 비안카가 겁먹은 목소리로 말했다.

"내 집에서 먹었어요. 하지만 난 아무것도 몰라요."

"뭐야, 네 집에서 먹었다고? 점점 더……. 넌 아무 데도 가지 마. 정말 수상해. 이실직고하는 게 나을걸. 우리랑 함께 가야겠어. 자, 나리들, 우리는 카시오 님이 치료받고 있는 곳으로 가시지요. 에밀리아, 당신은 장군님과 마님께 여기서 벌어진 일을 말씀드려. 자, 가시지요."

신속하게 현장 지휘를 마친 이아고는 음흉하게 미소 지으며 속으로 생각했다.

'그래, 바로 오늘 밤이야. 흥하느냐 망하느냐, 모든 게 오늘 밤 판가름 날 거야.'

데스데모나는 침대 위에 누워서 오셀로를 기다리다 깜빡 잠이 들었다. 이윽고 오셀로가 촛불을 들고 방으로 들어섰다. 그는 이미 속으로 결심했다. 그녀 가까이 가면서 그는 중얼거렸다.

'그대를 죽여야 해. 아, 내 영혼아! 내게는 그대를 죽일 이유가 충분히 있어. 하지만 그대의 아름다운 살결에 상처를 낼 수는 없어. 어쨌든 그대는 죽어야 해. 살아서 더 많은 남자를 배신하게 둘 수는 없어. 아, 창조주의 더없이 뛰어난 작품을 사라지게 해야 하다니! 다시는 돌아오지 않을 아름다운 그대! 살아 있을 때 그대 향기를 나 마지막으로 다시 한 번 맡아보겠소.'

그는 데스데모나에게 입을 맞추었다.

'아, 향기로운 숨결. 정의의 여신조차 이 향기 앞에서는 심판의 칼을 거둘 수밖에 없겠지. 하지만 나는 그대를 심판할 수밖에 없어. 그대가 죽어서도 이런 모습이라면 난 그대가 죽은 후에도 사랑할 거야. 아, 심판을 하면서 왜 이렇게 눈물이 나는 걸까! 그녀를 진정 사랑하기에 내릴 수밖에 없는 천벌인데! 아, 나를 진정 슬프게 하는 천벌이구나!'

그때 데스데모나가 눈을 떴다.

"누구세요? 당신? 오셀로?"

"그렇소. 데스데모나. 당신 저녁 기도는 했소?"

"그럼요, 여보."

"자, 다시 한 번 기도해요. 하늘로부터 용서받지 못한 죄가 아직 남아 있을 테니, 다시 기도해서 용서를 구해요."

"그게 무슨 말씀이세요, 여보?"

"글쎄, 기도나 하라니까. 준비도 안 된 영혼을 죽이고 싶지는 않아."

"죽이다니요? 방금 죽인다고 말씀하셨어요?"

"그렇소."

"오, 하늘이시여, 자비를 베풀어주십시오."

"나도 그러길 빌어."

"하늘이 자비를 베풀기를 원하시면서 설마 저를 죽이시진 않겠지요. 하지만 당신 두 눈을 보니 겁이 나요. 왜 두 눈을 그렇게 굴리고 계신 거지요? 당신 두 눈에 왜 살기가 도는 거지요? 하지만 제가 왜 겁이 나야 하는지 정말 모르겠어요. 제겐 죄의식이 없으니까요. 하지만 겁이 나요."

"네 죄를 생각해봐."

"당신을 사랑한 게 죄인가요?"

"그래, 그래서 넌 죽는 거야."

"사랑하기 때문에 죽는다고요? 아, 당신, 왜 그렇게 아랫입술을 깨무시는 거예요? 왜 그렇게 몸을 떠세요? 도대체 뭐가 문제예요?"

"너는 내가 준 손수건을 카시오에게 주었어. 내가 그토록 소중히 여기던 그 손수건을!"

"아니에요. 제 생명, 영혼을 걸고 맹세해요. 그를 불러서 직접 물어보세요."

"죽기 전에 솔직히 고백해. 아무리 부인해도 내 신념을 절대 바꿀 수 없어. 넌 죽어야 해."

"오, 하늘이시여! 전 절대로 당신에게 죄를 짓지 않았어요. 제가 카시오를 사랑했다니요? 제가 그런 정표를 그에게 주었다고요? 아니에요. 절대로 아니에요!"

"그자의 손에 들려 있는 손수건을 내 눈으로 똑똑히 보았어. 아, 마지막까지 거짓말을 하는구나!"

"그 사람이 어떻게 그걸 가지고 있게 됐는지 저는 몰라요. 저는 절대로 그에게 준 적이 없어요. 어서 그를 불러와서 사실을 밝히라고 하세요."

"그자를 불러오라고? 그자가 이미 고백했는데."

"뭐라고요? 무슨 고백을……."

"너를, 너를 이미 가졌다는 고백."

"어떻게 그런 말을……. 그런 말은 불가능해요."

"못 하겠지. 이미 이아고가 그놈을 죽여 벌주었으니……."

"아, 카시오가 모함을 받은 거야. 배반을 당한 거야. 나도 파멸에 빠졌구나!"

그녀는 눈물을 흘렸다.

"이 매춘부야, 그놈이 죽었다니까 내 앞에서 눈물을 흘려!"

"오, 당신, 나를 죽이면 안 돼요. 꼭 죽여야 한다면 내일까지만이라도, 아니, 기도할 시간만이라도 주세요."

"이제 너무 늦었어."

오셸로는 그녀의 목을 졸랐다. 얼마 되지 않아 그녀는 하느님을 외치며 고개를 떨어뜨렸다.

그때 밖에서 부르는 소리가 들렸다.

"주인님, 주인님!"

에밀리아였다. 오셸로는 잠시 망설이다가 침대에 커튼을 친 후 방문을 열었다.

"그래, 무슨 일이냐?"

"주인님, 살인이에요, 살인! 살인이 났어요. 주인님, 카시오가 젊은 베니스인을 죽였어요. 이름이 로데리고라고 한답니다."

"뭐야? 카시오가 살인을? 그럼 카시오는?"

"부상만 입고 안 죽었어요."

"카시오가 살아 있어? 그게 도대체 무슨 소리야? 복수가 제대로 이루어지지 않았단 말인가!"

그때 데스데모나의 목소리가 들렸다. 그녀는 아직 죽지 않았던 것이다.

"아, 에밀리아, 난 잘못, 잘못 살해되었어."

"아니, 이게 무슨 소리지요? 아이고머니! 이건 마님 목소리잖아요. 사람 살려! 오, 마님, 다시 말해보세요, 천사 같은 우리 데스데모나 마님! 말해보세요!"

"난 아무 죄도 없이 죽는단다."

"아, 누가 이런 몹쓸 짓을!"

"아무도 아냐. 내가 한 거야. 친절한 나의 주인님께 안부나 전해주렴. 아, 아, 잘 있어!"

데스데모나는 마지막 말을 마친 후 숨을 거두었다.

오셀로가 말했다.

"아니, 저 사람이 왜 죽은 거지?"

"아, 누가 이런 몹쓸 짓을······."

"난 아니야. 자기가 스스로 그랬다고 했잖아."

"그래요. 아무튼 저는 사람들에게 본 대로 말해야겠어요."

에밀리아가 밖으로 나가려 하자 오셀로가 머리를 쥐어뜯으며 외쳤다.

"이 지옥 불에 타버릴 거짓말쟁이 같으니라고!"

그는 밖으로 나가려는 에밀리아를 향해 외쳤다.

"에밀리아, 나야 나. 바로 나야! 내가 그녀를 죽였어!"

에밀리아가 등을 돌리더니 몸을 부르르 떨며 말했다.

"세상에, 어떻게 이런 일이! 당신은 악마예요. 천사를 죽이다니요!"

"그녀는 부정을 저질렀어. 창녀였다고!"

"무슨 그런 거짓말을! 당신은 악마예요. 마님은 정절과 신의를 지켰어요. 제가 다 알아요."

"카시오가 올라탔다니까! 네 남편에게 물어봐. 내가 근거 없이 이런 일을 저질렀다면 지옥에서 저주를 받을 거야. 네 남편이 다 알아."

"제 남편이라고요?"

"그래, 바로 네 남편."

"마님이 불륜을 저질렀다고 제 남편이 말했다고요?

"그래, 그 친구가 다 알려줬어. 그는 정직한 사람이야. 추잡한 죄악을 미워하고 견디지 못하지."

"제 남편이요?"

"왜 자꾸 되묻는 거야! 네 남편이라고!"

"제 남편이 지조 없는 걸 못 견딘다고요? 오, 하느님! 그 인간이!"

"그래, 네 남편이라니까! 내 친구이자 네 남편! 정직한 이아고가 말해줬다니까!"

"그가, 아, 그가! 저주받은 사악한 영혼! 새빨간 거짓말! 당신은, 당신은, 정말 하늘에 죄를 짓는 거예요! 이 얼간이, 이 멍청이. 아무 생각 없는 사람. 당신이 한 짓은……. 좋아요. 저를 죽여도 좋아요. 열 번, 스무 번 죽더라도 당신이 한 일을 세상에 알릴 거예요."

그녀가 밖을 향해 소리쳤다.

"살인이야. 살인! 무어인이 마님을 죽였어요!"

그 소리에 몬타노, 그라시아노, 이아고 무리가 방으로 들어섰다.

방으로 들어서면서 몬타노가 에밀리아에게 물었다.

"무슨 일이냐? 장군께 무슨 일이 있느냐?"

그러자 에밀리아가 이아고를 보고 말했다.

"이아고, 마침 잘 왔어요. 참, 잘하는 짓이군요. 온갖 살인죄를 온통 당신이 뒤집어쓰게 생겼으니."

모두들 무슨 소린가 하며 에밀리아를 바라보았다.

"당신이 밝혀줘야 해요. 이 검은 악당이 거짓말한다는 걸 밝혀줘야 해요. 글쎄, 마님이 정절을 잃었다고 당신이 말해주었대요. 그럴 리 없지요? 당신이 그런 정도로 악당은 아니지요? 어서 말해봐요. 가슴이 터질 것 같다고요."

"난 내가 확실하게 확인한 내용만 말했고 그 이상은 말한 거 없어."

"마님이 지조를 지키지 않았단 말을 저 사람에게 한 적이 있어요, 없어요?"

이아고는 오셀로의 눈치를 보며 말했다.

"있지."

"무슨 그런 거짓말을, 그런 사악한 거짓말을! 마님이 카시오와 불륜을 저질렀다고 말했어요?"

"그래, 하긴 했지. 이봐, 이제 그만 입 다물지 못해!"

"못 다물겠어요. 마님이 살해되었단 말이에요. 모두 당신의 주둥이 때문에 벌어진 일이에요."

모두 놀라서 눈이 휘둥그레져 있는 가운데 오셀로가 나섰다.

"놀랄 것 없소. 사실이오. 내가 데스데모나를 죽였소."

순간 에밀리아가 모든 것을 알았다는 듯 소리쳤다.

"그래, 알았어. 이제야 모든 걸 알겠어! 아, 이 천하에 몹쓸 나쁜 짓!"

그러자 이아고가 에밀리아에게 눈을 부라리며 소리쳤다.

"당신 미쳤어? 입 닥치고 집으로 가지 못해! 명령이야!"

"흥! 여러분, 제발 제게 말할 기회를 주세요. 남편 말에 복종하는 게 옳겠지만 지금은 그럴 수 없어요. 영영 집으로 못 가게 될지 몰라도 할 말은 해야겠어요."

그 모습을 본 오셀로가 탄식하며 침대에 쓰러졌다.

"그래요, 엎어져 울부짖어야 해요. 언제나 하늘만 우러러보며 산 천사같이 순결한 여인을 당신 손으로 죽였으니!"

오셀로가 몸을 일으키며 말했다.

"그녀는 더러운 짓을 했어. 처삼촌, 당신의 조카가 저기 누워 있소. 방금 이 손으로 그녀의 목숨을 끊었습니다. 내가 그 무서운 짓을 저질렀소."

그라시아노가 한숨을 내쉬며 말했다.

"아, 불쌍한 데스데모나! 네 아버지가 죽고 없는 게 다행이구나. 네 혼인 때문에 속을 앓다가 일찍 죽었으니. 그가 살아 있었다면 세상을 온통 저주하며 죽었겠지."

오셀로가 그라시아노에게 말했다.

"내 손으로 아내를 죽였으니 용서를 바랄 수는 없겠지요. 하지만 이아고가 제게 다 말해주었소. 그녀가 카시오와 수치스러운 행위를 수없이 저질렀다고. 카시오도 고백했습니다. 그 모습을 내가 다 보았소. 그녀는 내가 사랑의 표시로 준 손수건을 카시오에게 주었소. 그자가 그걸 들고 있는 걸 내 눈으로 똑똑히 보았소. 그 손수건은 우리 아버지가 어머니께 드린 것이오."

에밀리아가 가슴을 쥐어뜯으며 계속 외쳤다.

"오 하느님! 오 하느님!"

이아고가 눈을 부라리며 에밀리아에게 입 닥치라고 소리치자 그녀가 말했다.

“난, 이제 다 알았어요. 조용히 있으라고요? 안 돼요. 난 공기처럼 자유롭게 말할 거예요.”

그러자 이아고가 칼을 빼 들고 에밀리아를 찌르려 했다. 그라시아노가 그를 막으며 외쳤다.

“이 치사한 놈, 여자에게 칼을 빼 들어!”

에밀리아가 오셀로를 보고 말했다.

“이 어리석은 무어인아! 그 손수건은 내가 우연히 주운 거야. 그리고 내가 내 남편에게 준 거야. 그걸 훔쳐달라고 얼마나 열심히 졸랐는지 알아? 그런데 뭐? 마님이 카시오에게 주었다고? 내가 주워서 남편에게 준 거야.”

이아고가 악을 썼다.

“저런 화냥년, 저런 잡년! 입 다물지 못해! 거짓말 마!”

“맹세코 거짓말이 아니에요, 여러분. 제가 왜 거짓말을 하겠어요?”

그러더니 다시 오셀로를 향해 말했다.

“이 멍청한 살인자! 당신 같은 바보 천치에게 저 천사 같은 아내는 가당치도 않았어!”

진실을 깨달은 오셀로는 이아고에게 달려들었다.

"내 이놈을! 이 천하에 악당 놈을!"

순간 그라시아노가 방심한 틈을 타서 이아고가 에밀리아를 칼로 찔렀다. 그러고는 밖으로 도망쳤다. 몬타노가 칼을 들고 뒤쫓았다.

에밀리아는 오셀로에게 마님은 순결했다고 거듭 말하며 숨을 거두었다. 오셀로는 자신을 저주하며 이아고를 뒤쫓아 밖으로 나가려 했다. 그 순간 사람들이 방으로 들이닥쳤다. 이아고를 사로잡은 로도비코와 몬타노 일행이 군사들과 함께 방으로 들어왔다. 들것에 실린 카시오도 함께 왔다.

이아고가 들어오는 것을 본 오셀로가 이아고에게 칼을 휘둘렀다. 상처는 냈지만 죽이지는 못했다. 로도비코가 오셀로의 칼을 빼앗으라고 부하들에게 명령한 후 그에게 말했다.

"아, 오셀로. 그토록 훌륭하던 당신이 저주받을 천한 놈의 간계에 빠지다니! 이제 당신을 어떻게 불러야 할지 모르겠소."

"아무렇게나 불러도 좋습니다. 명예로운 살인자라고 불러도 됩니다. 미움 때문에 살인을 저지른 게 아니라 명예 때문에 저지른 거니까요."

로도비코가 오셀로에게 말했다.

"당신이 이놈과 카시오 살인을 모의했소?"

"그렇소."

옆에 있던 카시오가 한마디 했다.

"존경하는 장군님, 전 아무 짓도 안 했습니다."

"카시오, 제발 나를 용서하게. 저 악마 같은 놈에게 한번 물어봐 줄 수 있겠나? 도대체 내 영혼에 그렇게 덫을 놓은 이유가 무엇인지?"

그러자 이아고가 입을 열었다.

"내게 물어볼 것 없소. 당신도 알 만한 건 다 알고 있으니. 난 이제부터 입을 꼭 다물 거요. 한마디도 안 할 거요."

"이런 극악무도한 놈!"

오셀로가 이아고를 향해 외치더니 카시오에게 말했다.

"그런데 카시오, 그 손수건이 어떻게 자네 손에 들어간 거지?"

"제 방에서 주웠습니다. 이아고가 일부러 거기 떨어뜨려 놓았다고 실토했습니다. 제가 술이 취해 실수하게 만든 것도 다 저놈의 간계였습니다. 로데리고를 부추긴 것도 저놈이고 부상당한 그를 죽인 것도 저놈입니다. 입을 막기 위해서였지요."

로도비코가 엄숙한 표정을 지으며 오셀로에게 말했다.

"자, 이제 당신의 모든 권한을 박탈하오. 이제부터 카시오가 키프로스를 통치할 것이오. 이놈은 당장 죽이지 않고 오래 고통을 주는 방법을 찾아야 할 것이오. 그리고 오셀로 당신은 진상조사가 끝날 때까지 갇혀 있어야겠소."

오셀로가 대답했다.

"잠깐 한두 마디만 하도록 허락해주시오. 이 사태를 보고할 때 있는 그대로 말해주면 좋겠소. 정상 참작할 것도 없고 특별히 악의를 갖고 보고할 필요도 없소. 자, 이게 있는 그대로의 내 모습이오. 누군가를 너무 사랑했던 자, 쉽게 질투하지는 않지만 일단 빠지면 극도로 혼란스러워 하는 자, 자기 손으로 이 세상 그 무엇보다 값진 진주를 던져버린 자, 차분히 가라앉은 두 눈에서 물이 흐르듯 눈물이 흐르는 자, 그런 자가 바로 나요. 가장 저주스러운 자를 향해 이렇게 칼날을 찔러 넣은 사람, 그게 바로 나요."

말을 하면서 오셀로는 칼로 자신의 목을 찔렀다. 그는 침대에 쓰러지며 말했다.

"그대를 죽이기 전에 난 그대에게 입을 맞추었지. 그래, 이

길밖에 없어! 자살하며 다시 그대에게 입을 맞출 수밖에!"

모두들 경악했지만 이미 때는 늦었다. 오셀로는 그대로 숨을 거두었다.

로도비코가 이아고를 향해 말했다.

"이, 스파르타 놈아! 넌 이 세상 그 누구보다 잔인한 놈이다. 저 비극이 보이느냐! 모두 네놈이 저지른 짓이다. 차마 눈 뜨고는 못 보겠다. 여봐라, 저 침대를 가리도록 하라. 그라시아노 님, 이 집을 의원님이 지키시고 무어인의 재산을 압류하십시오. 의원님께 상속이 될 것입니다. 이 가증스러운 악당 놈의 재판은 새 총독에게 맡기겠소. 언제, 어디서, 어떻게 하든 다 알아서 하시오. 하지만 꼭 집행해야만 하오. 나는 곧장 베니스행 배에 오르겠소. 무거운 마음으로 이 비극을 정부에 보고하겠소."

맥베스 | Macbeth

1

　　　　　　　노르웨이가 스코틀랜드 땅을 침공해
왔다. 스코틀랜드의 지방 영주 맥도널드가 반란을 일으켜 노
르웨이군의 선두에 섰다. 스코틀랜드의 덩컨 왕을 비롯해서
덩컨 왕의 아들 맬컴과 도날베인, 신하 레녹스 들이 진지에
모여 회의를 하고 있었다. 그때 전투에 나섰던 맥베스 장군
휘하의 장교가 피를 흘리며 진지로 뛰어들었다. 맥베스는 뱅
코 장군과 함께 전투를 진두지휘하고 있었다.

　덩컨 왕이 말했다.

　"그래, 전투가 어찌 되었는가? 보고하라."

　"전하, 처음에는 맥도널드의 기세가 대단했습니다. 주변 여

러 곳에서 용병과 기마병의 지원을 받아 의기양양했지요. 하지만 우리 용감한 맥베스 장군 앞에서는 맥도 추지 못했습니다. 놈은 맥베스 장군이 단 한 번 휘두른 칼에 몸이 두 동강 나고 말았습니다. 맥베스 장군은 놈의 목을 우리의 성벽 위에 꽂고 적들을 겁에 질리게 했습니다.”

“오, 용맹한 사촌, 훌륭하다! 그래 그 뒤에는 어찌 되었는가?”

“사태가 좀 심각해졌습니다. 적들이 줄행랑을 놓으려는 순간, 무기를 정비하고 병력을 보충받은 노르웨이 국왕이 다시 공격해 왔습니다.”

“우리의 맥베스 장군과 뱅코 장군이 두려워하지 않던가?”

“그럴 리가 있겠습니까, 전하! 독수리가 참새에게 겁을 먹을 까닭이 없지 않겠습니까? 두 장군은 적들을 일거에 섬멸했습니다.”

“참으로 영광스럽구나! 여봐라, 의사를 불러서 이 용감한 전사를 돌보아주도록 하라.”

장교가 병사의 부축을 받으며 물러가자 스코틀랜드 지방 영주 로스와 앵거스가 진지로 들어왔다. 덩컨 왕이 그들에게 황급히 물었다.

"어서 오시오, 경들. 그래, 또 무슨 소식이 있소?"

"좋은 소식입니다, 전하"

"어서 말해보시오."

"노르웨이 국왕이 직접 대군을 이끌고 전투에 나섰습니다. 코도 영주가 노르웨이 국왕 편에 붙어 반란을 일으켰습니다. 하지만 칼에는 칼로, 반역의 팔뚝에는 팔뚝으로 맞서서 적을 물리쳤습니다. 그리고 코도 영주를 사로잡았습니다."

"오, 장한 일이오! 그자를 즉시 사형에 처하도록 하오. 과인은 맥베스를 코도 영주로 임명하오. 그대 로스 경은 맥베스를 맞아 이 소식을 전하도록 하오."

로스가 경의를 표하며 말했다.

"분부대로 시행하겠습니다."

맑은 하늘에서 갑자기 천둥이 일었다. 천둥소리와 함께 황야에 세 마녀가 나타났다. 맥베스와 뱅코의 부대가 돌아오는 길목이었다. 마녀들은 춤을 추며 노래하더니 북소리가 들리자 "맥베스다, 맥베스!"라고 외치며 더 빨리 춤을 추기 시작했다.

천둥 치는 하늘을 보며 맥베스가 말했다.

"이런 날은 본 적이 없는 것 같소. 해가 화창한 가운데 천둥이 치다니."

그때 뱅코가 먼저 마녀들을 발견하고 말했다.

"그대들은 누구냐? 지상에 사는 생물 같지 않은 옷을 입고 있으면서 땅을 딛고 서 있다니. 분명히 여자면서 수염을 달고 있다니!"

맥베스가 이어서 말했다.

"어서 말하지 못하겠느냐! 대체 그대들은 누구인가?"

마녀들이 번갈아 노래하듯 외쳤다.

"맥베스 만세! 글래미스 영주!"

"맥베스 만세! 코도 영주!"

"맥베스 만세! 장차 왕이 되실 분!"

맥베스는 마녀들의 외침을 듣고 놀라서 눈을 크게 뜬 채 가만히 있었다.

그러자 뱅코가 말했다.

"장군, 왜 그리 놀라시오? 흡사 이들의 말을 두려워하는 것 같군요. 듣기에 아주 근사한 말이 아니오? 그대들에게 내 진실로 묻겠다. 그대들은 환영이냐, 아니면 실물이냐? 내 동료가 왕이 되리라 예언하며 반기면서 왜 내게는 말이 없느냐? 난 그 어떤 말도 두려워하지 않을 것이다."

그러자 마녀들이 번갈아 말했다.

"만세! 만세!"

"맥베스만큼 크진 않지만 더 위대하신 분!"

"맥베스만큼 운은 없지만 훨씬 더 좋으신 분!"

"왕이 되지는 않더라도 대대로 왕을 낳으실 분! 만세! 맥베스와 뱅코 만세!"

"뱅코와 맥베스, 모두 만세!"

얼마간 말이 없던 맥베스가 마녀들이 사라지려고 하자 그들에게 소리쳤다.

"거기 서라. 좀 더 확실하게 말하라. 내 아버지께서 돌아가셨으니 난 글래미스 영주다. 하지만 코도 영주는 아직 살아 있다. 내가 코도 영주가 될 길은 없어. 도대체 어디서 그런 괴상한 소식을 들었는지 말하라. 어째서 이 황야에서 우리 길을 막고 그런 예언을 하는지 말해."

그러나 마녀들은 아무 대답 없이 바람처럼 사라져버렸다.

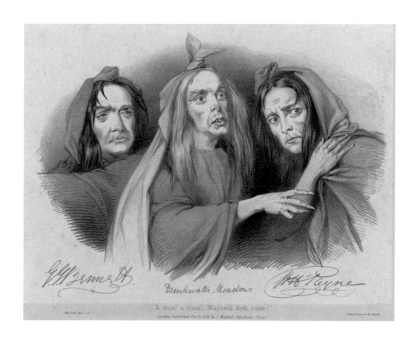

「세 마녀 Three Witches」

세 마녀로 분장한 영국 배우 드링크워터 메도, 존 페인, 조지 베넷을 묘사한 1838년의 채색 석판화. 세 마녀는 악·어둠·혼돈·갈등을 대표하지만,『맥베스』에서 맡은 역할은 중개자·목격자다. 이들은 반란과 눈앞에 닥친 종말을 전한다. 그런데 셰익스피어 시대에, 세 마녀는 반역자보다 더 나쁜 존재로 여겨졌다. 이들은 정치적 반란자일 뿐 아니라, 영혼의 반란자이기도 했기 때문이다. 작품 속에서 이들은 현실과 초현실의 경계를 넘나드는 능력으로 세상에 혼란을 불어넣는다. 실제로 운명을 좌우할 수 있는 존재인지, 아니면 단순히 운명의 전달자에 불과한지 불분명한 상태로, 양쪽 세계에 모두 발을 걸치고 있어서 맥베스를 비롯한 작중 인물들은 더욱 불신과 의혹에 시달릴 수밖에 없다.

뱅코가 말했다.

"마치 땅에도 물처럼 거품이 있는 것 같군요. 어디로 사라진 거지?"

"공중으로 사라져버렸어요. 좀 더 남아 확실하게 말해주었다면!"

"그들이 분명 여기 있긴 있었던 거요? 아니면 우리가 정신이 마비되는 독초라도 먹은 거요?"

맥베스가 뱅코에게 말했다.

"장군의 자손들이 왕이 된다고 하오."

그러자 뱅코가 이어받았다.

"장군이 왕이 된다고 하오."

맥베스가 그 말을 받아 말했다.

"게다가 코도의 영주가 된다고?"

그때였다. 왕의 명을 받은 로스와 앵거스가 그들을 맞이하러 왔다. 맥베스를 본 로스가 말했다.

"맥베스 장군, 장군이 승전보를 보내자 전하께서 더없이 기뻐하셨소. 장군이 역적을 어떻게 해치웠는지, 노르웨이 놈들을 얼마나 용감하게 무찔렀는지 모든 소식을 전령을 통해 들으시고 경탄과 칭송을 아끼지 않으셨소."

이번에는 앵거스가 말을 받았다.

"장군께 전하의 치하를 전하고 전하 앞으로 모시기 위해 이렇게 온 거요. 큰 상이 기다리고 있을 것이오."

그러자 로스가 말했다.

"전하께서는 장군을 코도의 영주로 임명하셨소. 또한 그 칭호로 장군을 맞이하라 하셨소. 코도의 대영주여, 환영합니다."

그 말을 들은 뱅코가 속으로 경악했다.

'아니, 마녀의 말이 그대로 들어맞다니!'

맥베스가 로스에게 말했다.

"코도 영주는 시퍼렇게 살아 있잖소. 내가 어찌 그의 옷을 입는단 말이오?"

"그는 노르웨이군과 결탁했소. 그는 역적이오. 곧 사형에 처할 것이오. 그가 자백했소."

맥베스가 속으로 생각했다.

'그 마녀들 말이 맞지 않은가? 그렇다면 다음에는 왕?'

그는 로스와 앵거스에게 치하한 후 뱅코에게 은밀하게 속삭였다.

"장군, 장군은 당신 자손들이 왕이 되기를 원하지 않소? 저 마녀들의 말을 믿을 수밖에 없소."

"그 말을 그대로 믿다가는 코도 영주 정도가 아니라 왕관을 탐하게 되겠군요. 악마는 가끔 우리에게 작은 진실을 알려주지요. 그걸로 우리를 유혹하는 거요. 하지만 결국은 우리를 배반합니다."

맥베스는 혼자 생각에 잠겼다.

'두 가지는 진실로 밝혀졌다. 내가 글래미스 영주라는 것, 또한 코도 영주가 되었다는 것. 그래, 그들이 내게 왕이 되어 달라고 간청한 거야. 미래의 일을 예언한 거야. 왕권을 둘러싼 웅대한 연극이 시작되는 거야. 생각지도 않던 코도 영주 자리가 내게 돌아왔지 않은가? 그건 앞으로 벌어질 일을 미리 예고하는 거야. 그런데 왜 자꾸 끔찍한 유혹에 빠져드는 것 같은 생각이 드는 거지? 왜 머리칼이 곤두서는 거지? 왜 심장이 이렇게 요란하게 고동치지? 눈앞에 벌어지고 있는 무서운 일보다 마음속에서 벌어지는 일이 더 무서운 법이야. 아직 벌어지지도 않은 상상 속의 살인이 나를 이렇게 마비시키는구나! 제길, 될 대로 되라지. 아무리 험한 날들이라도 세월은 흐르는

법이니까.'

뱅코가 넋을 잃고 있는 맥베스를 일깨웠다.

"장군, 뭐하시오? 새로운 영예에 정신을 잃었소?"

"아, 용서하시오. 잠시 정신이 나갔던 모양이오. 자, 국왕을 뵈러 갑시다."

그런 후 맥베스는 다시 속삭였다.

"우리가 겪은 뜻밖의 일을 잊지 마시오. 시간을 두고 곰곰 생각해본 뒤 마음을 터놓고 이야기를 나누어봅시다."

뱅코가 그러자고 대답하자 일행은 덩컨 왕이 기다리고 있는 어전으로 향했다.

어전에서 덩컨 왕이 아들 맬컴에게 물었다.

"코도 영주의 사형은 집행되었느냐? 형을 집행한 자는 아직 돌아오지 않았느냐?"

맬컴이 대답했다.

"아직 오지는 않았습니다만 소식은 들었습니다. 그는 죽어가면서 자신이 대역죄를 저질렀음을 고백했다 합니다. 전하의 용서를 빌면서 진심으로 참회했다고 합니다."

"아, 사람의 얼굴을 보고 그 마음을 읽어내기란 얼마나 어려운지! 내가 그를 얼마나 신임했는데!"

그때 맥베스가 어전으로 들어왔다. 덩컨 왕은 몸소 몸을 일으키며 그를 맞았다.

"오, 나의 훌륭하기 그지없는 사촌 동생! 그대가 너무 큰 공을 세우니 어찌 보답해야 할지 모르겠소. 어떤 식으로 하더라도 그대에게 제대로 보답하지는 못할 것이오."

맥베스가 대답했다.

"제가 전하께 입은 은혜를 실행으로 보답해드린 것일 뿐입니다. 전하께서는 저희 신하들의 의무를 받아들이시기만 하면 됩니다. 전하의 안녕을 위해 무슨 일이든 마다 않고 하는 것, 그것이 저희의 도리 아니겠습니까."

"아무튼 내 그대에게 최고의 영예와 자리를 주겠소. 뱅코 장군, 그대의 공도 적지 않으니 내 가슴에 고이 간직하리다. 자, 맬컴 왕자와 친척, 영주들은 들으시오. 여러분 앞에서 나는 맬컴을 왕세자에 봉하는 바요. 이제부터 그를 컴벌랜드 왕자라 부르겠소. 자, 인버네스의 맥베스 장군 성으로 가서 우리모두 결속을 다지기로 합시다."

그때 맥베스가 나서 왕에게 간청했다.

"전하, 저는 먼저 물러갈까 합니다. 제 아내에게 먼저 이 행차 소식을 전하도록 허락해주십시오."

맥베스는 왕의 허락을 받고 물러나면서 생각했다.

'컴벌랜드 왕자라! 내 앞길을 가로막는 계단이로구나. 내가 걸려 넘어질지 아니면 그 장애물을 넘어설지 운명이 결정하리라. 별들아, 얼굴을 감추어라! 빛이여, 사라져라! 나의 이 시커멓고 깊은 야망이 보이지 않게 하라. 그래, 해치우는 거야. 아무리 끔찍한 결과가 오더라도!'

그가 밖으로 나간 지 얼마 후 왕이 뱅코에게 말했다.

"뱅코 장군, 맥베스는 정말 용감한 장군이지요? 그를 칭찬하는 소리만 들어도 배가 부를 정도요. 자, 우리 모두 그의 성으로 갑시다."

한편 인버네스 성에서는 맥베스 부인이 맥베스가 미리 보낸 편지를 읽고 있었다.

나는 승전 후 돌아오다 그 마녀들을 만났소. 그들은 인간보다 더 많은 것을 알고 있는 게 분명하오. 그들에게 더 많은 것을 알아보려 했으나 홀연 공중으로 사라져버렸소. 그런데 사자들이 오더니 나를 코도 영주라 부르며 반겼소. 그 운명의 여신들이 내 앞길을 미리 알려준 것이오. 그 여신들은 이미 나를 코도 영주라 부르며 환영했소. 그리고 나를 가리키며 "만세! 왕이 되실 분"이라고 했소. 이 사실을 내가 가장 소중히 생각하는 당신에게 전하오. 내 권세는 곧 당신의 권세요. 우리가 함께할 기쁨을 당신에게 미리 알리고 싶어 이 글을 보내오.

그 편지를 읽은 맥베스 부인은 혼자 생각했다.

'그이는 약속받은 것을 이룰 거야. 하지만 한 가지 걱정이 있어. 그이는 너무 인정이 많아. 위대해지고 싶은 야심은 있는데 그 일을 이룰 만한 사악함이 없어. 그래요, 당신은 부당한 방법으로라도 뭔가를 이루고 싶은 욕심은 있지만 속임수를 쓸 줄은 몰라요. 어서 내 곁으로 와요. 내가 당신 귀에 대고 내 혼을 불어넣어주겠어요. 운명이 당신에게 왕관을 씌워주었어요. 그 왕관을 얻는 데 방해가 되는 모든 것들을 용감하게 물

리칠 수 있는 힘을 내가 줄게요.'

그때 맥베스가 앞서 보낸 사자가 와서 왕이 오늘 저녁 이곳으로 올 것이며 맥베스가 먼저 도착할 것이라는 소식을 전했다. 그 소식을 듣고 맥베스 부인은 무릎을 쳤다.

'아, 이 무슨 하늘이 준 기회란 말인가! 자, 악령들아, 내 온몸을 잔인함으로 채워다오! 내 온몸의 피를 탁하게 만들어 동정심이 찾아올 길을 막아다오. 연민의 정이 찾아와 내 목표를 흔들지 않게 해다오. 살인귀들아, 내 가슴의 쓰디쓴 쓸개즙을 맛보아라! 짙은 밤아, 어서 와서 지옥의 시커먼 연기로 모든 것을 휘감아라. 나의 예리한 칼이 낸 상처를 그 칼조차 볼 수 없게 만들어라!'

그녀가 사악한 욕망과 계획에 몸을 떨고 있을 때 맥베스가 성에 도착했다. 그를 반가이 맞이하며 부인이 말했다.

"글래미스 영주님! 코도 영주님! 앞으로는 훨씬 더 크게 되실 분! 당신의 편지에서 저는 미래를 보았어요."

"쉿, 여보, 오늘 덩컨 왕이 이곳으로 온다오."

"알고 있어요. 얼마나 있다 가지요?"

"내일까지로 예정되어 있소."

"태양은 내일 그의 얼굴을 못 볼 거예요. 영주님, 당신 얼굴에는 너무 낯선 게 쓰여 있어요. 세상을 속이려면 그것을 감추세요. 눈과 손과 혀로 그를 반갑게 맞으세요. 순진한 꽃처럼 보이면서 그 아래 뱀을 숨기세요. 오늘 밤 모든 일은 제 수완에 맡기세요."

"나중에 더 의논해봅시다."

"당신은 그저 밝은 표정만 보이면 돼요. 나머지는 모두 제게 맡기세요."

얼마 후 덩컨 왕과 맬컴 왕자, 도날베인 왕자, 뱅코, 레녹스, 맥더프, 로스, 앵거스 등 제후들과 대신들이 시종들과 함께 맥베스의 성에 도착했다. 맥베스 부인이 그들을 맞았다.

"전하, 전하를 모시기에 너무 누추합니다. 제 남편에게 새로운 작위를 내리시니 저희는 전하를 위해 기도할 뿐입니다."

"아, 부인. 부인을 귀찮게 해드린 건 미안하오. 하지만 모두 그대 주인을 향한 호의에서 나온 것이니 감사히 받아주면 좋겠소. 코도 영주는 어디 있소? 자, 과인을 이 댁 주인에게 안내해주시오. 나는 진심으로 그를 아끼니 언제까지나 은총을 베풀 것이오."

"전하, 잠시만 기다려주십시오. 급히 달려와서 몸을 씻고 옷을 갈아입는 중입니다."

얼마 후 맥베스가 왕에게 와서 예를 표했다. 그들은 함께 맥베스 부인이 준비한 만찬을 들었다.

밤이 되었다. 부인이 맥베스의 방으로 갔을 때 그는 깊은 상념에 빠진 채 방안을 서성이고 있었다.

'일은 빠를수록 좋을 거야. 만약에 암살로 엮어버릴 수 있다면 만사 끝이겠지. 아, 하지만 그는 나를 믿고 여기 머물고 있다. 난 그의 친척이며 신하다. 나는 그 암살을 막아야 할 사람, 자객을 막아야 할 사람이야. 게다가 덩컨 왕은 대단히 겸손하고 인자한 사람이지. 너무 깨끗하여 만인에게 칭송받고 있어. 그의 덕행이 결국 이 끔찍한 악행에 승리를 거둘 거야. 이 끔찍한 짓을 온 세상에 드러나게 할 테지. 아, 이 악행에서 오로지 내 힘이 되어줄 것은 나의 치솟는 야망뿐. 내게는 아무 것도 없어. 야망이라는 놈은 너무 높이 솟구쳤다가 기어이 땅에 곤두박질치고 말겠지!'

방으로 들어선 부인을 본 맥베스가 말했다.

맥베스

"여보, 그만둡시다. 왕이 이번에 더할 수 없는 영예를 내려 주었소. 게다가 나는 지금 모든 이의 찬사를 한 몸에 받고 있소. 이 영광스러운 옷을 입고 지낸 지 얼마 되지도 않았는데 이렇게 빨리 내던지고 싶지는 않소."

"아니, 그 옷이 그렇게 화려해요? 당신이 입고 있던 그 찬란한 희망의 옷은 어디다 두었어요? 욕망에 걸맞게 행동하는 사람이 되는 게 두려워요? 속으로는 '탐이 나'라고 속삭이면서 '그러면 안 되지'라고 스스로 가로막는, 그런 비겁한 사람으로 살 거예요?"

"여보, 좀 조용히 하시오. 남자다운 일이라면 나는 못 할 게 없는 사람이오. 그 누구도 나를 따라올 자 없소."

"당신 스스로 이 계획을 내게 미리 알려주었어요. 이 일을 하겠다고 결심했을 때 당신은 진정으로 대장부였어요. 이 일을 해내면 당신은 더 큰 남자가 되는 거예요. 이제 때가 되었는데 당신은 기가 꺾였군요. 지금은 용기의 시간이에요. 자비와 사랑 따위는 버리세요."

"만일 실패하면?"

"실패요? 그건 용기를 잃은 자들만 맛보게 되어 있는 거예요. 자, 제 말대로 해요. 왕이 잠들면 침실 시종 두 명에게 포도주를 잔뜩 먹일게요. 세상 모르고 잠에 곯아떨어지게 할게요. 그러고 나면 우리가 못 할 일이 뭐가 있겠어요? 왕을 시해한 죄를 그들에게 뒤집어씌우면 되는 거예요.”

“여보, 당신은 분명 사내아이를 낳을 거요. 남자에게만 어울리는 그런 담대한 기질을 가진 당신 배 속에 계집아이를 키울 리 없소. 그렇지. 그 방에서 졸고 있는 시종들의 단검을 사용해서 왕을 죽이고 그들에게 핏자국을 남기면 되겠군. 다들 그들의 소행으로 여기겠지.”

“그래요. 아무도 우리를 의심하지 않을 거예요. 우리가 그 누구보다 비탄에 젖어 큰 소리로 통곡을 하면 누가 우리를 의심하겠어요?”

“좋소. 결심했소. 온 힘을 다해 이 모험을 감행하겠소. 자, 들어가서 우리의 부드러운 얼굴을 사람들에게 보입시다. 그 얼굴로 사람들을 속입시다. 우리 마음속 악한 모습은 그 가면으로 가려두고.”

2

　자정이 넘은 시각, 성안 뜰에서 뱅코
와 그의 아들 플리언스가 잠을 쫓으며 왕의 경호를 서고 있었
다. 그때 맥베스가 횃불을 든 하인과 함께 뜰에 나타났다. 뱅
코가 그를 보고 말했다.

　"아니, 장군, 아직 안 주무셨소? 전하께서는 침소로 드셨소.
정말 만족하시고 즐거워하셨소. 부인께도 극진한 감사의 말씀
을 하시며 선물을 내리셨소."

　"준비가 미흡해서 모자란 점이 많았소. 자, 장군은 이제 가
서 편히 쉬시오. 내가 이곳을 맡을 테니."

　"그럼 미안하지만 우리는 가서 자겠소."

말을 마친 후 뱅코와 플리언스는 안으로 들어갔다. 그들이 시야에서 완전히 사라지자 맥베스가 하인에게 말했다.

"너도 가서 자거라. 그 전에 마님을 뵙고 술이 준비되거든 종을 울리라고 말해라. 무슨 말인지 마님이 알 것이다."

왕의 시종들이 술에 곯아떨어졌음을 알리는 신호였다. 하인이 물러나자 그는 손에 단검을 쥐었다. 잠시 후 종소리가 울렸다. 그는 중얼거렸다.

'자, 가야지. 이제 그곳으로 가기만 하면 끝난다. 종소리가 울렸어. 듣지 마라, 덩컨 왕! 당신을 천국 또는 지옥으로 부르는 조종(弔鐘)이니.'

맥베스는 살금살금 왕의 침실로 들어갔다. 이어서 비명이 들린 듯도 했다. 잠시 후 맥베스가 단검을 손에 쥔 채 비틀거리며 밖으로 나왔다. 정신이 하나도 없어 보였다. 밖에서는 부인이 그를 기다리고 있었다.

부인을 본 맥베스가 말했다.

"해치웠소. 무슨 소리 못 들었소?"

"올빼미와 귀뚜라미 소리밖에 없었어요. 자, 어서 물을 떠다 손에 묻은 그 더러운 자국을 깨끗이 씻으세요. 아니, 그런데 당신 손에 그게 뭐예요? 단검 아니에요? 그건 왜 갖고 나왔어요? 그 자리에 놓아두어야지. 자, 다시 가서 놓고 오세요. 그리고 잠든 시종들에게 피를 칠해놓으세요."

"이제 못 가겠어. 내가 한 일이 두려워졌어. 생각만 해도 무서워. 다시 그 모습을 볼 수가 없어."

"참, 어쩜 그리 대가 약하세요. 그 단검 이리 줘요. 자는 사람이나 죽은 사람이나 그냥 그림 같은 거예요. 애들이나 그림 속 악마를 무서워하는 법이지요. 그가 아직도 피를 흘리고 있겠지요. 내가 그 피를 시종들 얼굴에 바르고 올게요."

맥베스 부인은 안으로 들어갔다. 맥베스는 여전히 얼이 빠져 있었다.

"아, 자그만 소리에도 오싹 놀라게 되는구나. 도대체 내가 왜 이럴까? 싸움터에서는 그토록 용감한 내가! 아, 이 손! 이 손의 피! 저 바닷물인들 이 피를 씻어낼 수 있을까! 오히려 내 손이 그 넓은 바다를 온통 핏빛으로 물들이겠지."

잠시 후 맥베스 부인이 다시 조심조심 뜰로 나왔다.

"내 손에도 이제 피가 묻었어요. 하지만 내 심장은 당신처럼 그렇게 창백하지 않아요. 자, 이제 우리는 자러 가요. 가서 평온하게 잠옷을 걸쳐요."

다음 날 아침 일찍 맥더프와 레녹스가 맥베스를 보러 왔다. 맥베스는 접견실에서 그들을 맞았다. 맥베스를 본 맥더프가 말했다.

"전하께선 기침하셨습니까?"

"아직 안 일어나셨습니다."

"일찍 깨워달라는 분부가 있었는데 다행히 늦지 않은 것 같군요."

"자, 내가 안내해드리겠소."

왕의 침실 문 앞에 이르자 맥더프가 안으로 들어갔다. 레녹스와 맥베스는 밖에서 기다렸다. 레녹스가 맥베스에게 물었다.

"전하는 오늘 출발하실 예정이지요?"

"예, 그렇게 알고 있습니다."

"간밤에 웬 날씨가 그리 사납던지……. 우리 숙소 굴뚝이 다 날아갔소. 게다가 무슨 이상한 곡성이 허공에서 들렸다고들 하기도 하고……. 무슨 비명소리가 들린 것 같다고도 하고……. 올빼미도 밤새 사납게 울어대더군요."

"정말 괴이한 밤이었소."

그때 맥더프가 소리를 지르며 방 밖으로 뛰쳐나왔다.

"아, 이 무슨 무서운 일이! 입으로 말할 수도 없고 생각조차 할 수 없는 일이 벌어지다니!"

맥베스와 레녹스가 동시에 황급히 물었다.

"대체 무슨 일이오?"

"신성모독이 벌어졌습니다. 웬 살인마가 지옥에서 나와 전하를 시해했습니다."

레녹스가 놀라 소리쳤다.

"뭐라고요? 전하의 생명을!"

맥베스와 레녹스는 황급히 방안으로 뛰어 들어갔고, 맥더프는 소리 높여 외쳤다.

"모두 일어나라, 일어나! 경종을 울려라! 살인이다, 반역이다! 뱅코, 빨리 일어나시오. 도날베인 왕자, 컴벌랜드 왕자 일어나시오. 전하가 시해되셨소!"

그런데 그 소리를 듣고 제일 먼저 나타난 사람은 맥베스 부인이었다.

"도대체 무슨 일이에요? 왜 이렇게 사람 소름 돋게 만드는 종소리가 울리는 거예요? 사람들은 왜 이렇게 모여드는 거죠? 제발 말씀 좀 해주세요."

그러자 맥더프가 대답했다.

"아, 부인, 부인께는 말씀드릴 수 없습니다. 연약한 여자들이 들으면 정신을 잃을 수밖에 없는 일이기 때문입니다."

"네? 어떻게 그런 일이? 바로 우리 집에서요?"

그때 뱅코가 놀라서 뛰어왔다. 뱅코를 보자 맥더프가 소리쳤다.

"오, 뱅코, 우리 주군께서 피살되셨소."

"맥더프 장군, 그게 무슨 소리요? 내가 잘못 들은 거 아니오? 제발 잘못 들었다고 해주시오."

그때 맥베스와 레녹스가 방에서 나왔다. 맥베스가 말했다.

"아, 이런 일을 겪기 전에 죽을 수 있었다면 얼마나 큰 축복일까! 지금 이 순간부터 내 삶에서 중요한 건 아무것도 없소. 명예와 미덕은 모두 사라지고 허접한 것만 남았소."

바로 그때 맬컴과 도날베인이 허겁지겁 달려왔다. 도날베인이 물었다.

"무슨 일이 있는 거요?"

맥베스가 말했다.

"두 분은 차라리 모르는 편이⋯⋯. 두 분 피의 샘물이, 그 원천이 끊어지고 말았습니다."

맥더프가 말을 받았다.

"부왕께서 시해되셨습니다."

맬컴이 비틀거리며 물었다.

"아, 세상에 이럴 수가⋯⋯. 어떤 놈들이 한 짓입니까?"

레녹스가 말했다.

"전하의 시종들 짓으로 보입니다. 놈들 손과 얼굴에 피가 묻어 있고 단검에도 피가 묻어 있었습니다. 닦지도 않은 단검이 베개 위에 있었습니다. 놈들의 단검입니다. 놈들은 얼이 빠진 듯 멍청히 바라만 보고 있었습니다."

그러자 맥베스가 말했다.

"아, 내가 너무 성급했나 봅니다. 후회가 돼요. 놈들에게 더 캐물었어야 하는 건데⋯⋯. 너무 화가 난 나머지 내가 놈들을 죽여버렸으니⋯⋯."

맥더프가 놀라서 물었다.

"놈들을 죽였어요? 아니 왜 그런 거요?"

"너무 놀랐고 너무 분노해서 이성을 잃었소. 피로 물든 전하의 모습에 충정을 억누를 수 없었소. 옆에 있는 자객들을 향한 분노에 정신을 잃었소."

옆에 있던 맥베스 부인이 한 술 더 떴다.

"아, 도저히 서 있을 수가 없어요. 누가 나를 좀 방으로 데려다주세요."

맥더프가 시종들에게 부인을 모시라고 명령했다. 부인은 시종들의 부축을 받으며 자신의 방으로 갔다.

정신이 나간 표정으로 지켜보고 있던 맬컴이 도날베인에게 속삭였다.

"아버지께서 돌아가셨는데 우린 왜 아무 말도 못 하고 이렇게 입 다물고 있는 거지? 이건 바로 우리 일이잖아."

그러나 경황 중에도 도날베인은 침착함을 잃지 않았다. 그가 맬컴에게 속삭였다.

"우리가 무슨 말을 할 수 있겠습니까? 어떤 음모가 우리를 기다리고 있는지 모르는데……. 아직 눈물을 흘리기에는 때가 이릅니다. 우선 여길 빨리 떠나야 합니다."

"그래, 저들 아무와도 어울릴 수 없겠다. 누가 거짓을 감추고 있는지 아직 모르니……. 나는 잉글랜드로 몸을 피해야겠다."

"전 아일랜드로 가겠어요. 우리가 헤어져 있는 게 더 안전할 겁니다. 우리 곁에 보이는 웃음 속에는 비수가 숨어 있어요. 우리와 가까운 핏줄이 더 우리의 피를 원하고 있어요."

"그래, 아직 살기를 띤 화살이 표적을 향해 날아가고 있는 중이다. 표적이 먼저 피하는 게 상책이야. 작별 인사 한답시고 요란 떨지 말고 살짝 빠져나가자."

둘은 몰래 그곳을 빠져나갔다. 나머지 사람들은 그들이 나가는 것을 보지 못했다.

성 밖 로스의 집에서 맥더프가 로스를 만나고 있었다. 그들은 사촌 간이었다. 로스가 여러 가지 궁금한 게 있어 맥더프를 만나자고 한 것이었다. 로스가 물었다.

"그런 잔악한 짓을 꾸민 자들이 누군지 밝혀졌어?"

"맥베스가 살인자들을 이미 죽였으니 알 도리가 있나요?"

"아니, 그들이 무슨 이익을 바라고 그런 짓을 벌인 거지?"

"누군가의 사주를 받았겠지요. 일이 벌어지자 두 왕자 맬컴과 도날베인이 도망가버렸으니 당연히 그들이 의심을 받게 되었고요.”

“도무지 이치에 맞지가 않아. 그들이 왜 그런 짓을……. 그렇다면 왕권은 당연히 전왕의 사촌인 맥베스에게 돌아가겠군.”

“그는 이미 왕위에 추대를 받았어요. 옥좌에 오르려고 벌써 스쿤으로 떠났어요.”

“덩컨 왕의 유해는?”

“돌아가신 왕들의 유골이 묻혀 있는 콤킬로 모셨지요.”

로스가 마지막으로 맥더프에게 물었다.

“자네는 스쿤으로 갈 텐가?”

“아니요, 전 제 영지인 파이프로 가겠어요.”

“난 스쿤으로 가겠네.”

“그래요? 거기서 잘 지내시길 바랍니다. 새 옷이 헌 옷만큼 편하길 빌겠어요.”

둘은 작별 인사를 나누고 헤어졌다.

3

맥베스가 왕위에 올랐다. 뱅코는 진작에 맥베스를 의심하고 있었다. 그는 생각했다.

'맥베스 왕은 글래미스와 코도를 가진 후에 왕위까지 차지했어. 다 마녀들이 예언한 대로야. 그걸 서둘러 이루려고 더러운 짓을 저지른 게 틀림없어. 그렇다면 나는? 그들은 내 후손들이 왕이 될 거라고 했지. 맥베스를 볼 때 그 말이 옳을 수도 있어. 그렇다면 내가 희망을 가질 수 있단 말인가? 아, 하지만?'

한편 맥베스는 뱅코가 두려웠다. 그는 생각했다.

'마녀들의 말을 그와 함께 들었잖아? 그는 당연히 나를 의심할 거야. 또한 마녀들은 그의 자손들이 왕이 되리라고 예언했어. 내게는 자식이 없어. 그렇다면 나는 그의 후손들을 위해서 저 인자한 덩컨 왕을 죽인 셈이잖아? 오로지 그를 위해 내마음의 평온을 깨뜨린 것이고 그를 위해 손에 더러운 피를 묻힌 거야. 더욱이 그는 제왕 같은 성품을 지녔지. 그는 대단히 과감하고 지혜로워. 이제 내가 두려워해야 할 존재는 오로지 뱅코 하나뿐이야. 그를 없애야만 해.'

맥베스는 국왕 취임 축하연을 준비했다. 잔치가 열리기 전날 맥베스는 자객들을 불렀다. 지난날 뱅코에게 벌을 받고 원망을 품고 있던 자들이었다. 그들은 뱅코를 원수로 여기고 있었다. 맥베스는 뱅코를 죽이는 게 원수를 갚는 길이라며 그들을 부추겼다. 맥베스는 모든 책임은 자기가 질 테고 그들에게 큰 상을 내리겠다며 뱅코를 살해하라고 은밀히 지시했다.
"자, 한 시간 내로 너희가 어디에 몸을 숨긴 채 잠복할 것인지 알려주겠다. 아울러 언제 일을 거행할 것인지 정확히 알려주마. 어쨌든 이 밤이 가기 전에 궁 밖에서 해치워야 한다. 명심해. 그의 아들 플리언스도 해치워야 한다."

자객들은 명을 받고 물러났다. 그들이 물러나자 왕비가 들어왔다.

"전하, 홀로 무슨 생각에 잠겨 계신 건가요? 왜 그렇게 근심 어린 얼굴을 하고 계셔요? 이미 끝난 건 끝난 거예요."

"우리는 아직 독사를 완전히 죽이지 못했소. 상처만 입힌 셈이지. 독사는 곧 회복될 거요. 그러고는 우리를 향해 사나운 이빨을 들이밀 거요. 아, 악몽을 꾸는 것 같소. 이렇게 고통 속에 떨며 사느니 차라리 죽은 자와 함께하고 싶은 심정이오. 덩컨은 무덤에서 평화롭게 잘 자고 있지 않소."

"전하, 어서 얼굴을 펴세요. 오늘 밤 손님들 앞에서 빛날 얼굴을 준비하세요."

"그러리다. 당신도 그렇게 하시오. 특히 뱅코 장군을 사람들 앞에서 추어올려주시오. 그들 앞에서 우리 본심을 드러내면 안 되오."

"전하, 우리 본심이라니요? 그를 어쩌시려고요? 이제 제발 그만두세요."

"여보, 이미 내 마음속에는 독충들이 우글대고 있소. 당신도 알다시피 뱅코와 플리언스가 살아 있지 않소?"

"하지만 그들이라고 영원히 살 수 있겠어요?"

"그렇다면 더욱 걱정할 것 없소. 조금 앞당기는 것뿐이니까. 사원의 박쥐가 사원 안을 훨훨 날아다니기 전에 흉한 일이 벌어질 거요."

"도대체 무슨 일인데요?"

"당신은 모른 척하고 있으시오. 나중에 박수나 쳐주시오. 오라, 밤아! 인자한 낮의 부드러운 눈을 가려라! 너의 잔인한 손으로, 나를 두려움에 떨게 하는 그 생명을 갈기갈기 찢어다오."

그 말을 듣고 부인이 놀라 눈을 동그랗게 떴다. 그러자 맥베스가 말했다.

"내 말에 놀랐구려. 하지만 잠자코 기다리고만 있으시오. 나쁘게 시작한 일은 더 나쁘게 만들어야 마무리가 잘 되는 법이오. 자, 나와 함께 갑시다."

그날 저녁 뱅코는 아들 플리언스와 함께 숲에서 사냥을 하고 돌아오는 길이었다. 잔치에 늦지 않기 위해 그들은 서둘렀다. 그들은 궁으로부터 일 마일쯤 떨어진 곳에서 말에서 내렸다. 걸어서 궁으로 들어가는 것이 예법이었기 때문이다. 이미 날이 어두워졌기 때문에 뱅코와 플리언스는 횃불을 들고 있었다. 자객 세 명이 숨어서 그들이 걸어오는 것을 엿보고 있었다. 자객 중 한 명이 재빨리 앞으로 나서며 횃불을 꺼버렸다. 사방이 어두워지자 두 명이 뱅코를 공격했다. 전혀 대비가 없었기에 맹장 뱅코도 어쩔 수 없었다. 그는 죽어가면서 소리쳤다.

"배신이다, 배신! 플리언스 도망쳐라, 도망쳐! 기필코 복수해라! 이 비열한 맥베스!"

플리언스는 어둠을 이용해 도망갔다. 자객들은 플리언스를 찾았지만 너무 어두워서 아무것도 보이지 않았다. 그들은 그대로 맥베스에게 보고하기 위해 궁으로 향했다.

한편 궁에서는 잔치가 준비되어 있었다. 맥베스가 손님들을 자리에 앉으라고 권하며 환영 인사를 했다. 그때 자객 한 명이 문 앞에 나타나서 맥베스에게 눈짓을 했다. 맥베스는 자리에서 슬쩍 일어나 문 앞으로 갔다. 맥베스는 눈치를 살피며 자객에게 낮은 목소리로 속삭였다.

"네 얼굴에 피가 묻었구나."

"뱅코의 피입니다. 제가 직접 목을 그어버렸습니다."

"잘했어. 그럼 플리언스는 누가 처치했지?"

"국왕 전하……. 그게 그만……. 플리언스는 도망갔습니다."

"정말이냐? 골치 아프게 되었군. 하지만 큰 뱀은 이미 죽었고 작은 뱀은 아직 이빨이 없을 테니……. 자, 물러가라. 내일 다시 만나 이야기하자."

자객이 사라지자 왕비가 맥베스 곁으로 와서 말했다.

"전하, 환대의 말씀을 해주셔야지요. 축하연에서는 식사 도중 환대의 말씀을 자주 해주셔야 양념 구실을 하는 법이잖아요. 그런데 그게 빠지니까 잔치가 영 흥이 안 나요."

"그렇구려. 옳은 말이오."

맥베스는 다시 안으로 들어가 술잔을 들며 사람들을 향해 말했다.

"자 여러분! 식욕을 냅시다. 다들 마음껏 드시오. 여러분의 건강을 기원하며, 건배!"

그러더니 그가 고개를 좌우로 돌리며 말했다.

"뱅코 장군이 왜 안 오는 거지? 그가 왔으면 가장 상석에 모셨을 텐데."

그러자 로스가 말했다.

"전하, 아마 좀 늦는 것 같습니다. 그가 없더라도 저희와 함께 자리를 해주십시오."

맥베스가 신하들의 자리를 둘러보니 이미 다 차 있었다. 그가 말했다.

"그런데 빈자리가 없지 않소?"

그러자 레녹스가 말했다.

"전하, 여기 빈자리가 하나 있습니다."

"어디요?"

"여기 상석입니다."

맥베스는 레녹스가 가리키는 자리를 쳐다보았다.

그런데 그 자리에 뱅코의 유령이 피를 흘리며 앉아 있었다!

당황한 맥베스는 뱅코의 유령을 향해 소리를 질렀다.

"아니, 도대체 누가 그대에게 이런 짓을 했단 말인가!"

손님들이 일제히 무슨 일인가 눈이 휘둥그레졌다. 맥베스가 손을 휘저으며 말했다.

"이건 내가 한 짓이 아니다. 그 피투성이 머리칼을 내게 휘두르지 말라."

로스가 사람들에게 말했다.

"전하께서 어딘가 불편하신 모양이니 모두 물러갑시다."

그러자 왕비가 그들을 만류했다.

"앉으세요, 여러분. 전하께서는 가끔 저러십니다. 젊은 시절부터 그러셨어요. 잠시 그러실 뿐 조금만 지나면 괜찮아지십니다. 자, 염려 마시고 음식과 술을 즐기세요."

그녀는 맥베스에게 낮은 목소리로 핀잔을 주었다.

"당신, 왜 이래요? 무슨 대장부가 이런 꼴을 보여요?"

그는 뱅코의 유령을 노려보며 말했다.

"암, 나는 대담한 남자지. 악마도 고개를 돌릴 저 무서운 모습을 이렇게 노려볼 만큼……."

"참 장하시군요. 당신은 무서워서 헛것을 본 거예요. 전부 가짜예요. 정말 창피해서! 아니, 왜 그런 얼굴을 하세요? 그건 그냥 의자잖아요? 왜 그렇게 빈 의자를 쳐다보세요?"

"여보, 저기 좀 봐. 잘 봐요, 저기를! 저 봐. 고개를 끄덕이잖소. 이보게, 고개만 끄덕이지 말고 어디 말도 해보라고!"

"아니, 이제는 아예 실성한 짓까지 하시네! 여보, 제발 기운 좀 내세요."

그 순간 맥베스의 눈에 보이던 유령이 사라졌다. 맥베스가 왕비에게 말했다.

"당신 정말 못 봤소? 내 두 눈으로 똑똑히 봤다고."

"아이 참! 정말 창피해요."

맥베스는 계속 헛소리를 했다.

"많은 사람들이 피를 흘리며 죽어갔어. 끔찍한 살인은 수도 없이 있었어. 그러나 언제나 한 번 죽으면 그것으로 끝이었어. 그런데 머리에 수십 군데 치명상을 입고도 다시 살아나서 의자를 차지하다니……. 아, 이 무슨 해괴한 일이란 말인가?"

사람들은 모두 어리둥절할 수밖에 없었다. 왕비가 모든 사람들이 들릴 만한 목소리로 맥베스에게 말했다.

"전하, 귀한 손님들이 전하의 말씀을 기다리고 있습니다."

맥베스가 정신이 돌아온 듯 사람들을 둘러보며 말했다.

"아, 여러분 놀라지 마시오. 내게 별것 아닌 고질병이 있소. 여러분의 건강을 축원하오. 자, 술잔을 채우시오. 이 자리에 계신 모든 이들을 위해! 이 자리에 오지 못해 섭섭한 뱅코 장군을 위해! 그가 있었으면 좋았을 것. 자, 모두를 위하여! 그를 위하여! 우리 모두를 위하여!"

다들 "전하를 위하여"라고 외치며 잔을 높이 들었다.

그때 맥베스의 눈에 다시 뱅코의 유령이 보였다.

그러자 맥베스가 소리쳤다.

"어서 꺼지지 못할까? 썩 내 눈앞에서 사라져! 땅속으로 들어가! 거기가 네 자리야! 뼈 안에 골수도 없고 피도 이미 차디차게 얼어붙은 것이! 나를 노려보는 네 눈에는 빛이 없다. 그러니 사라져라!"

왕비가 황급히 사람들에게 말했다.

"여러분, 그냥 습관처럼 그러는 거라고 생각해주세요. 정말 별거 아니에요. 이 좋은 분위기를 망쳐놓는다는 게 문제일 뿐이지요."

맥베스는 계속 소리쳤다.

"그래 어디 덤벼봐. 다시 살아나서 황야에서 칼을 뽑고 내게 덤벼봐. 내가 떨 줄 알아? 네가 아무리 무서운 모습을 하더라도 나는 겁나지 않아. 어서 꺼져라! 이 징그러운 유령아! 실체도 없는 그림자야! 거짓 환영아! 어서 썩 물러가지 못할까!"

그러자 맥베스의 눈에서 뱅코의 유령이 사라졌다.

잔치는 파장이 날 수밖에 없었다. 모든 손님이 건성으로 인사하며 뿔뿔이 흩어졌다.

왕비는 맥베스를 침실로 인도했다.

국왕 취임 축하연이 끝나고 얼마간 시간이 흘렀다. 날이 갈수록 맥베스는 폭군이 되어갔고 백성들은 공포에 사로잡혀 지냈다. 그러던 어느 날 궁전 밖에서 레녹스가 귀족 한 명과 이야기를 나누고 있었다.

"참 사태가 묘하긴 하군요. 인자하신 덩컨 왕이 갑자기 돌아가신 후 맥베스가 애통해하고……. 용감한 뱅코는 밤길을 돌아다니다가 죽었는데 아들은 도망가고……. 둘 다 아들들이 아버지를 죽인 셈이 되었네요. 너무 늦게 다니면 안 돼요. 맬컴과 도날베인이 아버지를 살해하다니 끔찍한 일이지요. 천벌을 받을 짓이지. 맥베스는 정말 비탄에 젖었고! 충정에 범인들을 단숨에 베어버리지 않았소? 참 훌륭한 처사였지요. 놈들이 잡아떼면 뗄수록 더 화가 치밀어 오르지 않을 수 없었을 거요. 맥베스가 모든 일을 보기 좋게 처리한 거지요. 두 왕자건 뱅코의 아들 플리언스건 붙잡히기만 하면 대가를 톡톡히 치르겠군요.

참, 그런데 맥더프가 바른말을 한 후 폭군이 베푸는 잔치에 참석하지 않았지요. 그래서 맥베스에게 단단히 미움을 샀고요. 어디론가 사라진 사람들이 지금 어디에 있는지 아십니까?"

"덩컨 왕의 아드님 컴벌랜드 왕자는 저 폭군에게 하늘로부터 부여받은 권리를 빼앗겼지요. 그분은 지금 잉글랜드 궁전에 계십니다. 에드워드 국왕이 그를 극진히 맞아주어 잘 지내고 있지요. 맥더프도 그분 곁으로 갔습니다. 맥더프는 노섬벌랜드와 시워드에게 도움을 요청하러 갔지요. 그들의 도움과 하느님의 보살핌으로 우리가 다시 평화와 참된 명예를 찾았으면 좋겠습니다. 컴벌랜드 왕자와 맥더프의 움직임에 대해 보고를 받은 맥베스 왕이 격노해서 한바탕 전쟁도 불사할 태세입니다."

4

　　스코틀랜드의 맥베스 궁전 근처에 세 마녀가 다시 등장해서 노래를 부르고 있었다. 마녀들은 맥베스를 파멸로 이끌 저주의 말을 퍼부었다. 맥베스가 그녀들 앞에 나타났다. 마녀들이 알 수 없는 힘으로 맥베스를 그곳으로 이끈 것이다. 맥베스는 그녀들에게 또다시 자신의 운명을 말해달라고 주문했다. 그러자 갑자기 혼령들이 나타났다. 지옥의 여신 헤카테가 마법을 부려 만든 혼령들이었다.

　　첫 번째 혼령이 맥베스에게 말했다. 맥베스처럼 투구를 쓰고 있었다.

　　"맥베스! 맥베스! 맥더프를 경계하라. 파이프 영주를!"

맥베스가 혼령에게 말했다.

"네 정체가 어떻든 좋은 충고를 해주어 고맙다. 내 걱정거리를 정확히 맞혔구나."

그러자 혼령은 사라졌다.

이번에는 피투성이 아이 모습의 두 번째 혼령이 나타나서 말했다.

"맥베스! 잔인해라! 대담해라! 단호해라! 인간의 힘일랑 우습게 여겨라! 여자 몸에서 태어난 자가 맥베스를 해치는 일은 절대로 없을 것이다."

맥베스가 소리쳤다.

"그래, 나는 결코 맥더프가 두렵지 않다. 나는 그를 살려두지 않을 테다!"

두 번째 혼령이 사라지자 세 번째 혼령이 나타났다. 왕관을 쓰고 손에 나뭇가지를 들고 있는 어린아이 혼령이었다. 그 혼령이 말했다.

"사자 같은 기개로 용감해져라. 누가 화를 돋우든 반역자가 나타나든 개의치 마라. 버넘의 큰 숲이 던시네인 언덕으로 다가오기 전까지 맥베스는 영원히 패하지 않을 것이다."

혼령이 사라지자 맥베스가 말했다.

"그런 일은 절대 없을 거야. 어떻게 숲의 나무들이 통째로 뿌리 뽑혀 언덕으로 올 수 있겠어? 근사한 예언이야. 난 왕좌에 높이 앉아 천수를 누릴 거야. 하지만 한 가지 가슴 두근거리는 일이 있으니 물어보마. 과연 뱅코의 후손들이 이 나라를 다스리게 되는가?"

그러자 마녀들이 일제히 대답했다.

"더 이상 알려 하지 마라."

"난 기어이 알아야겠다. 만일 거절하면 너희에게 영원한 저주를 내리겠다. 어서 말해다오!"

마녀들이 일제히 대답했다.

"나타나라! 나타나서 보여줘라! 그의 마음을 어지럽혀라! 그림자처럼 나타났다가 사라져라."

그러자 여덟 명의 왕 형상이 나타났다. 마지막 왕은 손에 거울을 들고 있었고 뱅코가 뒤따랐다. 맥베스가 소리쳤다.

"넌 뱅코의 유령과 너무 닮았구나. 어서 썩 꺼져라! 네놈의 왕관에 내 눈알이 타오르는구나. 뭐야, 여덟 명이나 돼? 모두 뱅코를 닮았구나! 아, 무서운 광경이야. 이제 보니 사실이구

나. 머리칼에 피가 엉겨 붙은 뱅코가 날 보고 웃으며 자기 후
손들을 가리키고 있구나! 아!"

마녀들이 외쳤다.

"그래, 모든 게 사실이다. 그대가 놀랄 필요는 없다."

마녀들은 춤을 추며 사라졌다. 맥베스가 소리쳤다.

"어디로 가는 거냐? 어디로 사라진 거냐? 이 사악한 것
들……. 게 누구 없느냐!"

그 소리를 듣고 레녹스가 달려왔다.

"무슨 분부가 있으십니까, 전하?"

"마녀들을 보지 못했는가? 운명을 알려주는 그 자매들을?"

"저는 보지 못했습니다."

"그대 옆을 지나가지 않던가?"

"지나가지 않았습니다, 전하."

"이놈의 마녀들! 썩은 공기나 타고 가다가 몹쓸 병에나 걸려
버려라. 그들의 말을 믿는 자들은 모조리 지옥에나 떨어져라.
그런데 좀 전에 말발굽 소리가 들리는 것 같던데, 누가 왔나?"

"전하, 전령들입니다. 맥더프가 잉글랜드로 도망갔다는 소
식을 갖고 왔습니다."

"뭐야? 맥더프가 잉글랜드로?"

"예, 전하"

그러자 맥베스가 혼잣말을 했다.

'이런, 내가 먼저 치려고 했는데 그놈이 선수를 쳤군. 좋다, 맥더프의 성을 공격해서 파이프를 접수하고 모조리 매운 칼 맛을 보여주마. 그자의 처자식과 혈족들 모두 칼날을 받을 거다.'

한편 파이프 성에서는 맥더프 부인과 아들, 그리고 로스가 함께 방 안에 앉아 이야기를 나누고 있었다.

맥더프 부인이 원망스러운 목소리로 말했다.

"대체 그이가 무슨 짓을 했다고 도망가야 했단 말인가요?"

로스가 말했다.

"참으셔야 합니다, 제수씨."

"참지 못한 건 내가 아니라 그이였어요. 도망가는 건 미친 짓이에요. 자기 혼자 두려워서 스스로 역적이 되다니!"

"두려움 때문에 도망간 건지 분별력이 있어서 도망간 건지 알 수 없지요."

"분별력이요? 처자식과 영지를 버리고 혼자 도망가는 게 분별력인가요? 그이는 처자식을 사랑하지도 않아요. 작디작은 굴뚝새도 자기 새끼를 지키기 위해서라면 올빼미에게 맞서는데……. 그이에게는 두려움만 있지 사랑은 없어요. 사리에 어긋나는 일을 저질렀는데 분별력이 있다고요?"

"제수씨, 좀 진정하십시오. 그는 고결하고 현명한 사람입니다. 우리나라 사정을 누구보다 잘 알고 있습니다. 자세한 말씀은 못 드리겠지만 참으로 고약한 세월입니다. 자신도 모르는 새 역적으로 몰리고, 다들 두려움에 질려 떠도는 풍문에 귀를 기울입니다. 하지만 정작 뭐가 두려운지는 아무도 모릅니다. 모두들 거칠고 사나운 바다 위를 목적지도 없이 표류하고 있는 형국입니다, 제수씨, 이만 실례하겠습니다. 곧 다시 찾아오겠습니다. 이 고비만 넘으면 다 정상이 될 것입니다. 우리 귀여운 조카, 잘 있으렴!"

맥더프 부인이 아들을 안으며 말했다.

"아, 넌 멀쩡히 아버지가 있으면서 아버지 없는 신세가 되었구나. 얘야, 네 아버진 돌아가신 셈이다. 이제부터 넌 어떻게 할 거니? 어떻게 살아갈 테냐?"

"새같이 살지요, 어머니."

"뭐? 벌레나 파리를 잡아먹으면서?"

"뭐든 닥치는 대로요. 새들도 그러잖아요."

"가엾어라. 아버지가 없으니……."

아들이 부인에게 물었다.

"아버진 역적이신가요, 어머니?"

"그래, 그렇단다."

"역적이 뭔데요, 어머니."

"음, 맹세한 후 그것을 어기는 사람. 거짓말한 사람."

"역적이 되면 다 목을 매달아 죽이나요?"

"그럼, 전부 목을 매달지."

"누가요?"

"그야 정직한 사람들이지."

"그럼 거짓말쟁이들은 정말 바보들이네! 그런 사람들이 정직한 사람들보다 훨씬 많은데……. 정직한 사람들을 때려누여서 목매달아 죽이면 되잖아!"

모자가 그렇게 이야기를 나누고 있을 때였다. 맥베스가 보낸 자객들이 은밀히 방안으로 들어왔다. 한 자객이 부인에게 물었다.

"주인은 어디 있소?"

부인이 쏘아붙였다.

"너희 같은 놈들이 찾아낼 수 있는 더러운 곳에는 없을것이다!"

"그자는 역적이오."

그러자 아들이 그에게 달려들었다.

"거짓말쟁이! 이 털보! 이 악당!"

"아니, 이 어린놈이! 송사리 역적 같은 새끼가!"

자객은 칼로 아들을 찔렀다. 어린 아들은 죽어가면서 소리쳤다.

"아, 어머니, 빨리 달아나요! 빨리"

맥더프 부인은 "살인이야!"라고 소리 지르며 밖으로 도망갔고 자객들이 뒤쫓았다.

한편 잉글랜드 궁전의 한 방안에서 맬컴과 맥더프가 은밀히 이야기를 나누고 있었다.

아버지를 잃고 살인자의 누명을 쓴 채 망명생활을 하고 있는 맬컴은 슬픈 얼굴을 하고 있었다. 맥더프가 우울한 얼굴의 맬컴을 보며 말했다.

"그렇게 슬퍼하며 울 때가 아닙니다. 그보다는 죽음의 칼을 들고 용사답게 쓰러진 조국을 일으켜 세울 때입니다. 스코틀랜드는 고통에 빠져 있으며 하늘까지 통곡 소리가 울려 퍼지고 있습니다."

"그래요? 당신 말이니 믿어도 되겠지요? 하지만 그 이름을 입에 올리기만 해도 우리 혀를 태우는 저 폭군도 한때는 정직한 사람이라고들 했지요. 당신도 그를 존경했고요. 게다가 그는 당신을 가만히 내버려두었지요. 당신은 아직 어린 나를 팔아 그의 환심을 살 수도 있을 겁니다. 노한 신을 달래기 위해서는 제물을 바칠 필요가 있으니까요."

"전 배신은 안 합니다."

"맥베스라면 그렇게 만들 겁니다. 선량하고 덕 있는 사람도 왕 앞에서는 굴복할 수 있는 법이지요. 내가 당신을 믿을 수 없다 해도 용서해주길 바라요. 제아무리 세상이 험해도 당신 같은 분이 변할 리는 없을 테지만."

맥더프는 맬컴이 자신을 의심하며 허약한 소리만 하자 절망했다.

"왕자님이 저를 의심하시다니. 이제 저는 희망을 잃고 말았습니다."

"바로 그 때문에 내가 의심하는 겁니다. 당신은 왜 작별 인사도 없이 처자식을 떠난 거죠? 왜 그들을 그렇게 위험한 곳에 내버려두고 떠난 거요? 내가 당신을 모욕하기 위해 의심하는 게 아니라 내 안전을 위해 그러는 걸로 알아주시오. 내가 어떻게 생각하든 당신만 올곧으면 될 것 아니오."

말은 그럴듯하게 하면서도 전혀 의심을 거두지 않는 말투였다. 그러자 맥더프가 분노해서 소리쳤다.

"불행한 조국아, 피 흘려라! 무서운 폭정아! 더욱 튼튼해져라! 정의는 힘이 없다! 너의 권리는 영원하다! 저는 이만 물러가겠습니다. 다만 한 가지, 이 세상을 다 준다 해도 저는 왕자님이 생각하는 그런 사람은 되지 않을 겁니다."

맬컴이 다시 말했다.

"노여워 마시오. 내가 그대를 못 믿어서 하는 말이 아니오. 나 역시 폭압에 짓눌려 있는 조국을 생각할 때마다 피눈물을 흘리오. 그러나 나를 위해 함께 일어날 사람들도 많으리라 생각하며 위안을 얻고 있소. 또 인자한 잉글랜드 왕께서 정예 병력 수천 명을 지원해주시겠다고 하오. 하지만 이 폭군을 제압한 뒤에는? 과연 우리 조국이 평화를 찾을까요? 후계자의 폭정으로 더 고통받지 않겠소?"

"도대체 그 후계자는 누구를 말씀하시는 겁니까?"

"바로 나요. 나에겐 온갖 악덕들이 많소. 내가 지배하면 백성들은 오히려 맥베스가 깨끗하고 선했다고 여기게 될 거요."

"저 무서운 지옥의 악마 무리 가운데도 맥베스를 능가할 악마는 없습니다."

"나도 그놈이 온갖 악덕이란 악덕은 다 지녔단 걸 알고 있소. 놈은 잔인하고 음탕하며 탐욕스럽지요. 거짓되고 사기꾼 같으며 사악하지요. 그런데 나는 어떤지 아시오? 난 끝없는 욕정에 시달리고 있소. 이 세상 여자를 다 준다 해도 만족할 줄 모를 정도로. 이런 나보다는 그래도 맥베스가 낫지 않겠소."

"무절제한 방탕 때문에 수많은 왕이 몰락의 길을 걸었던 건 사실입니다. 하지만 그렇다고 왕자님이 자기 자리를 되찾는 데 두려움을 가질 필요는 없습니다. 일단 그 자리를 차지하고 나면 자진해서 왕자님께 몸을 바칠 여자들이 넘쳐날 테니까요."

"그뿐이 아니오. 나는 탐욕스럽기 그지없소. 내가 왕이 된다면 수많은 귀족들을 죽이고 영지를 빼앗으려들 것이오. 충신들을 이간질하여 싸우게 만들고 재산을 빼앗을 거요.”

“탐욕이 색정보다 더 나쁜 악덕인 것은 틀림없습니다. 하지만 걱정하실 필요 없습니다. 스코틀랜드 왕실의 재산만으로도 충분히 그 욕심을 채워줄 수 있으니까요. 왕자님의 다른 미덕이 그 악덕을 가려줄 수 있을 겁니다.”

“내게는 도무지 미덕이라 할 만한 게 없소. 왕에게 필요한 정의감, 진실성도 없소. 절제할 줄도 모르고 지조도 없으며 너그럽지도 않소. 그뿐이 아니오. 끈기도 없고 자부심도 없으며 겸손하지도 않소. 경건함과 인내심, 용기 같은 건 눈을 씻고 찾아봐도 찾을 수 없소. 만일 내가 스코틀랜드 왕이 된다면 나라의 안녕을 해칠 것이며 스코틀랜드는 전보다 훨씬 더한 고난을 겪을 것이오.”

그러자 맥더프가 하늘을 우러러 탄식했다.

“오, 스코틀랜드여!”

맬컴이 다시 맥더프에게 말했다.

“자, 이런 자가 스코틀랜드를 통치할 자격이 있소? 솔직히 말해보시오.”

맥베스

285

"통치할 자격이 있냐고요? 살아 있을 자격도 없지요. 오, 비참한 조국! 그럴 권리도 없는 폭군이 왕관을 쓰고 있는 조국! 병에 신음하고 있는 조국! 언제 다시 건강을 되찾을 수 있을까! 왕좌에 앉아야 할 사람이 스스로를 저주하고 혈통을 능멸하고 있으니 너의 앞날은 어찌 될까!

돌아가신 왕께서는 성자와 같은 분이셨습니다. 왕자님을 낳은 왕비님은 언제나 겸손을 잃지 않은 현명한 분이셨지요. 그런 분들에게서 왕자님 같은 사람이 나오다니! 안녕히 계십시오! 난 이제 스코틀랜드로부터 영영 추방된 셈입니다. 왕자님 스스로 고백한 그 죄상들이 저를 그렇게 만들었습니다. 아, 답답한 가슴! 희망은 이제 끊어져버렸구나."

그러자 맬컴이 얼굴빛을 고치며 자세를 바로잡고 말했다.

"맥더프 경, 나를 용서하시오. 그대를 시험해봤소. 지금 내 처지에서 함부로 사람을 믿을 수 있겠소? 그대의 고결함이 내 마음의 의혹을 깨끗이 지웠소. 악마 같은 맥베스가 갖가지 술책으로 날 해치려 하니 성급하게 사람을 믿을 수 없었던 거요.

자, 내 스스로 했던 험담은 다 취소하오. 모두 내 본성과는 거리가 먼 악덕들이오. 나는 아직 여자를 모르는 동정이오. 나

는 내가 갖고 있는 물건도 탐낸 적이 없소. 거짓말을 해본 적
도 없소. 내가 당신에게 한 말, 나에 대해 한 말, 그게 처음으
로 해본 거짓말이오.

이제 나는 당신과 가련한 내 나라를 구하겠소. 사실을 밝히
겠소. 당신이 오기 조금 전에 노장 시워드가 먼저 싸움터로 출
발했소. 우리가 합류하면 틀림없이 성공할 것이오."

맥더프는 너무 감격해서 말을 잃었다.

그때 전령이 들어와 스코틀랜드로부터 로스 경이 도착했다
는 보고를 했다. 로스가 방으로 들어오자 맥더프가 기쁨의 탄
성을 질렀다.

"아, 언제나 고결한 우리 사촌 형님, 어서 오세요."

맬컴과 맥더프가 스코틀랜드 소식을 묻자 로스가 대답했다.

"아, 비참한 조국! 제 모습을 알아볼 수조차 없게 되었습니
다! 이제 우리 모국은 나라라기보다는 무덤처럼 변했답니다.
무지한 자를 제하고는 모두 웃음을 잃었으며 탄식과 신음이
천지를 덮고 있어요. 장례의 종소리가 울려도 누가 죽은 건지
묻는 사람이 아무도 없고, 착한 사람의 목숨은 모자에 꽂은 꽃
보다 더 빨리 시들어버립니다."

맥베스

287

맥더프는 로스에게 가장 궁금한 것을 물었다.

"형님, 제 아내는 어떻게 되었습니까?"

로스가 어두운 얼굴로 대답했다.

"그저, 무사히 지낸다네."

"애들도요?"

"음, 무사하다네."

"자, 그러면 그곳 상황을 말씀해주세요."

"내가 그곳을 떠날 때 수많은 뜻있는 사람들이 폭정에 항거하려고 들고 일어섰다고 하더군. 폭군은 당연히 군대를 출동시켰고. 자, 지금이 나서서 도울 땝니다. 왕자님 모습만 보아도 군사들이 모여들 것이고 여자들까지 앞장서서 싸울 겁니다."

맬컴이 말했다.

"자, 이제 갑시다. 로스 경, 나 혼자가 아니오. 잉글랜드 왕께서 시워드 장군과 1만 명의 병사를 내주었소. 시워드 장군은 세상에서 제일 노련한 명장이오."

하지만 로스의 얼굴은 밝아지지 않았다. 그가 탄식하며 말했다.

"아, 왕자님의 말씀에 안도의 기쁨을 보일 수 있다면 좋겠습니다! 아무도 듣지 못할 허공에 대고 소식을 전할 수만 있다면!"

아까부터 로스의 표정에서 심상치 않은 느낌을 받은 맥더프가 물었다.

"형님, 뭔가 제게 전할 소식이 있군요?"

"이 소식을 전하는 내 혀를 용서해주길. 차마 입 밖에 내기 어려운 비참한 소리를 전해야 하니……."

"듣지 않아도 짐작이 됩니다. 어서 말씀해주세요."

"자네의 파이프 성이 기습을 받아 부인과 아이들이 처참하게 살해되었네."

맥더프는 머리를 쥐어뜯으며 하염없이 눈물을 흘렸다.

"아, 죄 많은 놈, 맥더프! 바로 너 때문에 그들이 죽었다. 사랑하는 아내와 자식들이 다 죽었어. 정말 나쁜 놈은 바로 나다! 죄 없는 영혼들아, 부디 편히 쉬기를!"

맬컴이 그를 달랬다.

"위대한 복수의 약으로 그 비탄을 치료합시다. 비탄을 분노로 바꿉시다."

그러자 맥더프가 결연한 목소리로 말했다.

"여자처럼 울면서 비탄에 젖은 탄식을 내뱉을 수만 있다면! 그러나 지금은 그럴 때가 아니다. 오, 하늘이시여! 한시라도 빨리 저 스코틀랜드의 악마와 정면으로 맞서게 해주십시오. 그놈을 제 칼끝이 닿는 곳에 놓아주십시오. 그놈이 칼끝에서 벗어난다면 하느님이 용서하신 것으로 알겠습니다."

맬컴이 말했다.

"정말 장하오. 자, 이제 잉글랜드 왕께 작별을 고하러 갑시다. 우리 군은 준비가 끝났소. 하늘도 우리를 격려하고 있소. 자, 우리 모두 온 힘을 끌어올립시다. 희망의 아침을 기다리는 사람들에게 밤은 짧게 끝나는 법이오."

5

잉글랜드군이 쳐들어온다는 소식을 들은 맥베스 군대는 던시네인 성에 집결해 있었다. 맥베스는 싸움터인 던시네인 언덕에 진을 치고 있었고 왕비는 성안에 남아 있었다. 성내에는 왕비가 몽유병에 걸렸다는 소문이 퍼져 있었다. 왕비를 곁에서 모시는 시녀가 전의를 만나 사실을 전했다.

"전하께서 출정하신 후의 일이에요. 왕비께서 밤에 갑자기 침상에서 일어나더니 잠옷을 걸치셨어요. 장롱을 열고 종이를 꺼낸 다음 그 위에 뭔가를 쓰셨지요. 그러더니 그걸 봉인하고 다시 침상으로 가시더군요. 그런데 그렇게 움직이는 동안에도 내내 깊은 잠에 빠져 계셨어요. 거의 매일 밤 그러세요."

전의가 시녀에게 물었다.

"무슨 특이한 행동이나 말은 없던가?"

"언제나 손을 씻는 시늉을 하셨어요. 그러고는 '지워져라, 이 망할 놈의 저주 받은 자국아!'라고 소리치셨어요. 그리고 마치 누구에겐가 말을 하는 것 같았는데……. 자세히는 모르겠지만 '전하, 전사면서 뭐가 두려운 거예요?'라는 말도 한 것 같고, '그런 늙은이 몸에 피가 그렇게 많을 줄 누가 생각이나 했겠어요?'라고 한 것 같기도 해요. 얼른 병이 나으셔야 할 텐데."

전의가 말을 받았다.

"그 병은 내 힘으로는 고칠 수 없어. 왕비님께 필요한 건 의사가 아니라 신부야. 아, 내 의식이 혼미해지고 눈도 혼란스럽기만 하구나. 생각은 있어도 말할 수가 없어. 하지만…… 나는 어쩔 수가 없어."

한편 던시네인 근처의 시골 마을에서는 맥베스에게 대항해 반란을 일으킨 장군들이 모여 회의를 하고 있었다. 지휘 역할

맥베스와 맥베스 부인

1936년 미국 뉴욕 할렘의 레피에트 극장에서 공연한 연극 「맥베스」의 한 장면. 잭 카터와 에드너 토머스가 맥베스와 맥베스 부인 역을 맡았다. 『맥베스』에는 흥미로운 미신이 있다. 어떤 연극 관계자들은 '맥베스'라는 이름을 언급하면 공연 도중 안 좋은 일이 생긴다고 믿는다. 그래서 작품 이름을 직접 그대로 말하지 않고 '스코틀랜드 연극(the Scottish play)' 또는 '맥비(MacBee)'라고 부른다. 또 등장인물도 '미스터앤드 미시즈 엠(Mr. and Mrs. M)' 또는 '스코틀랜드 왕(The Scottish King)'이라고 표현한다. 이것은 셰익스피어나 이 작품 교정자들이, 작품 속에 진짜 마녀들의 마법을 사용했다고 알려져 있기 때문이다. 소문에 따르면 마녀들을 화나게 만들어 그 작품에 저주를 내리게 하는 마법이라고 한다.

을 맡은 멘티스 장군이 말했다.

"잉글랜드 군대가 가까이 왔소. 선봉은 맬컴과 그의 숙부 시워드, 그리고 맥더프요. 모두 복수심에 불타고 있어 기세가 등등하오."

앵거스가 말했다.

"우리 버넘 숲 근처에서 합류합시다. 그들이 그쪽으로 올 테니 만날 수 있을 거요."

다시 멘티스가 물었다.

"폭군의 군대는 지금 어떻게 하고 있소?"

케스니스 장군이 말했다.

"던시네인 언덕에 진을 치고 있다 하오. 그가 미쳤건, 만용을 부리는 것이건, 더 이상 이 나라를 그의 손에 맡길 수는 없습니다. 자, 진군합시다. 우리가 진정으로 충성을 바칠 분이 오고 있습니다. 우리의 피를 아낌없이 쏟아 그 피로 이 나라를 정화합시다!"

그들은 병사들을 지휘하며 버넘 숲을 향해 진군했다.

던시네인 언덕에 진을 치고 있는 맥베스에게 전령들이 시시로 적군 동향을 보고했다. 그는 맬컴과 맥더프와 함께 시워드 장군 휘하의 잉글랜드 병사 1만 명이 진격 중이라는 보고를 받았다. 그가 외쳤다.

"보고는 그만해라. 도망칠 놈은 다 도망가도 좋다. 버넘 숲이 던시네인 언덕으로 오기 전에는 겁날 것 하나도 없다. 운명의 여신들이 내게 말해주었다. 애송이 맬컴이 뭔데? 그놈도 여자 몸에서 태어난 놈 아닌가? 인간의 생사를 다 아는 정령들이 내게 말했다. 여자가 낳은 자는 절대로 나를 이길 수 없다고. 가버려라, 믿지 못할 영주 놈들아! 가서 잉글랜드 놈들과 한 패가 되어라. 놈들과 어울려 쾌락에 빠져라. 나는 하나도 두렵지 않다. 여봐라, 세이턴!"

그는 큰 소리로 세이턴을 불렀다.

세이턴이 맥베스의 막사로 들어왔다.

"부르셨습니까, 전하."

"정세가 어떤가? 별다른 소식은 없느냐?"

"보고 드린 그대로입니다, 전하."

"내가 직접 나가 싸우겠다. 갑옷을 이리 줘. 기마병들을 전국으로 보내어 군사를 더 징집하라. 무섭다는 놈들은 교수형에 처하고."

그때 전의가 안으로 들어왔다. 맥베스가 그에게 물었다.

"왕비의 병세는 어떻소?"

"예, 병이라기보다는 환영에 시달리셔서 편히 쉬지를 못하십니다."

"글쎄 그걸 고치라는 거 아냐! 왕실 의사로서 그것 하나 못 고친단 말인가? 왕비의 가슴을 짓누르는 것들을 씻어내지 못한단 말인가?"

"그건 왕비님 스스로만이 하실 수 있는 일입니다."

"제길, 그놈의 의술 따위는 개에게나 던져줘라. 자, 내게 갑옷을 입혀라. 내 창을 이리 주고. 나가 싸우겠다. 던시네인 언덕으로 버넘 숲이 올 때까지는 설사 내가 죽는다 해도 나는 두렵지 않다!"

맬컴 진영 병사들이 던시네인 근처까지 행군해 왔다. 숲이 앞에 있었다. 시워드가 숲을 가리키며 옆의 병사에게 물었다.

"우리 앞에 보이는 저 숲이 무슨 숲인가?"

병사가 대답했다.

"버넘 숲입니다."

그러자 맬컴이 병사들에게 지시했다.

"모든 병사들은 나뭇가지를 하나씩 꺾어 들도록 해라. 그걸 앞쪽에 세워 들고 위장하라. 적군 정찰병이 우리 군대의 숫자를 잘못 보고하게 만들어라."

시워드가 말했다.

"저 자신만만한 폭군은 절대로 공격해 오지 않을 겁니다. 던시네인 언덕에 진을 치고 우리가 공격해 오기를 기다리고 있을 것이오. 어떤 수를 쓰건 그곳을 지켜내려 할 겁니다."

맬컴이 말했다.

"그자의 희망일 뿐이지요. 모두 기회만 있으면 달아나거나 모반하려 하고 있소. 어쩔 수 없이 남아 있는 자들도 마음은 이미 떠나 있소. 그자를 도울 자들은 아무도 없소."

맥더프가 말했다.

"상황이 어떻든 우리는 군인의 임무를 다하면 됩니다."

시워드가 드디어 전군을 향해 말했다.

"이제 때가 되었다. 결과는 하늘만이 아실 것. 자, 모두 진격하라!"

맥베스 진영에서는 맥베스가 미친 듯이 병사들을 독려하고 있는데 세이턴이 다급한 표정으로 나타났다.

"무슨 일인가, 세이턴?"

"전하, 왕비께서 운명하셨습니다."

"그래? 안타까워할 것 없다. 인생이란 잠시 깜빡이는 촛불에 불과한 것! 그림자가 걸어가는 것에 불과한 것! 가련한 배우 같은 것! 한동안 무대에서 활개를 치다가 시간이 되면 영영 사라져 잊히고 마는 것! 백치가 떠들어대는 헛소리 같은 것! 아무리 고래고래 소리를 질러봐야 아무 의미도 없는 것!"

그때 전령이 황급히 달려 들어왔다.

"이번엔 무슨 일이냐? 혓바닥을 놀리고 싶어서 온 것 아니냐? 어서 말해보아라!"

"전하, 제 눈으로 본 것을 그대로 보고 드려야 하나, 어떻게 말씀을 드려야 좋을지⋯⋯."

"뭐든 상관없다. 어서 말해봐라."

"제가 언덕에서 망을 보고 있었습니다. 그러다 버넘 숲 쪽을 바라보니 느닷없이 숲이 움직이는 것 같았습니다."

"뭐야! 이 고얀 놈! 어디서 그런 새빨간 거짓말을!"

"전하, 제가 거짓말을 하는 것이라면 당장 죽어도 좋습니다. 저 앞에서 버넘 숲이 언덕을 향해 오는 게 보입니다. 숲이 움직입니다."

"네 말이 거짓이라면 산 채로 나무에 매달아 굶어죽거나 말라 죽게 만들겠다. 아, 악마의 예언이 두려워지기 시작하는구나. 던시네인 언덕으로 버넘 숲이 올 때까진 걱정하지 말라고 했지. 자, 무기를! 어서 무기를! 모두 출전하라! 이놈 말이 사실이라면 도망갈 수도 없을 테니. 아, 이제 태양조차 보기가 싫다! 온 우주가 그만 끝장났으면! 파멸아, 어서 오라! 적어도 갑옷은 입은 채 죽음을 맞겠다."

맬컴 군대는 성 앞 벌판까지 진격했다. 맬컴이 병사들에게 명령했다.

"자, 이제 충분히 가까이 왔다. 위장했던 것을 버리고 본모습을 보여라. 숙부께선 아드님과 함께 선봉에 서주기 바랍니다. 맥더프와 나는 나머지 임무를 수행할 테니."

시워드가 병사들을 이끌고 나서며 말했다. 시워드의 아들도 함께 선봉에 섰다.

"자, 병사들아 나를 따르라! 폭군의 병사들을 응징할 때가 되었다!"

맥더프가 전군에 명했다.

"나팔을 불어라! 힘차게 불어라!"

버넘 숲이 움직인다고 하니 맥베스는 마냥 언덕에 머물러 있을 수가 없었다. 그는 무장하고 벌판으로 나섰다. 따르는 병사가 하나도 없이 홀로였다. 한편 시워드의 아들은 아버지보다 앞서 벌판을 향해 진격했다. 제일 먼저 맥베스를 발견한 그는 젊은 혈기에 단신으로 맥베스에게 달려들었다. 그러나 그는 맥베스의 적수가 되지 못했다. 몇 번 겨루지도 못하고 맥베스의 칼에 죽었다. 하지만 그뿐, 맥베스를 따르며 성을 지키려는 군사는 전무했다. 맬컴의 군대는 아무 저항도 받지 않고 성 안으로 들어갈 수 있었다.

벌판에 홀로 남은 맥베스는 하늘을 향해 부르짖었다.

"나는 결코 도망가지 않겠다! 스스로 목숨을 끊지도 않겠다! 운명아, 어서 오라!"

한편 맥더프는 맬컴과 시워드와 함께 성으로 들어가지 않고 맥베스를 찾아 벌판을 헤매고 다녔다. 마침내 그는 검을 들고 홀로 서 있는 맥베스를 발견했다. 그가 맥베스를 향해 외쳤다.

"돌아서라, 이 지옥의 마귀 같은 놈아!"

맥베스가 말을 돌려 그를 보았다.

"나는 너만은 만나고 싶지 않았다. 물러서라! 내 영혼은 이미 네 일족의 피로 너무 무거워졌다."

"말이 필요 없다. 이 칼이 바로 내 말을 대신할 것이다. 이 극악한 악당! 이 잔인한 놈!"

둘은 칼을 맞부딪히며 싸웠다.

맥베스가 칼을 휘두르며 말했다.

"헛수고 하지 마라. 네 칼로는 이 몸에 상처를 입힐 수 없어. 난 불사신이야. 여자의 몸에서 태어난 자는 나를 굴복시킬 수 없어."

"불사신이라고? 그 따위 마법에 기대지 마라. 내가 바로 여자의 몸에서 태어나지 않았다는 걸 모르느냐? 네가 섬겨왔던 수호신이 너에게 말해줄 것이다. 맥더프는 자기 어미의 자궁을 스스로 일찍 찢고 나왔다고."

맥더프의 말을 들은 맥베스는 그만 기가 꺾이고 말았다.

"그 잘난 마녀들의 혓바닥, 저주나 받아라. 아, 사람들아, 악마들은 사기꾼이니 그놈들을 믿지 마라. 그놈들은 결국 우리를 속이고야 만다. 약속을 지키는 척하다가 결국에는 깨버리는구나! 맥더프, 나는 너와 싸우기 싫다."

"비겁한 놈, 그렇다면 살려줄 테니 항복하라. 살아남아서 이 세상 웃음거리가 되어라. 네놈 목을 장대에 매달아 그 아래 '이 폭군을 보라'라고 써서 온 세상에 내보일 테니."

"항복하라고? 이 맥베스가? 풋내기 맬컴의 발아래 엎드려 땅을 핥으라고? 잡놈들이 퍼붓는 욕을 받고 있으라고? 던시네인 언덕으로 버넘 숲이 왔고, 네놈이 여자가 낳은 게 아니라 하더라도 나는 끝까지 싸우겠다. 자, 와라, 맥더프!"

둘은 다시 싸움을 시작했다. 그러나 이미 기세가 꺾인 맥베스는 맥더프의 상대가 되지 못했다. 그는 맥더프의 칼날에 결국 최후를 맞았다.

맬컴 일행은 성을 점령한 뒤 승리를 축하하고 있었다. 별 피해 없이 성을 함락시킨 데 대해 다들 기뻐했다. 단 한 명 시워드의 아들이 맥베스 손에 죽은 것이 커다란 손실이고 슬픔이었다. 시워드는 아들의 죽음을 하느님의 뜻으로 받아들였다.

그때 맥더프가 맥베스의 머리를 들고 성안으로 들어섰다.

"맬컴 국왕 만세! 자, 보십시오. 찬탈자의 머리를! 이제 다시 천하가 태평해졌습니다. 자, 모두 환호합시다. 스코틀랜드 왕, 만세!"

모두 만세를 불렀고 요란한 나팔 소리가 울려 퍼졌다.

나팔 소리가 잦아들자 맬컴 왕이 말했다.

"과인은 즉시 그대들의 충성심에 보답하겠소. 친척 영주 여러분, 여러분을 백작에 임명하오. 스코틀랜드에서 처음 내리는 영예로운 칭호요. 과인은 나라를 바로잡기 위해 급한 일을 즉시 처리하겠소. 폭정을 피해 밖으로 망명한 동지들을 고국으로 부르겠소. 그리고 저 악마 같은 왕의 앞잡이 노릇한 자들을 밝혀내겠소. 그런 후 우리 스코틀랜드를 위해 새롭게 시작할 일, 계속 더 해야 할 일을 해나갈 것이오. 이 모든 일들을 하느님의 은총 속에서 때와 무게에 따라 처리할 것이오. 여러분 한 사람 한 사람 모두에게 감사하오. 다들 스쿤에서 거행될 대관식에 참석해주기를 바라오."

리 어 왕 King Lear

1

　　이곳은 브리튼 왕국 리어 왕의 궁전.
리어 왕이 자신의 세 딸과 대신들을 모두 모이라고 명령했다.
연로한 그는 세 딸에게 국토를 나누어 주고 왕위에서 물러나
기로 결심했다. 리어 왕과 딸들이 궁정에 나타나기 전에 대신
인 켄트 백작과 글로스터 백작이 미리 와서 이야기를 나누고
있었다.

　켄트 백작이 글로스터 백작에게 말했다.

　"국왕께서는 콘월 공작보다 올버니 공작을 더 총애하시는
것 같지 않소?"

　올버니 공작은 리어 왕의 맏딸인 고너릴의 남편이었고, 콘

월 공작은 둘째 딸인 리건의 남편이었다.

"언제나 그래 보이긴 했지요. 하지만 왕국을 분할하는 일에서는 누구를 더 높이 평가하시는지 모르겠소이다."

"아, 저기 오는 게 공의 아드님 아니오?"

"내가 먹여 살린 놈이 맞긴 하지요. 하지만 녀석을 아들로 인정할 때마다 얼굴이 붉어진다오."

"무슨 말씀이신지?"

"실은 내가 저놈 어미와……. 그러더니 배가 불러와서……. 그녀는 침대에서 남편을 맞이하기도 전에 요람 속에 아기를 갖게 된 거지요. 잘못한 짓이지요?"

"그런 일이 없었기를 바랄 생각은 없군요. 덕분에 저런 멋진 결실을 보셨으니……."

"하지만 제게는 합법적인 아들이 하나 더 있습니다. 저놈보다 한두 살 위지요. 그렇다고 그 애를 더 귀여워하지는 않지만."

그들이 대화를 나누는 사이 글로스터 백작의 둘째 아들 에드먼드가 그들 곁으로 왔고, 글로스터 백작은 켄트 백작에게 아들을 인사시켰다.

그때 트럼펫 소리가 울리며 리어 왕이 올버니 공작과 콘월 공작, 그리고 세 딸을 대동하고 등장했다. 시종들이 그들을 수행하고 있었다.

글로스터 백작을 보자 리어 왕이 그에게 명령했다.

"글로스터 백작, 프랑스 왕과 버건디 공작을 들라 하라."

명을 받은 글로스터 백작이 에드먼드와 함께 궁정 밖으로 나가자 리어 왕이 세 딸과 사위들, 켄트 백작이 있는 앞에서 말했다.

"그들이 오기 전에 짐의 숨은 뜻을 밝히겠다. 그 지도를 가져오라. 짐은 왕국을 셋으로 나누었다. 이제 내 연로했으니 모든 것을 힘 좋은 젊은이들에게 넘겨주고, 가벼운 마음으로 죽음을 향해 천천히 기어가겠다. 짐의 사랑하는 사위 올버니 공작과 콘월 공작은 들어라. 나는 이 자리에서 짐의 딸들이 어떤 재산을 가질지 공표하겠다. 또한 막내딸에게 구애를 하며 오랫동안 이 궁정에 머물러온 프랑스 국왕과 버건디 공작도 공표를 듣게 될 것이다.

자, 딸들아, 말해봐라. 누가 짐을 가장 사랑하는지? 짐은 너희의 효성을 기준으로 그에 합당한 보상을 내리겠다. 첫째인 고너릴이 먼저 말해보아라."

그러자 고너릴이 나서서 말했다.

"전하, 저는 이루 말로 표현할 수 없을 정도로 전하를 사랑합니다. 제 눈에 보이는 것 너머까지 무한히 사랑합니다. 그 어떤 자유보다 소중하게 사랑합니다. 제아무리 값나가는 것, 귀한 것이라도 제 사랑에는 못 미칩니다. 은총과 건강과 아름다움과 명예를 지닌 삶 못지않게 전하를 사랑합니다. 그 어떤 말과 행동도 뛰어넘을 정도로 전하를 사랑합니다."

그 말을 듣고 있던 막내딸 코딜리어가 낮게 혼잣말을 했다.

"나는 무슨 말을 하지? 사랑은 침묵인데."

고너릴의 말을 들은 리어 왕의 얼굴이 환해졌다. 그가 말했다.

"이 영토 중 이 선부터 이 선까지 이제 모두 네 소유다. 그늘진 산림과 풍요로운 들판, 윤택한 강과 드넓은 평야가 네 소유가 될 것이다. 자, 이제 사랑하는 딸 리건이 말해보아라."

"전하, 제 마음은 언니와 똑같습니다. 언니는 제가 진심으로 지닌 사랑을 고스란히 대신 말해주었어요. 다만 언니는 이 말만은 빠뜨린 셈이랍니다. 저는 제가 누릴 수 있는 모든 다른 기쁨은 오로지 적으로 여길 뿐, 오직 전하의 사랑 속에서만 행복을 누릴 수 있습니다."

그러자 코딜리어가 어쩔 줄 모르고 또 중얼거렸다.

"아, 어쩌지? 하지만 괜찮아. 내 사랑은 분명 내 입보다는 무거울 테니까."

리어 왕이 리건을 향해 말했다.

"너와 네 후손에게 네 언니에 못지않은 왕국의 3분의 1을 영구히 넘기마. 자, 이제 사랑하는 막내딸 코딜리어가 말해보아라."

"없습니다, 전하."

"없어?"

"예, 없습니다."

"없음으로부터는 없음만 나올 뿐이다. 다시 말해봐라."

"제가 비록 불운하지만, 제 마음을 입에 담지 못하겠습니다. 저는 전하를 제 도리에 따라 사랑할 뿐, 그 이상도 그 이하도 아닙니다."

리어 왕의 얼굴에 노기가 나타나기 시작했다. 그러나 그는 노여움을 지그시 누르고 다시 말했다.

"뭐라고, 코딜리어? 말을 좀 고칠 수 없겠느냐? 네 행운을 망쳐놓지 않으려면…….

"전하, 전하는 저를 낳아주시고 키워주시고 사랑해주셨습니다. 저는 그에 합당한 보답의 의무로 전하께 복종하고 전하를 사랑하며 전하를 존경합니다. 언니들은 아버지만 사랑한다고 하면서 왜 남편이 있는 거지요? 제가 만일 결혼을 하면 그분은 제 사랑과 의무의 절반을 가져갈 것입니다. 저는 언니들처럼 아버지만 언제까지나 사랑하는 그런 결혼은 결코 하지 않을 것입니다."

"너, 지금 진심으로 하는 말이냐?"

"예, 전하."

"어린 것이 어찌 이토록 방자하단 말이냐."

"전 어리지만 진실합니다."

드디어 리어 왕의 분노가 폭발했다.

"그래, 마음대로 해라. 네 진실이 네 지참금이다. 이제부터 맹세코 너와 나는 남남이다. 저 야만족이나, 제 욕심에 제 새끼를 잡아먹는 놈이라도 너보다 멀리 대하진 않겠다."

그러자 옆에서 보고 있던 충신 켄트 백작이 앞으로 나서며 한마디 하려 했다. 그러자 리어 왕이 추상같이 소리쳤다.

"가만있지 못할까, 켄트 백작! 분노한 용 앞에 나서지 마라. 나는 저 애를 사랑했고, 내 남은 생애를 저 애의 보살핌에 맡기려 했다."

이어서 리어 왕은 코딜리어를 향해 말했다.

"가라, 내 눈앞에서 사라져라. 어서 프랑스 왕을 불러라. 버건디 공작을 불러라. 셋째에게 주려던 지참금은 모두 첫째와 둘째 몫이다. 저 애는 솔직함과 결혼하게 해. 콘월 공작과 올버니 공작, 그대들에게 내 모든 권력을 부여하겠다. 짐은 한 달씩 번갈아 100명의 기사를 대동하고 그대들의 성에서 머물겠다. 기사들 비용은 자네들 부담이다. 앞으로 짐은 단지 왕이라는 명칭만 가질 것이며 통치권과 조세권, 집행권 모두 사랑하는 사위들, 그대들 몫이다."

그러자 켄트 백작이 다시 나섰다.

"전하, 소신이 언제나 왕으로서 존경해왔고, 아버지처럼 사랑해왔고, 주인으로 섬겨온 전하!"

리어 왕이 노한 얼굴로 소리쳤다.

"활은 이미 구부려졌고 화살은 당겨졌다. 화살을 피해라."

켄트 백작이 조금도 물러서지 않고 당당하게 말했다.

"차라리 쏘아서 내 심장을 뚫어버리시오. 리어 왕이 미쳤으니 켄트 백작이 무례할 수밖에! 이 노인네! 도대체 무슨 짓을 한 거요? 권력이 아첨에 허리를 굽힐 때, 충신이 두려워 말을 못 할 줄 아시오? 주상이 미쳤을 때는 직언을 하는 것이 명예로운 일이오. 어서 이 끔찍하고 경솔한 행동을 멈추시오. 내 목숨 걸고 판단컨대, 막내딸의 사랑은 결코 언니들 못지않으며, 공허하게 큰 소리를 내지 않는다고 해서 그녀의 마음이 비어 있는 것은 아니오."

"목숨이 아깝거든 입 닥치지 못할까!"

"내 목숨은 언제나 당신의 적과 싸울 때의 담보물이라고 생각했으니, 아까울 것 하나 없소. 중요한 건 언제나 당신의 안전이었지."

리어 왕은 노여움에 그를 당장에 죽이고 싶었지만 그동안의 공을 생각해서 꾹 참고 말했다.

"켄트 백작! 더 이상 내 눈에 띄지 마라."

그러자 켄트 백작이 왕을 똑바로 쳐다보며 말했다.

"오히려 나를 똑바로 보시오! 그리고 언제나 당신 눈의 참

된 과녁으로 삼으시오."

드디어 분노가 폭발한 리어 왕이 칼에 손을 대며 외쳤다.

"이런 발칙한 놈!"

그러자 올버니 공작과 콘월 공작이 왕을 말렸고 왕이 화난 목소리로 외쳤다.

"이 불충한 놈, 들어라! 감히 오만하게 짐이 내린 판결과 권한에 맞서려 하다니! 네게 닷새를 주겠다. 그동안 어디로든 떠날 준비를 해라. 그리고 엿새째 되는 날 이 왕국을 떠나라. 만약 그 이후 네 몸뚱이가 짐의 영토 안에서 발견된다면 너는 죽은 목숨이다. 어서 가라!"

켄트 백작은 왕으로부터 등을 돌리고는 코딜리어를 향해 말했다.

"신들께서 공주님을 보호해주시길! 올바르게 생각하고 올바른 말을 하신 분!"

이어서 그는 고너릴과 리건에게 말했다.

"당신들의 미사여구가 제발 행동으로 이어지길! 사랑이라는 말에서 좋은 결실이 맺어지길! 자, 켄트는 여러분 모두에게 작별을 고하고 떠납니다. 이제 나는 새로운 나라에서 옛길을 걸어가겠소.”

그 말을 남기고 켄트 백작은 궁정 밖으로 나갔다.

그가 나가자 글로스터 백작이 프랑스 왕과 버건디 공작과 함께 들어섰다.

리어 왕이 먼저 버건디 공작에게 말했다.

“버건디 공작, 내 딸에게 구애를 했었지요. 저 애가 가진 건 이제 짐의 불쾌감뿐이오. 거기다 짐의 미움과 저주, 의절을 덤으로 얹었소. 그래도 공은 저 애를 아내로 맞을 거요?”

버건디 공작이 머뭇거리며 대답했다.

“전하, 죄송합니다만, 그렇다면…… . 좀…… .”

“그럼 관두시오.”

이어서 그는 프랑스 왕에게 말했다.

“프랑스 왕, 당신의 호의를 생각해서 당신을 내가 미워하는 여자애와 짝 지워주고 싶지는 않소. 조물주조차 자신의 작품인 것을 창피해할 저것 말고 어디 다른 곳으로 눈을 돌려보시오.”

“정말 놀랍군요. 지금까지도 당신이 최고로 아끼고 칭찬해 마지않던 그녀가, 당신이 노년의 위안이라고 말했던 그녀가 일순간에 총애를 잃어버리다니요. 그녀가 천륜에 어긋난 죄를 지었거나, 당신이 그녀에 대해 품었던 애정이 변했거나 둘 중 하나겠지요. 내 이성으로는 그녀가 죄를 지었으리라고는 추호도 믿을 수 없습니다.”

그러자 그때까지 잠잠히 있던 코딜리어가 리어 왕에게 말했다.

“전하, 간청 드립니다. 제가 전하의 은총을 잃은 것은 제게 무슨 사악한 오점이 있어서도 아니고, 제가 무슨 천하고 부정한 짓을 저질렀기 때문이 아니라는 것을 밝혀주십시오. 그것이 없기에 저 스스로 더 부자인 것처럼 느끼게 해주는 ‘조르는 눈’과, 비록 전하의 사랑을 잃게 만들었지만 그것이 없기에 차라리 더 기쁜 ‘혀’가 제게 없기 때문이라는 것을요.”

“그 눈과 혀로 나를 기쁘게 해주지 못할 바에야, 차라리 태어나지 않음만 못하다.”

그러자 프랑스 왕이 나서며 말했다.

“아니, 고작 마음에 품고 있는 생각을 말하지 않았다는 이유로 그녀를 버렸단 말입니까? 아름다운 코딜리어, 가난하지만 최고 부자인 그대, 버림받았으나 최고의 선택을 받은 그대, 그대와 그대의 미덕을 내가 취하겠소. 리어 왕이시여, 무일푼인 당신의 딸은 이제 아름다운 프랑스의 왕비입니다. 버건디 공작을 비롯한 공작들이 다 온다 해도, 값을 매길 수 없는 이 귀한 내 아가씨를 사 갈 수 없소. 자, 코딜리어. 인정머리 없는 이들과 작별해요. 그대는 더 나은 곳을 찾으려고 이곳을 잃은 거요."

그 말과 함께 프랑스 왕은 코딜리어의 손을 잡고 궁정을 나가버렸다. 코딜리어는 울면서 언니들에게 아버지를 잘 모셔달라고 부탁했고, 두 자매는 서로 눈을 마주치며 코웃음을 쳤다.

이곳은 글로스터 백작의 집. 안마당에서 글로스터 백작의 아들 에드먼드가 편지를 한 장 들고 서서 혼자 중얼거리고 있었다.

"제길, 그놈의 국법이 뭐라고 자연이 내게 부여한 권리를 빼앗아 가는 거야? 형보다 한 열두 달이나 열네 달 뒤졌다고? 뭐, 서자(庶子)라고? 내가 뭐가 모자라서? 이렇게 잘생기고 기상이 넘치는데……. 에드거, 네가 적자(嫡子)라고? 그렇다면 내가 네 땅을 가져야만 하겠다. 아버지는 적자인 너나 서자인 나나 똑같이 사랑해. 어쨌든 적자라! 멋진 말이야. 이 편지가

적중해서 계략이 성공하면 이 에드먼드가 적자에 오를 거야. 신들이시여, 천출을 위해 일어나주십시오!'

그때 글로스터 백작이 혼잣말을 중얼거리며 집 안으로 들어섰다.

"뭐야? 켄트 백작이 추방돼? 프랑스 왕이 코딜리어와 함께 떠났고? 국왕께서 이 밤에 궁을 떠나셨어? 권력을 다 이양하고 허울만 왕이라고? 이 모든 일이 한순간에 벌어지다니!"

안으로 들어서던 그가 에드먼드를 보고 물었다.

"아, 에드먼드, 뭐, 새로운 소식이라도 없느냐?"

에드먼드는 급히 편지를 주머니에 넣으며 말했다.

"없습니다, 아버지."

"그런데 무슨 편지를 그렇게 황급히 주머니에 넣는 거냐? 이유가 없다면 숨길 필요도 없는 법 아니겠느냐? 자, 어디 나도 좀 보자."

"아버지, 용서해주십시오. 형이 보낸 편지인데 아직 다 읽지 못했습니다. 아무래도 아버지가 보시기에는 좀……."

"잔소리 말고 이리 내놔."

에드먼드는 마지못해 편지를 꺼내어 아버지에게 주었고 백작은 편지를 소리 내어 읽었다.

노인 존중 정책 때문에 생을 즐겨야 할 나이의 우리는 괴롭고, 우리 재산은 늙을 때까지 묶여 있다. 내가 이 늙은이의 독재를 그냥 두는 건 힘이 없어서가 아냐. 다만 참고 있을 뿐이지. 이제 나는 이 늙은이의 억압이 쓸데 없고 어리석다는 걸 깨닫기 시작했어.

여기까지 읽은 글로스터 백작의 손이 부들부들 떨렸다. 그는 계속 읽었다.

내게 와라. 그러면 계획에 대해 자세히 말해주마. 만일 아버지가 내가 깨울 때까지 잠들어 있다면, 너는 수입의 절반을 차지하고 영원히 형의 사랑을 받으며 살 것이다.

에드거

편지를 다 읽은 글로스터 백작은 분노에 차서 고함을 질렀다. "아니, 이걸 에드거가 썼단 말이냐! 언제 받았어? 누가 가

저온 거야?"

"아버지, 누가 가져온 게 아닙니다. 제 방문 틈에 끼어 있었습니다."

"이거 그놈 필체 맞지?"

"아니면 좋겠지만 맞는 것 같습니다. 하지만 그 내용에는 형의 마음이 담겨 있지 않으면 좋겠습니다."

"이놈! 천하의 악당 같으니! 편지에 들어 있는 게 바로 그놈 생각이야! 이놈을 체포해야 해. 그래, 지금 어디 있느냐?"

"잘 모르겠습니다. 그리고 아버지, 신중하게 처리하셔야 합니다. 혹시 형이 제 마음을 떠보려고 쓴 건지도 모르잖습니까?"

"넌 그렇게 생각하느냐?"

"오늘 저녁에 바로 아버지 궁금증을 풀어드리겠습니다. 제가 형과 이야기를 나누겠습니다. 아버지께서 들으시고 직접 판단하시는 게 좋을 겁니다."

"아, 최근에 일식과 월식이 잦더니……. 좋은 징조가 아니야. 사랑은 깨지고, 친구가 배신하고, 형제가 갈라서고, 도시에 폭동이 시골엔 불화가 일어나게 되어 있어. 궁정엔 반역이 일어나고 부자간의 인연도 깨지고……. 내 악당 자식 놈도 그 예언에 따라 나타난 거야. 아무튼 내 이놈을 가만두지 않을 거야!"

그 말과 함께 아버지가 사라지자 그는 아버지 등을 향해 비웃음을 날렸다.

"흥, 일식, 월식 좋아하시네. 우리가 뭐 하늘이 정한 대로 살게 되어 있나? 그래, 아버지가 어머니와 큰곰자리 아래서 합궁을 해서 내가 이렇게 거친 성격을 타고 났단 말이야? 체, 이 천출을 만들 때 순결한 처녀별이 하늘에 떠 있었더라도 난 여전히 지금의 나였을걸."

그때였다. 마침 에드거가 집 안으로 들어서며 생각에 잠겨 있는 에드먼드의 모습을 보았다. 그가 에드먼드에게 말했다.

"에드먼드 아니냐? 무슨 생각을 그렇게 골똘히 하고 있는 거야?"

"방금 아버지와 이야기를 나누었는데, 심기가 아주 불편해 보였어요. 형님에 대해 몹시 불쾌해 하시던데요."

"그래? 어제 뵐 때는 아무렇지 않았는데. 분명 어떤 놈이 날 모함한 거야."

"저도 그게 걱정입니다. 아버지 화가 누그러지실 때까지 피하시는 게 좋을 것 같아요. 우선 제 방으로 가시지요. 거기 있다가 적당한 때 저랑 같이 아버지께 가서 말씀을 드리도록 해요. 자, 이게 제 방 열쇠입니다. 참, 그리고 밖으로 나다닐 때면 무장을 하세요."

"무장을? 무장을 왜?"

"형님, 어쨌거나 제 충고를 들으세요. 이건 무슨 선의에서 하는 이야기가 아닙니다. 그냥 제가 보고 들은 대로 말씀드리는 거예요. 자, 어서 가세요."

"무슨 소식 있으면 들려줄 거지?"

"그럼요. 어쨌든 저는 형님 편입니다."

에드거는 열쇠를 받아들고 안으로 들어갔다. 그가 사라지자 에드먼드가 비웃음을 흘리며 중얼거렸다.

"쉽게 믿어버리는 아버지에 고결한 형이라! 형은 천성적으로 착해서 누구도 의심하지 않는단 말이야. 바보 같은 정직함이라니! 이러니 계책이 실패할 리 없지. 앞이 훤히 보이는군. 출생으로 안 된다면 꾀를 내서 땅을 가져야지. 목적만 이룰 수 있다면 무슨 짓이든 못 할 게 없어."

모든 권력을 내려놓은 리어 왕은 자신의 말대로 두 딸의 영지에서 번갈아 한 달씩 지내기로 하고 우선 큰딸 고너릴과 그녀 남편 올버니 공작의 저택으로 갔다. 한편 리어 왕으로부터 국외 추방 명령을 받은 켄트 백작은 변장을 한 채 브리튼을 떠나지 않고 있었다. 그는 그만큼 충성스러운 신하였다. 그는 두 딸이 리어 왕을 홀대하리라는 사실을 이미 예상하고 있었다. 그로서는 리어 왕이 곤경에 처할 줄 빤히 알면서 그 곁을 떠날 수가 없었다.

예상대로 리어 왕의 맏딸 고너릴은 드러내놓고 아버지에 대해 불평을 늘어놓기 시작했다. 리어 왕이 시종처럼 데리고 다니는 '바보'가 어이없는 짓을 저지르고 다닌다고 불평했고, 리어 왕 수하 기사들이 소란을 피운다고 툴툴거렸다. 심지어 그녀는 이제 아버지와는 말도 나누지 않겠다며, 리어 왕이 사냥터에서 돌아왔는데도 아프다는 핑계로 마중조차 나가지 않았다. 그녀는 집사장 오즈월드에게 말했다.

"너희, 기사들한테 함부로 대해도 돼. 그렇게 해서 차라리 아버지에게 문제를 일으키는 게 나아. 그런 게 싫으면 동생에게 가보라지. 하지만 걔 맘이나 내 맘이나 똑같을걸. 정말 멍청한 노인네야. 자기가 줘버린 권력을 아직도 휘두르려 하다니. 동생한테 편지를 써야겠어."

그녀가 안으로 들어간 지 얼마 후 뿔 나팔이 울리며 리어 왕이 시중드는 기사들과 함께 사냥터에서 돌아왔다. 리어 왕이 집 안으로 들어서며 한 기사에게 어서 저녁을 준비하라고 이르고 있는데, 변장한 켄트 백작이 그의 앞에 나타났다.

낯선 그를 보자 리어 왕이 물었다.

"여봐라, 넌 뭐냐?"

"사람입니다."

"하는 일이 뭐냐니까? 내게 무슨 볼일이 있느냐?"

"겉으로 보이는 것보다 못하지는 않은 사람입니다. 저를 믿어주는 분은 참되게 섬기고, 정직한 분은 사랑하며, 현명하고 말수가 적은 분과는 친하게 지내고, 심판을 두려워하며, 불가피할 때는 싸우는데, 생선은 안 먹는 사람입니다."

"도대체 넌 누구냐니까?"

"매우 정직한 마음을 가진 사람이고, 왕만큼 가난한 사람입니다."

"백성인 네가 왕만큼 가난하다면 꽤 심한 거구나. 그래 원하는 게 뭐냐?"

"봉사입니다."

"봉사? 누구에게 봉사하겠다는 거냐?"

"바로 당신입니다."

"나를 아느냐?"

"모릅니다. 하지만 당신 거동에는 제가 기꺼이 주인님이라고 부를 만한 게 있습니다. 바로 권위입니다. 저는 뭐든 다 할수 있습니다."

"좋다. 나를 따라라. 봉사를 허락하마. 자, 저녁이 나왔구나. 그런데 내 바보는 어디 간 거야? 이봐라, 바보를 불러라."

리어 왕의 명령에 기사가 나가더니 얼마 후 바보를 데리고 왔다. 바보는 켄트 백작을 보자 자신이 쓰고 있던 모자를 켄트 백작에게 내밀며 말했다.

"이 사람 내가 채용해야겠다. 자, 내 어릿광대 모자를 써봐. 이걸 받는 게 좋을걸?"

"내가 왜?"

"총애를 잃은 사람 편을 드니까 그렇지. 자, 내 모자를 받아. 이 사람을 따르려면 내 모자를 꼭 써야 해."

그러더니 바보는 리어 왕을 향해 말했다.

"아저씨, 잘 지냈어? 내게 모자 둘이랑 딸 둘이 있으면 좋을 텐데."

왕이 상냥하게 물었다.

"어째서 그러니, 얘야?"

"걔들에게 재산은 다 주어도 모자는 안 줄 거야. 자, 내 걸 받아. 나머지 하나는 딸들에게 구걸해봐."

"이런 바보 녀석. 조심해, 너 채찍 맞는다."

"나보고 바보라니? 나는 그래도 신랄한 바보야. 당신처럼 친절한 바보는 아니라고."

"너, 나를 지금 바보라고 부르는 거냐?"

"당신이 갖고 있던 다른 호칭은 다 남들 주었잖아. 당신이 갖고 태어난 거만 남은 거야."

바보의 수작을 가만히 보고 있던 켄트 백작이 리어 왕에게 말했다.

"전하, 이 친구 완전히 바보는 아닌데요."

그 말에 바보가 대꾸했다.

"절대 아니지. 만일 그렇다면 귀족들과 고관들이 나를 가만 내버려두지 않았을 거야. 내가 바보 독점권을 차지하면 그들도 한몫 끼려들 거야. 마나님들도 마찬가지지. 나만 혼자 온통 바보로 내버려두지 않을 거라고. 낚아채려 하겠지. 아저씨 계란 하나 줄래? 그러면 왕관 둘을 줄게."

리어 왕이 물었다.

"왕관이 왜 둘인데?"

"아, 계란을 둘로 갈라 가운데를 먹고 나면 계란 왕관이 둘이잖아. 당신이 왕관을 쪼개 양쪽에 주었을 때, 당신은 나귀를 등에 업고 진창 속을 걸어간 거야. 금관을 줘버렸을 때, 그 대가리 속에는 든 게 아무것도 없었지. 난 바보만 빼고는 아무거나 되면 좋겠어. 그래도 나는 절대로 당신은 안 될 거야. 당신은 왕관을 둘로 쪼개놓고 가운데 아무것도 남겨놓지 않았지. 어라, 저기 그중 한쪽이 오네."

바보 말에 왕이 고개를 들어보니 고너릴이 들어오고 있었다. 고너릴을 보고 리어 왕이 말했다.

"내 딸아, 어떻게 지내느냐? 이마에 웬 주름이냐? 내가 보니 요즘 너무 자주 눈살을 찌푸리는 것 같더구나."

그러자 여전히 눈살을 찌푸린 채 그녀가 말했다.

"전하, 무슨 짓을 해도 된다는 허락을 받은 이 바보뿐 아니라, 당신의 무례한 종자들이 참을 수 없는 소란을 피워대고 싸움질을 해댑니다. 이게 다 전하가 허락하고 부추기신 일입니다. 감히 말씀드리지만 견책을 피할 수 없는 일이며, 꼭 시정해야 할 일입니다."

고너릴의 말을 듣고 리어 왕이 어이없다는 표정을 지었다.

"네가 내 딸이 맞느냐?"

"전하, 제 뜻을 올바로 이해해주시기 바랍니다. 전하가 거느리고 있는 기사 100명은 너무 무질서하고 방탕해서 이 궁정을 마치 난잡한 여인숙처럼 만들어버리고 있습니다. 근엄한 궁전이라기보다는 술집이나 창녀촌과 다름이 없습니다. 청컨대 수행원 숫자를 줄이시고, 전하 나이에 어울리고 전하나 자기 자신의 처지를 아는 사람들을 쓰십시오."

리어 왕의 분노가 폭발했다.

"이 음흉하고 악마 같은 계집! 어서 말안장을 얹어라! 종자들을 모두 불러라! 이 타락한 천출 년아, 이제 더 이상 너를 귀찮게 않겠다. 내게는 딸이 또 있으니. 아, 때늦은 후회여!"

리어 왕은 사위 올버니 공작이 들어오는 것을 보고 그에게 말했다.

"자네 왔는가? 이게 자네 뜻인가? 말해봐! 어서 말을 준비하라! 배은망덕한 놈 같으니! 바닷속 괴물보다 흉악한 놈!"

"전하, 고정하십시오. 전 영문을 모르겠습니다."

그러자 리어 왕이 다시 고너릴을 향해 고함쳤다.

"이 흉악한 년아, 거짓말 마라. 내 수행원들은 임무를 샅샅이 알고 있는 엄선된 인재들이다. 아, 코딜리어가 하찮은 잘못을 범했을 때, 나는 얼마나 추했던가! 무엇이 내 본성을 비틀어 뽑아내어, 내 마음속 사랑을 쓰디쓴 담즙과 섞었단 말이냐!"

그는 자신의 머리를 주먹으로 치며 자책했다.

"아, 리어, 리어야! 너의 어리석음을 들여보내고, 소중한 판단력을 내보낸 이 대문을 부수어라!"

그런 후 리어 왕은 고너릴을 향해 저주를 퍼부었다.

"자연이여, 들으십시오! 여신이여, 들으십시오! 이 못된 것에게 자식을 심어줄 계획이 있으시다면, 그 계획을 멈추어주십시오! 이년의 자궁을 불임으로 만들어주십시오! 생식기관을 다 말려버려 그 썩은 몸에서 이년을 존중해줄 아이가 나오지 않게 해주십시오! 만일 아이를 낳더라도, 못되고 인정머리 없는 골칫거리가 되어, 이년을 괴롭히게 해주십시오! 은혜를 잊은 자식을 두는 게, 독사의 이빨보다 얼마나 더 날카로운지 느끼게 해주십시오.

아, 죽고 싶도록 부끄럽다! 남자가 너 같은 계집에게 흔들려 눈물을 흘리다니! 이 뜨거운 눈물이 네게 그 값을 치르게 할 것이다! 아비의 저주라는 불치의 상처가 너의 모든 감각을 찔러댈 것이다! 그래, 좋아! 내게는 딸이 또 하나 있어. 그 애가 이 소식을 들으면 손톱으로 네 면상을 할퀼 것이다."

리어 왕은 분노에 휩싸여 밖으로 나갔다. 리어 왕이 나가자 올버니 공작이 고너릴에게 말했다.

"당신 지나친 거 아니오? 이게 도대체 무슨 짓이오?"

하지만 고너릴을 코웃음을 쳤다.

"당신은 가만히 보고만 있어요. 내가 잘한 일인 걸 알게 될 거예요."

며칠 후 리어 왕의 분노는 절정에 달했다. 고너릴이 숙식을 제공할 수 없다며 자신의 종자 기사 100명 중 50명을 추방한 것이다.

"뭐야! 내 종자 50명을 단칼에? 겨우 보름밖에 안 됐는데?"

그는 둘째 딸 리건에게 가겠다고 결심하고 켄트 백작에게 편지를 주며 미리 떠나라고 명령했다. 켄트 백작은 편지를 들고 콘월 공작의 성으로 향했다. 한편 고너릴은 오즈월드를 불러 동생 리건에게 편지를 전해주라고 시켰다. 자신이 아버지를 더 이상 모실 수 없는 이유를 적은 편지였다. 오즈월드 역시 편지를 들고 콘월 공작의 성으로 향했다.

글로스터 백작의 성안 마당에서 그의
둘째 아들 에드먼드가 하인 큐란과 이야기를 나누고 있었다.
큐란이 말했다.

"도련님, 소식 못 들으셨어요? 오늘 밤 콘월 공작님과 공작
부인께서 이곳으로 오신답니다."

"어쩐 일로?"

"저도 잘 모르겠습니다만, 떠도는 소문을 듣긴 했습니다.
곧 전쟁이 일어날 거란 소문입니다. 콘월 공작과 올버니 공작
사이에 말입니다."

"그래? 난 못 들었는데. 알았으니 어서 가봐라."

큐란이 사라지자 에드먼드가 무릎을 쳤다.

'콘월 공작이 오늘 밤 여기 온다고? 잘됐어. 내 일과 잘 엮으면 되겠네. 아버지는 에드거 형을 잡으려고 보초들을 이미 세웠지. 이제 내가 할 일이 하나 남았는데, 어서 행동에 옮겨야지. 자, 어서 형을 불러내자.'

그는 에드거가 숨어 있는 자신의 방 창가로 가서 내려오라고 위를 향해 고함을 질렀다. 에드거가 내려오자 에드먼드가 말했다.

"형님, 아버지가 형님을 감시하고 있어요. 어서 이 자리를 피하세요. 형님이 숨은 곳이 발각됐지만 밤이니까 몸을 숨길 수 있으실 거예요. 형님, 콘월 공작을 비방하신 적 있어요? 오늘 여기 와요. 아니면 그분 편을 들어서 올버니 공작에 대해 나쁜 말을 하신 적은 없나요? 한번 생각해보세요."

에드거로서는 그럴 생각조차 해보지 않은 일이었다.

"그런 일 없었어. 전혀 안 했어."

"아버지께서 오시는 소리가 들리네요. 죄송해요. 속임수로 형님께 칼을 뽑아야겠어요. 어서 칼을 뽑아 들고 방어하는 척하세요. 자, 잘 가세요."

이어서 에드먼드는 사람들에게 들리도록 큰 소리로 외쳤다.

"항복해! 어서 아버지 앞으로 가! 횃불! 횃불! 여기다!"

그런 후 낮은 목소리로 에드거에게 말했다.

"얼른 가세요, 형님."

에드거가 사라지자 그는 칼로 자기 팔에 상처를 낸 다음 큰 소리로 다시 외쳤다.

"아버지, 아버지! 서라, 서! 거기 아무도 없느냐!"

잠시 후 글로스터 백작과 횃불을 든 하인들이 나타났다. 에드먼드를 본 글로스터 백작이 말했다.

"에드먼드, 이 악당 놈은 어디 있느냐?"

"어둠 속에 칼을 들고 서 있었습니다. 사악한 주문을 중얼대며 달에게 수호여신이 되어달라고 빌더군요."

"그래서, 그놈은 어디로 갔느냐?"

에드먼드는 피가 흐르는 팔을 보여주며 말했다.

"저리로 도망갔습니다. 절대로…… 절대로, 그렇게는 안 돼……."

글로스터 백작이 하인들에게 어서 쫓아가라고 명령한 후 에드먼드에게 말했다.

"뭐가 절대로 안 된다는 거냐?"

"아버지를 살해하라고 저를 설득하려 했습니다. 제가 절대로 그럴 수 없다고 하자 칼을 휘둘렀습니다. 다행히 팔에만 상처를 입었습니다. 제 용기를 당할 수 없자 황급히 달아나버렸습니다."

"아무리 도망쳐도 소용없다. 이 나라 안에 숨을 곳은 없어. 잡히면 바로 처형이야. 나의 주군이신 공작님, 나의 최고 후원자께서 오늘 오실 거다. 그분의 권위로 공포할 것이다. 그놈을 붙잡아 형장으로 끌고 가게 해준 자는 보상하고, 그놈을 숨겨준 자는 죽여버린다고!"

"아버지, 제가 폭로하겠다고 하자 저를 위협하더군요. 모두 제가 꾸민 일로 돌리겠다고요. 제가 자기를 없앤 후 이득을 취하려고 꾸민 일로 만들면, 모두 자기 말을 믿을 거라고 하더군요."

"가증스러운 놈! 내가 그놈 말을 믿을 것 같으냐! 자기가 직접 쓴 편지를 내가 봤는데? 그놈은 내 자식이 아니다. 항구를 모두 봉쇄해라. 그놈 얼굴을 그려 사방에 돌려라. 내 땅은 이제 네가 물려받을 수 있도록 방법을 찾아보마."

그때 콘월 공작 일행의 도착을 알리는 나팔 소리가 크게 울렸다. 글로스터 백작과 에드먼드는 황급히 그들을 맞으러 나갔다.

콘월 공작이 글로스터 백작을 보자마자 물었다.

"어찌 된 거요, 백작? 방금 도착하자마자 이상한 소식을 들었소."

그러자 옆에 있던 리건이 말했다.

"그게 사실이라면 어떻게 복수를 해도 시원치 않을 거예요. 백작님 기분은 어떠세요?"

"아, 공주님, 이 늙은 가슴이 진정으로 찢어지는 것 같습니다."

"그래, 우리 아버지 대자(代子)가 백작님 목숨을 노렸단 말인가요? 우리 아버지께서 에드거라는 이름을 내려준 그자가?"

"너무 부끄럽습니다."

"혹시, 아버지 시중을 드는 난잡한 기사들과 어울리지는 않았나요?"

그러자 에드먼드가 나서며 말했다.

"맞습니다, 공주님. 그자들과 한패였습니다."

"그렇다면 놀랄 일도 아니군요. 그놈들이 늙은 부친의 재산

을 빼앗아 흥청망청 놀아보자고 부추긴 거예요. 언니를 통해
이미 기별을 받아서 잘 알아요."

그러자 콘월 공작이 에드먼드를 보고 말했다.

"자네는 부친에게 자식 된 도리를 다했다며?"

글로스터 백작이 에드먼드 대신 말했다.

"놈의 음모를 발견한 것도 얘였습니다. 그놈을 쫓다가 이렇
게 상처까지 입었지요."

"그놈을 붙잡으면 내 권한을 내세워 경 마음대로 처리하시
오. 에드먼드, 자네가 이번에 보여준 미덕을 보니 자네를 내
사람으로 삼고 싶군. 내게는 믿을 만한 사람이 필요하고, 자네
는 그중 첫 번째야."

"삼가 섬기겠습니다. 다른 건 몰라도 진실하게 섬기겠다는
것만은 맹세합니다."

에드먼드가 콘월 공작에게 허리를 숙이자 글로스터 백작도
콘월 공작에게 감사했다.

콘월 공작이 글로스터 백작에게 말했다.

"경은 우리가 이 밤중에 왜 이렇게 황급히 이곳에 왔는지
모르지요?"

그러자 리건이 나서서 말했다.

"글로스터 백작님, 꽤 중요한 사태가 벌어져 백작님의 충고가 필요해요. 언니와 다툰 일로 아버지가 편지를 보냈고 언니도 보냈어요. 사신들이 답장을 기다리고 있는데, 집을 나와서 쓰는 게 낫겠다고 생각해서 온 거예요. 즉각 답을 해야겠으니 생각해보신 후 조언을 부탁드립니다."

"예, 분부를 따르겠습니다, 공주님."

한편 리건에게 편지를 전한 켄트 백작은 여전히 변장한 모습으로 그들 일행 뒤를 따라 말을 타고 글로스터 백작의 성으로 들어섰다. 그곳에서 답장을 기다리기 위해서였다. 동이 트고 있었다. 이어서 오즈월드도 글로스터 백작의 성안으로 들어섰고 둘은 성안 마당에서 마주쳤다.

켄트 백작을 본 오즈월드가 물었다.

"안녕하시오. 당신 이 집 사람이오?"

"맞아."

"어디다 말을 매야 하오?"

"진창에"

"무슨 대답이 그렇소? 우리 처음 보는 사이 아니오?"

"나는 널 알고 있지."

"나를 뭘로 알고 있는데?"

"악당, 깡패, 썩은 고기나 먹는 놈, 비겁하고, 건방지고, 얄팍하고, 거지 같은 놈. 옷은 세 벌에 연 수입은 100파운드. 더러운 데다 모직 양말을 신은 악당. 겁쟁이에다 소송만 일삼는 사생아. 거울이나 들여다보고, 아첨만 일삼는 놈. 까탈이나 부리는 깡패. 달랑 트렁크 한 개 물려받은 노예. 포주 노릇이나 할 놈. 악당, 거지, 겁쟁이, 뚜쟁이를 합쳐놓은 놈. 잡종 똥개의 새끼거나 자손. 어디, 이 가운데 하나라도 아니라고 해봐라. 요란스럽게 징징거릴 때까지 두들겨 패줄 테니."

"아니, 뭐 이런 어처구니없는 놈이 다 있어? 서로 알지도 못하는 사이에 이렇게 욕설을 퍼붓다니!"

"이런 뻔뻔스러운 녀석! 국왕 앞에서 나를 봤으면서 모른 척해? 자, 칼을 뽑아라, 이 불한당아! 네놈 포를 떠서 달빛에 말려주마."

켄트 백작은 칼을 뽑았다. 그러자 오즈월드가 뒤로 물러나며 말했다.

"저리 가버려! 난 너하고 볼일 없어."

"어서 칼을 뽑지 못해! 왕을 비방하는 편지를 가져온 데다, 아버지에게 거역하는 허영꾼의 꼭두각시 노릇이나 하는 놈아! 이 악당아, 칼을 뽑아라! 네 다리 살을 불에 구워 먹어주마. 뽑아라, 이 나쁜 놈아! 어서 덤벼!"

겁에 질린 오즈월드는 사람 살리라고 고래고래 고함을 질렀다. 그 소란에 단검을 든 에드먼드와 콘월 공작 부부, 글로스터 백작이 하인들과 함께 달려왔다.

에드먼드가 켄트 백작과 오즈월드를 보고 소리쳤다.

"이게 무슨 일이냐! 어서 떨어져라!"

그러자 켄트 백작이 말했다.

"바로 당신 일이지, 이 애송이 어른! 어서 덤벼봐! 내가 상대해줄 테니. 자, 어서 덤벼, 젊은 양반!"

그러자 글로스터 백작이 말했다.

"무기? 칼? 도대체 무슨 짓이냐?"

콘월 공작도 화를 내며 말했다.

"목숨이 아깝거든 멈춰라. 도대체 무슨 일이냐?"

그러자 리건이 나서서 말했다.

"언니와 국왕이 보낸 사자들이에요."

"말해봐라. 도대체 왜 싸우는지."

켄트 백작이 여전히 오즈월드에게 온갖 욕설을 퍼부은 뒤 말했다.

"솔직히 저놈 용모가 마음에 안 듭니다."

이번에는 콘월 공작이 오즈월드에게 물었다.

"자, 말해봐라. 그에게 뭘 잘못했느냐?"

"솔직히 아무 잘못도 없습니다. 다짜고짜 칼을 빼 들고 제게 덤벼들었습니다."

"그게 사실이란 말이지? 여봐라! 차꼬를 가져와라! 이런 난폭한 늙다리 악당 같으니라고! 한 수 가르쳐줘야겠다."

"각하, 저는 뭔가 배우기에는 너무 늙었습니다. 차꼬는 채우지 마십시오. 저는 국왕을 모시고 있으며 그분이 보내서 왔습니다. 국왕의 사신에게 차꼬를 채운다면 제가 섬기는 분을 전혀 존중하지 않는다는 것을 보여주는 셈입니다. 대담하게 그분께 악의를 드러내는 일입니다."

"어서 차꼬를 가져와라! 내 목숨과 명예를 걸고, 정오까지 차꼬에 채워 앉혀놓겠다!"

그러자 리건이 말했다.

"정오까지라고요? 여보, 밤까지 채워놔요. 아니, 아예 밤새도록."

켄트 백작이 말했다.

"뭐라고요, 마님? 제가 부친의 개라도 그런 대접은 안 하실 겁니다."

"여보, 저놈은 정말 악당이에요. 내가 밤새 채워놓겠어요."

콘월 공작이 맞장구쳤다.

"맞아, 당신 언니가 말한 자들과 똑같은 놈이야."

하인들이 차꼬를 대령하자, 글로스터 백작이 말렸는데도 리건이 직접 켄트 백작에게 차꼬를 채웠다. 그런 후 모두들 안으로 들어가자 켄트 백작이 바닥에 주저앉아 넋두리를 했다.

'아, 전하! 하늘의 축복을 마다하고 뙤약볕 아래로 나선다는 옛말을 그대로 입증하셨군요. 그대, 지상의 횃불이여, 내게 가까이 오라! 그대, 위안의 빛으로 이 편지를 읽을 수 있도록! 코딜리어 공주가 내가 이곳에 온 걸 알고 보낸 편지구나.'

그는 편지를 읽었다. 매우 간단한 내용이었다.

이 엄청난 사태 앞에서, 시간이 좀 걸리더라도 손실을
복구할 방법을 찾기 위해 애써보겠어요.

그는 너무 지친 나머지 몸을 추스르기 위해 눈을 붙였다.

한편 리어 왕은 콘월 공작의 성으로 갔다가 딸 부부가 성을
비우고 없다는 것을 알고 그 뒤를 좇아 글로스터 백작의 성으
로 향했다. 성안으로 들어가자 차꼬를 찬 채 잠들어 있던 켄트
백작이 깨어나 왕에게 문안 인사를 했다.

그를 보고 리어 왕이 말했다.

"어허, 이게 무슨 꼴이냐? 이렇게 창피스러운 모습을 보이
는 게 네 오락이냐?"

바보가 옆에서 거들었다.

"아하, 이 꼴 좀 보게. 잔인한 대님을 매고 있군. 다리 힘 좋
다고 싸돌아다니더니 나무로 만든 양말을 신고 있어."

리어 왕이 말했다.

"내 사신인 너를 이따위로 대접한 게 도대체 누구냐?"

"그와 그녀, 전하의 사위와 딸입니다."

"아니야."

"맞습니다."

"아냐. 걔들은 절대 못 그래."

"신들께 맹세코 그랬습니다."

"뭐라고? 감히! 이건 살인보다 더 악랄한 짓이다. 국왕의 체면을 이렇게 깎아내리다니. 짐이 보낸 너를 왜 이 꼴로 만들었는지 어서 털어놓아라."

"사실대로 말씀드리겠습니다. 제가 콘월 공작의 성에 가서 무릎 꿇고 전하의 편지를 전했지요. 그런데 제가 일어나기도 전에 고너릴이 보낸 놈이 숨을 헐떡이며 나타나 그녀의 편지를 전하더군요. 그들은 그걸 읽자마자 시종들을 소집해서 곧바로 말에 올랐습니다. 제게는 따라와서 답을 기다리라고 차갑게 말하더군요. 그런데 제가 여기 와서 그들이 환대하던 그 사자 녀석을 만났습니다. 저는 분별력보다는 용기가 많은 몸이라 바로 칼을 뽑았습니다. 겁쟁이인 그놈이 소리소리 질러 사람들을 불렀고, 전하의 사위와 따님은 제가 이런 벌을 받아 마땅한 죄를 지었다고 여긴 겁니다."

바보가 다시 입을 열어 뇌까렸다.

"기러기가 저리로 날아가니 겨울이 아직 안 끝났네. 누더기를 걸친 아비에겐 자식들은 눈을 감지. 전대를 찬 아비에겐 자식들은 상냥하지. 최고의 창녀, 운명의 여신은 거지에겐 열쇠를 안 줘. 당신은 당신 딸들 때문에 일 년이 걸려도 다 못 셀 슬픔을 겪게 될 거야."

리어 왕이 분노에 차서 소리쳤다.

"아, 울화가 가슴에 치미는구나! 그래, 내 딸은 어디 있느냐?"

"백작과 저 안에 있습니다."

리어 왕은 일행을 남겨둔 채 혼자 안으로 들어갔다.

그가 안으로 들어갔지만 글로스터 백작만 그를 맞았을 뿐, 딸과 사위는 코빼기도 비치지 않았다. 글로스터 백작은 리어 왕에게 고개를 못 들고 더듬더듬 변명했다.

"전하, 공작 부부는 밤새 여행을 해서 지쳤습니다. 지금 두 분 다 몸이 아파서 잠자리에 들었습니다."

"뭐야? 몸이 아프다고? 이건 반역이다! 복수다! 역병이다! 죽음이다! 혼돈이다! 가서 똑바로 전해. 국왕이 콘월 공작과 이야기하고 싶어 한다고! 사랑하는 아버지가 딸과 얘기하고 싫어 한다고! 봉사하길 기다리고 있다고! 저기 저 내 사자를 봐라! 그가 왜 저런 꼴로 저기 앉아 있는 거냐? 몸이 아픈 건 핑계야. 이건 다 미리 짠 거야. 당장 가서 냉큼 나오라고 해.”

글로스터 백작이 안으로 들어갔고, 잠시 후 콘월 공작 부부가 나타났다.

콘월 공작과 리건이 리어 왕에게 안부 인사를 드리자 리어 왕이 리건에게 하소연했다. 딸을 믿고 싶은 생각에 그녀를 향해 품었던 분노가 가라앉고 반가운 마음이 들었던 것이다.

“아, 사랑하는 리건, 네가 나를 반겨주는구나. 너는 네 언니와 다르구나. 네 언니는 정말 사악하다. 아, 리건! 그 애는 매정함이라는 독수리 이빨을 여기 내 가슴에 박아 넣었다. 네게는 차마 말도 못 꺼내겠다. 아, 리건, 너는 믿지 못할 거다. 그 애가 내게 얼마나 불량했는지!”

그러자 리건이 침착한 어조로 말했다.

“전하, 제발 참으세요. 저는 언니가 임무를 저버렸다기보다는 전하께서 언니의 진가를 제대로 평가하시지 못한 것 같아요.”

“뭐야? 아니, 대체 그게 무슨 소리냐?”

“저는 언니가 의무를 소홀히 했다고는 조금도 상상할 수 없습니다. 전하, 만일 언니가 전하 시종들이 방탕한 짓을 못 하도록 억눌렀다면, 합당한 이유와 목적이 있었을 거예요. 언니를 비난할 수만은 없어요."

"나는 그년을 저주해!"

"아, 전하! 전하는 정말 늙으셨군요! 전하는 이제 생의 끝자락에 서 계신 거예요. 전하에게는 전하가 어떤 상황에 있는지 전하보다 잘 알고 이끌어줄 사람이 필요해요. 그 사람의 다스림과 지도를 받아야 해요. 전하, 제발 언니에게로 돌아가셔서 잘못했다고 하세요."

"걔한테 용서를 빌라고? 그게 우리 가문에 어울리는 일이라고 생각하는 거냐? 내가 그럴 수 있다고 생각하는 거냐?"

리어 왕은 딸 앞에 무릎을 꿇고 간청했다.

"사랑하는 내 딸아! 그래, 고백하마. 나는 이제 늙었어. 노인은 쓸모없지. 무릎 꿇고 이렇게 빈다. 제발 내게 의복과 침대와 음식을 내려다오!"

그러자 리건이 냉정하게 말했다.

"아버지, 제발! 제발 이런 꼴사나운 짓 그만하세요! 언니에게 돌아가세요."

리어 왕

347

"절대로 안 돌아간다, 리건! 걔는 내 시종들을 절반으로 줄였고, 그 혓바닥으로 나를 내리쳤다. 은혜를 저버린 그년에게 하늘의 복수가 내리기를! 그년의 태아가 병에 걸려 불구가 되어라! 그년 눈에 번갯불을 쏘아서 눈을 멀게 하라! 늪의 안개가 그년을 덮쳐 얼굴을 물집으로 뒤덮어라!"

"어머, 아버지! 감정이 격해지면 제게도 퍼부으시겠네요."

"아니다, 리건. 너는 절대 저주하지 않으마. 너는 언니와 다르다는 걸 나는 잘 안다. 너는 내 뜻을 거역하고, 내 수행원을 막 자르지는 않을 거야. 나한테 말대꾸도 하지 않을 거고, 내 수당을 줄이지도 않을 거야. 내가 들어오지 못하도록 문을 잠그는 일은 하지 않을 거야. 넌 인간의 도리를 개보다 잘 알아. 너는 감사할 줄 알아. 내가 네게 왕국의 절반을 내린 것을 잊지 않았겠지?"

그러자 리건이 냉정하게 말했다.

"아버지, 도대체 용건이 뭐예요?"

"우선 이것부터 묻자. 도대체 누가 내 하인에게 저렇게 차꼬를 채워놓았느냐?"

그러자 콘월 공작이 대답했다.

"제가 채웠습니다. 너무 무례해서. 더한 벌을 내려야 하는
건데. 어쨌든, 여봐라! 그놈 차꼬를 풀어주도록 해라."

그때 나팔 소리가 울렸다. 콘월 공작이 웬 나팔 소리냐고
묻자 리건이 대답했다.

"언니가 온 거예요. 곧 오겠다고 기별을 보내왔는데 벌써
도착했네요."

이윽고 고너릴이 안으로 들어왔다. 리건이 반갑게 맞으며
두 손을 잡았다. 그러자 리어 왕이 어이없다는 듯 말했다.

"아니, 리건, 그년 손을 잡다니!"

고너릴이 왕에게 말했다.

"왜 못 잡아요? 제가 뭘 잘못했는데? 노망 든 분이 죄 지었
다 말한다고 진짜 죄를 지은 건 아니지요."

그러자 리건이 말했다.

"아버지, 어서 수행원 절반을 떼어내고 언니에게 돌아가세
요. 거기 머물다가 나중에 제게로 오세요. 전 지금 집을 떠나
있어서 아버지에게 필요한 것들을 드릴 수 없는 형편이에요."

"저년한테 돌아가라고? 그러느니 차라리 들판에서 늑대
와 부엉이의 친구가 되겠다. 지참금 없이도 막내를 데려간 프

랑스 왕 앞에 무릎 꿇고 그의 하인처럼 천한 목숨을 구걸하며 지내겠다. 내가 저년에게 가? 차라리 저년 종놈의 마부 노릇을 하겠다."

"마음대로 하세요."

고너릴이 차갑게 대꾸했다. 그러자 리건이 한 술 더 떴다.

"아버지, 시종 50명도 너무 많아요. 저에게 오시려면 25명만 데려오세요. 그 이상은 자리도 못 내주고, 먹여주고 재워주지도 못하겠어요."

"뭐야? 너희에게 왕국을 내줄 때, 내 수행원들 100명의 비용을 너희가 대기로 하지 않았느냐? 그런데 뭐, 25명만 데리고 오라고? 리건, 분명히 그렇게 말했느냐?"

"그래요. 더 이상은 안 돼요."

"너는 고너릴보다 더한 년이로구나. 그래, 고너릴. 너와 함께 가겠다. 오십은 스물다섯의 두 배니까, 나를 향한 사랑이 저년의 두 배구나."

그러자 고너릴이 말했다.

"스물다섯은 왜 꼭 필요하세요? 열이나 다섯은요? 그 시종들의 두 배가 넘는 내 시종들이 아버지를 돌보고 아버지 명령을 들을 텐데요?”

리건이 뒤따라 말했다.

“그래요. 한 명인들 왜 필요해요?”

리어 왕은 고개를 들어 탄식했다.

“아, 하늘이시여! 제게 인내를 주십시오! 신들이시여, 이 불쌍한 늙은이가 보이십니까? 이 비참한 아비에게 딸들이 반항하도록 선동한 게 당신들이라면, 제게 고결한 분노를 내려주십시오! 제 뺨을 눈물로 더럽히게 만들지 마십시오!

그래, 이 무정한 마녀들아! 내 너희 둘에게 철저히 복수하겠다! 온 세상이 공포에 떨 만큼 무서운 복수를 내리겠다. 너희, 내가 울기를 바라느냐! 아니다! 난 울지 않는다. 울기 전에 이 심장이 천 갈래 만 갈래로 찢어질 것 같다. 아, 이 바보! 미칠 것만 같구나!”

왕은 비틀거리며 밖으로 나갔고, 그 뒤를 켄트 백작과 바보, 수행 기사 한 명이 뒤따랐다. 글로스터 백작만이 안쓰러운 눈길로 그들 뒤를 따라 나가, 일행이 성을 완전히 떠날 때까지 지켜보고 돌아왔다. 이미 밤이었고, 큰 바람이 세차게 불고 있었다.

3

리어 왕은 오갈 데 없이, 일행과 함께 황량한 들판을 헤맸다. 폭풍우는 계속 불어 닥치고 있었다. 왕이 바보의 농담으로 가슴의 상처를 지우려 애쓰며 쉬는 사이, 켄트 백작이 기사 한 명을 둘로부터 멀리 떨어진 나무 아래로 데려가 말했다.

"난 당신을 믿소. 내가 관찰한 것을 바탕으로 당신에게 매우 중요한 임무를 맡기려 하오. 지금 올버니 공작과 콘월 공작 사이에 분열의 조짐이 보이고 있소. 자, 이제 나를 믿고 도버로 가시오. 그러면 당신에게 감사할 분을 만나게 될 것이오. 가서 국왕이 얼마나 잔혹한 대접을 받고 있는지 그분의 슬픔을 전하시오. 당신은 아마 나를 의심할지도 모르오. 지금은 내가 겉보기와는 달리 상당한 혈통과 교양을 갖춘 신사라는 것만 말해주겠소. 여기 반지를 주겠소. 가서 코딜리어 공주님을 뵙거든 이 반지를 보이시오. 그러면 내가 누구인지 말씀해주실 것이오."

"당신을 믿겠습니다. 더 하실 말씀은 없습니까?"

"더 이상 없소. 자, 떠나시오. 난 전하께 가야겠소."

국왕과 바보 곁으로 온 켄트 백작이 국왕에게 말했다.

"전하, 가까운 곳에 움집이 하나 있습니다. 거기라면 비바람을 피할 수 있을 것입니다. 거기서 쉬시는 동안 저는 그 집 주인을 만나보겠습니다. 하찮은 예우나마 강요해보렵니다."

리어 왕이 한숨을 쉬며 말했다.

"아, 내 머리가 돌기 시작하는구나. 애야, 이리 와라. 넌 어떠냐? 너도 추우냐? 나는 춥구나. 그래, 그 움집은 어디 있느냐? 궁핍이란 놈이 이상한 재주를 다 부리는구나. 천하디 천한 것을 귀하게 만들다니. 자, 가자 움집으로."

그러자 바보가 말했다.

"창녀들 마음 식히기에 딱 좋은 밤이로구나. 내 가기 전에 예언 하나 말해볼까?

　신부들이 쓸데없이 말 많을 때

　양조업자가 맥주에 물 타서 망칠 때

　귀족들이 양복쟁이 선생질 하고

　창녀 찾는 자들, 이교도처럼 불에 타 죽을 때

　법정 소송 모든 것이 올바르며

　빚진 종자, 가난한 기사 없을 때

　험담이 혀 안에서 살지 않고

　군중 속 소매치기 없어질 때

　고리대금업자 공공연히 돈 자랑하고

　포주와 창녀가 교회를 지을 때

　알비온 왕국(브리튼 왕국)은

　대혼란에 빠지리라.

　살아남아 그것을 보는 자들에게

　두 발로 걸을 수 있는 시절이 오리라.

　나중에 마법사 멀린이 이 예언을 할 거야. 내가 멀린보다
앞선 시대에 살고 있으니까.”

바로 그 시각, 글로스터 백작 성 안에서 글로스터 백작과 에드먼드가 은밀한 이야기를 나누고 있었다. 글로스터 백작이 에드먼드에게 통탄하며 말했다.

"아, 에드먼드! 슬프구나! 나는 이런 비인간적인 처사가 도무지 마음에 들지 않는다. 내가 국왕에게 동정을 베풀어달라고 했더니 그들은 내게서 내 집 사용권을 빼앗아버렸어. 국왕에 대한 말을 하거나 탄원을 하면, 또 그분을 어떤 식으로든 보살펴드리면 나한테 영원한 분노를 퍼붓겠다면서."

"정말 야만적이고 비인간적이네요!"

"그래, 너도 그렇게 생각하지? 하지만 넌 아무 말 하지 마라. 공작들 사이에 분열이 있단다. 하지만 그보다 더 나쁜 일도 있어. 오늘 밤 내가 편지 한 통을 받았다. 아주 위험한 편지라서 벽장 속에 넣고 잠가버렸어. 이제 곧 국왕께서 받은 모욕에 대한 저철한 복수극이 벌어질 거야. 벌써 일부 군대가 브리튼에 상륙했다. 우린 국왕 편을 들어야 해. 난 그분을 찾아서 은밀히 보살펴드려야겠다. 가서 공작과 이야기를 나누어봐라. 내가 국왕께 자선을 베푸는 걸 절대 눈치 채지 못하게 하고. 공작이 나를 찾거든 아파서 누워 있다고 해라. 이미 협박을 받고 있지만, 설사 내가 이 일로 죽는 한이 있더라도 옛 주인인 국왕을 구해야만 하겠다. 에드먼드, 너도 조심해라."

글로스터 백작이 밖으로 나가자 에드먼드가 중얼거렸다.

"당신이 이런 금지된 짓을 한다는 걸 공작에게 당장 알릴 거야. 그 편지 이야기도. 그래, 대단한 포상을 받을 거야. 아버지가 잃은 걸 모두 내 몫으로 가질 수 있어. 하나도 남김없이 모조리. 늙은이가 쓰러질 때 젊은이가 일어서는 법이지."

리어 왕은 켄트 백작의 부축을 받으며 움집으로 향하고 있었다. 켄트 백작이 왕에게 말했다.

"전하, 여기로 드십시오."

"내 가슴을 찢어놓으려는가?"

"차라리 제 가슴을 찢겠습니다. 어서 이리로 드십시오."

"너는 피부까지 침투해 오는 이 호전적인 폭풍우가 힘들다고 생각하겠지? 그래, 너는 그럴 것이다. 하지만 큰 병에 걸렸을 때는 그보다 작은 병은 느끼지 못하는 법이야. 곰이 덤비면 너는 곰을 피하겠지? 하지만 도망치는 길을 성난 바다가 가로막고 있다면 너는 곰과 정면으로 맞설 거다. 마음이 자유로

워야 감각도 섬세해지지. 내 마음에 부는 태풍이 내 모든 감각을 앗아갔어. 자식의 배은망덕! 이건 입안에 음식을 넣는다고 입이 손을 뿌리치는 것과 같은 짓이야! 난 응징하겠다! 난 울지 않겠다! 이 밤에 나를 쫓아내? 나는 견딜 테다! 오늘 같은 밤에! 아, 리건! 고너릴! 이 친절하고 늙은 아비는 너희에게 모든 것을 다 주었는데!"

"전하, 제발 안으로 드시지요."

"너나 들어가서 편히 쉬어라. 난 들지 않겠다. 아니다, 들어가겠다. 하지만 바보야. 네가 먼저 들어가봐라."

리어 왕의 명령에 바보가 움집으로 들어갔다. 그러나 그는 곧바로 허겁지겁 뛰쳐나오며 켄트 백작에게 말했다.

"여긴 들어가지 마, 아저씨. 귀신 있어! 사람 살려, 사람 살려!"

켄트 백작이 바보에게 말했다.

"자, 내 손을 잡아. 안에 누가 있는데?"

"귀신이야, 귀신! 자기 이름이 불쌍한 톰이래."

그러자 켄트 백작이 소리쳤다.

"거기 얼쩡거리는 게 누구냐! 어서 밖으로 나와라!"

그러자 곧이어 변장한 모습의 에드거가 나타났다. 그는 미친 행세를 하며 뜻도 모를 소리를 중얼거리고 있었다.

"저리 가! 더러운 마귀가 쫓아오네! 날카로운 가시나무 사이로 찬바람이 불어오네. 흠, 네 차가운 침대로 가서 몸을 데워."

리어 왕이 그를 보고 물었다.

"너도 딸들에게 모든 걸 다 준 거냐? 그래서 이 지경이 된 거야?"

그러자 에드거가 말했다.

"불쌍한 톰에게 누가 뭘 줄까? 더러운 마귀가 불과 화염 사이로, 여울과 소용돌이 사이로, 습지와 늪지대로 그를 몰고 다녔다네. 베개 밑엔 칼을, 의자 안에 목 맬 줄을, 죽 그릇 옆에 쥐약을 놓고 있다네. 아, 톰은 추워. 덜덜덜⋯⋯."

그러자 리어 왕이 물었다.

"넌 도대체 뭐하는 사람이었냐?"

하지만 에드거는 뜻 모를 소리만 횡설수설했다. 그때였다. 횃불을 든 글로스터 백작이 나타났다. 글로스터 백작이 에드거를 제일 먼저 발견하고 누구냐고 물었다. 그러자 에드거가 또다시 중얼거렸다.

"나는 불쌍한 톰. 개구리, 두꺼비, 올챙이, 도마뱀을 잡아먹었지. 더러운 마귀가 발광할 때면 소똥을 생채 요리로 먹기도 하고, 늙은 쥐와 죽은 개를 삼키기도 했지. 이 마을 저 마을 채찍질 당하며 쫓겨 다니기도 하고, 차꼬를 차기도 하고, 옥에 갇히기도 했지. 쉿! 조용해, 이 악마야!"

글로스터 백작이 리어 왕의 모습을 알아보고 놀라서 물었다.

"아니, 전하! 전하 곁에는 이런 사람밖에는 없습니까?"

에드거가 여전히 이상한 소리를 지껄였다.

"어둠의 왕자는 신사야. 그의 이름은 모도야. 그리고 마후야."

글로스터 백작은 에드거를 무시한 채 리어 왕에게 말했다.

"전하, 전하의 혈육과 제 혈육이 너무나 야비해져서, 자신들을 낳아준 부모를 미워하고 있군요. 자, 안으로 드십시오. 전하의 딸들 명령에 복종하는 게 제 임무는 아니지요. 그들은 제게 문을 걸어 잠그고 이 잔혹한 밤이 전하에게 덮치도록 내버려 두라고 명령했습니다. 저는 위험을 무릅쓰고 전하를 찾아 나섰습니다. 전하를 불과 음식이 준비된 곳으로 모시겠습니다."

거의 정신이 나가 있던 리어 왕은 글로스터 백작의 말을 제대로 알아듣지 못하고, 에드거를 향해 말했다.

"나는 이 철학자, 그리스의 현자와 이야기를 나누어야겠다. 무슨 공부를 하시오?"

"악마를 예방하고 벌레를 잡는 방법."

그러자 켄트 백작이 글로스터 백작에게 말했다.

"다시 한 번 가자고 여쭈어보십시오. 전하의 정신이 불안정하십니다."

폭풍우는 계속 불어오고 있었다. 글로스터 백작이 탄식하며 말했다.

"아, 그게 어찌 전하 탓이란 말인가! 딸들이 전하를 죽이려하다니! 아, 착한 켄트 백작! 그가 이렇게 될 거라고 말했지. 그래서 추방당한 불쌍한 사람! 자네, 국왕이 거의 미쳤다고 말했지? 나도 거의 미칠 지경이라네. 내게 아들이 있었지만 혈육 관계를 박탈해버렸다네. 놈이 내 목숨을 노렸어. 친구, 최근까지도 내가 그 애를 얼마나 아꼈는데……. 그 어떤 아버지보다 끔찍하게……. 슬픔 때문에 머리가 돌 지경이라네. 아, 이 무슨 밤이란 말인가! 전하, 제발 간청 드리니……."

리어 왕은 에드거를 계속 고매한 철학자라고 부르며 함께 가자고 우겼고, 일행은 모두 함께 움집으로 들어갔다.

리어 왕은 계속 미친 듯 횡설수설했다. 그러는 가운데 고너릴을 심문하고 리건을 재판하듯 계속 떠들어댔다. 보다 못한 켄트 백작이 말했다.

"전하, 이제 좀 누워서 쉬시지요."

"시끄럽게 굴지 마. 휘장을 쳐. 그렇지. 우린 아침에 저녁 먹으러 갈 거야."

그 말을 끝으로 리어 왕은 잠이 들었다.

그러자 바보가 한마디 했다.

"난 정오에 잠자러 갈 거고."

에드먼드는 콘월 공작을 찾아가 글로스터 백작 이야기를 했고, 그러자 콘월 공작은 글로스터 백작을 향해 분노를 터뜨리고 있었다.

"이 집을 떠나기 전에 그자에게 복수를 하고야 말겠어!"

"공작님, 저는 두렵습니다. 효성을 버리고 이렇게 충성을 택했으니, 무슨 비난을 받을지 모르겠습니다."

"이제 보니 자네 형이 나쁜 놈이라서 자네 아버지를 죽이려 한 게 아니었어. 의협심이 발동한 거지."

"아, 제 운명은 얼마나 얄궂은지요? 의로운 일을 하면서 자책감을 느껴야 하다니! 여기 편지가 있습니다. 그가 프랑스 편을 들고 있는 첩자임을 증명해주는 편지입니다. 아, 하늘이시여! 어찌하여 이런 반역이! 어찌하여 제가 그 사실을 알게 되었단 말입니까!"

"자, 나와 함께 가자. 이제부터 자네가 글로스터 백작이야. 어서 자네 아버지를 찾아보도록 해. 그를 한시라도 빨리 체포해야겠어."

에드먼드는 속으로 생각했다.

'그래, 아버지가 국왕을 도와주고 있는 걸 알면, 공작의 의심은 확고해질 거야.'

그가 콘월 공작에게 말했다.

"아무리 제 핏줄과 이번 일 사이에 갈등이 크더라도, 저는 주공께 변함없는 충성을 바치겠습니다."

"나는 자네를 신뢰해. 자네는 나의 총애 속에 소중한 새아버지를 찾게 될 거야."

한편 글로스터 백작은 리어 왕 일행을 움집에 남겨둔 채 떠났다. 리어 왕을 대접할 음식을 준비하고, 더 편하게 모실 곳을 찾기 위해서였다. 얼마 후 그가 돌아와보니 리어 왕은 완전히 정신이 나간 상태였다.

글로스터 백작은 변장한 켄트 백작을 은밀히 불러내어 말했다.

"이보게, 빨리 이곳을 피해야 해. 국왕을 죽이려는 음모 이야기를 들었어. 탈것을 준비해두었으니 국왕을 태워서 눕히고어서 도버로 향하게. 그곳에 도착하면 보호받을 수 있을 거야. 한시도 지체할 수 없으니 빨리 움직이게."

글로스터 백작의 지시대로 켄트 백작은 리어 왕을 안고 마차에 오른 뒤 바보와 함께 그곳을 떠났다. 홀로 남은 에드거가 탄식하듯 말했다.

"윗분들이 고통을 겪는 걸 보니, 내 비참함을 적으로만 볼 수 없구나. 홀로 고통을 겪는 자가 가장 고통스러운 법이야. 그는 자기 등 뒤에 남기고 떠난 것들을 생각하며 깊이 가슴 아파해. 하지만 슬픔이 짝을 얻고 고통이 동료를 얻으면 마음은 큰 고통을 훌쩍 건너뛰지. 나를 꺾이게 만든 것이 왕까지 굴복시키는 것을 보았으니, 이제 내 고통은 얼마나 가볍고 견딜 만한가! 그의 자식들, 내 아버지와 똑같구나! 톰아, 멀리 가자! 너를 더럽힌 나쁜 생각들이 잘못으로 판정되어 네가 정당하다는 사실이 밝혀지고 아버지와 화해를 이루면 그때야 모습을 드러내자. 오늘 밤, 무슨 일이 있어도 국왕께서 무사히 피신하시길. 자, 어서 몸을 숨기자."

상황은 급박하게 돌아가고 있었다. 프랑스군이 상륙했다는 소식이 들려온 것이다. 콘월 공작은 에드먼드가 건네준 편지를 고너릴에게 보여주며 어서 남편 올버니 공작에게 돌아가 소식을 전하라고 말했다. 그리고 어서 역적 글로스터 백작을 찾아내라고 부하들에게 엄명을 내렸다. 콘월 공작은 에드먼드에게 자기 아버지를 벌하는 모습을 보는 것은 적절치 않으니, 고너릴과 동행하라고 명했다.

그들이 떠나고 얼마 후 글로스터 백작이 두세 명의 무사들에게 이끌려 콘월 공작과 리건 앞에 나타났다. 에드먼드가 자신을 배반한 사실을 전혀 모르고 있었던 그는 자신의 성으로 돌아오다 붙잡히고 말았다.

글로스터 백작을 보자 리건이 외쳤다.

"은혜를 모르는 여우 같으니!"

콘월 공작도 소리쳤다.

"어서 저놈의 두 팔을 묶어라!"

그러자 글로스터 백작이 어리둥절한 표정으로 말했다.

"이게 웬일입니까? 두 분은 제 손님입니다. 무례한 짓은 마십시오."

"이놈, 대역무도한 죄를 범한 놈이! 어서 저놈을 묶으라니까!"

하인들이 그를 묶자 리건이 욕을 하며 그의 수염을 뽑았다.

"사악한 여자! 내 턱에서 강탈해 간 그 수염이 복수를 할 거요. 난 이 집 주인이오. 그런데 도대체 무슨 이유로 내 호의를 이렇게 왜곡하는 거요? 도대체 어떻게 할 참이오?"

그러자 콘월 공작이 말했다.

"프랑스에서 최근에 편지를 한 통 받았지? 이곳에 있는 간첩들과 내통했지?"

리건이 거들었다.

"그리고 미치광이 국왕을 그들에게 보냈지? 말해봐."

"아니오, 나는 추측으로 쓴 편지를 한 통 받았을 뿐이오. 그는 중립을 지키는 사람이지 적이 아니오."

콘월 공작이 캐물었다.

"국왕을 어디로 보냈지?"

"도버로 보냈소."

리건이 발을 동동 구르며 호통을 쳤다.

"뭐야? 뭣 때문에 도버로 보냈단 말이냐!"

"당신의 그 잔인한 손톱으로 그분 눈을 뽑는 것을 보고 싶지 않아서요. 포악한 당신 언니가 멧돼지 이빨로 그분의 기름진 살을 물어뜯는 걸 보고 싶지 않아서요. 그분이 바다에서 지옥같이 검은 밤에 그런 폭풍을 만났더라도 불타는 별들이 솟아올라 그 불을 껐을 거요. 그 험한 시각에 늑대들이 문 앞에서 으르렁거리더라도 당신은 '문지기야, 문 열어줘라'라고 말해야 했을 거요. 나는 날개 달린 복수의 신이 그런 자식들을 움켜잡는 광경을 두 눈으로 똑똑히 보고야 말 거요."

콘월 공작이 소리쳤다.

"그런 일은 없을 거다! 내가 네 눈알을 뽑아버릴 테니까!"

콘월 공작은 잔인하게 글로스터 백작의 한쪽 눈을 칼로 뽑아냈다. 글로스터 백작은 비명을 질렀다. 리건이 마저 뽑으라고 소리를 질렀고 글로스터 백작이 칼을 들이밀었을 때였다.

그 광경을 보다 못한 콘월 공작의 하인이 나서며 소리쳤다.

"나리, 손을 멈추십시오. 어릴 때부터 나리를 모셔왔지만, 지금 멈추시라는 말씀을 드린 것보다 더 극진히 나리를 섬긴 적은 없습니다."

"뭐야? 어디서 종놈이 감히!"

콘월 공작이 칼을 들고 하인에게 달려들자 하인도 칼을 뽑았다. 둘 사이에 칼싸움이 벌어졌고 콘월 공작은 하인의 칼에 치명적인 상처를 입었다. 그러자 다른 하인의 칼을 뽑아 든 리건이 등 뒤에서 하인을 찔렀고 하인은 숨을 거두었다. 상처를 입은 콘월 공작은 혼신의 힘을 다해 글로스터 백작의 나머지 눈을 찔러버렸고, 글로스터 백작은 장님이 되고 말았다.

앞을 못 보게 된 글로스터 백작이 고통스러워하며 소리쳤다.

"아, 앞이 캄캄하구나! 내 아들 에드먼드 어디 있느냐! 에드먼드, 네 마음속 효성을 모두 모아 이 원수를 갚아다오!"

그러자 리건이 냉소를 날리며 말했다.

"닥치지 못해, 이 역적 놈! 자기를 증오하는 자식을 부르다니! 네놈의 배반을 우리에게 알려준 사람이 바로 네 아들이다. 너 따위를 동정하기에는 너무 착하지!"

그 말을 들은 글로스터 백작은 탄식했다.

"아, 난 얼마나 어리석었던가! 그럼 에드거가 당한 거란 말인가? 선량하신 신이시여, 저를 용서하시고, 그 아이를 번성하게 해주십시오!"

"저놈을 문 밖으로 쫓아버려라. 냄새를 맡아서 도버로 가든지 말든지 하게 해."

리건의 명에 하인들이 글로스터 백작을 밖으로 내보냈다.

글로스터 백작이 쫓겨나자, 글로스터 백작 영지의 소작인이던 한 노인이 그를 맞아 부축했다. 노인이 글로스터 백작에게 말했다.

"주인 나리! 전 지난 80년간 나리와 나리 부친의 소작인이었습니다."

"저리 가! 저리 가라고, 이 친구야! 자네는 내게 아무런 도움이 되지 못해. 놈들이 자네를 해칠지도 몰라."

"하지만 나리는 앞을 못 보십니다."

"갈 곳이 없으니 눈도 필요 없네. 멀쩡히 볼 수 있을 때 나는 넘어져버렸어. 아, 내 아들 에드거! 속아 넘어간 아비의 분노에 먹잇감이 되어버린 에드거! 살아서 너를 다시 만질 수만 있다면 내 눈을 되찾았다고 말하마."

노인이 글로스터 백작을 부축한 채 얼마 걸었을 때였다. 반대편에서 걸어오던 에드거가 그들을 발견했다. 에드거는 경악했다.

'아니, 이게 누구야? 아버지가? 맙소사, 맙소사!'

에드거가 가까이 오자 노인이 글로스터 백작에게 말했다.

"미친 거지 톰입니다."

글로스터 백작이 말했다.

"그래도 정신은 좀 있겠지. 그래야 구걸을 하지. 지난밤 폭풍 속에서 그런 녀석을 보고는 벌레 같은 놈이라고 생각했지. 그때 내 아들 생각이 났지만 그와 친구가 되지는 못했어."

에드거는 중얼거렸다.

"아, 이럴 수가! 슬픔 앞에서 바보놀음 하는 건 옳지 않아."

그는 글로스터 백작의 팔을 붙잡으며 "조심하세요, 조심, 주인님"이라고 말했다.

그러자 글로스터 백작이 노인에게 물었다.

"이 사람이 바로 그 헐벗은 친구인가?"

"예, 나리."

"그렇다면 자네는 이제 그만 가봐. 이 헐벗은 영혼에게 입을 것 좀 갖다 주고. 길을 인도해달라고 해야겠어."

"저런! 나리, 그는 미쳤습니다."

"광인이 맹인을 인도하다니, 역병의 시절이야. 자네는 내가 시키는 대로 하거나, 아니면 마음대로 해. 그냥 가버리든가."

"저한테 있는 제일 좋은 옷으로 가져오겠습니다."

노인이 사라지자 글로스터 백작이 에드거를 불렀다.

"이봐, 헐벗은 친구."

에드거는 여전히 미친 척했다.

"불쌍한 톰은 추워."

그런 후 고개를 돌리고 혼잣말을 했다.

"아, 더는 못 감추겠어. 아니야, 그래도 감춰야 해."

글로스터 백작이 에드거에게 물었다.

"너, 도버로 가는 길 아느냐?"

에드거가 다시 횡설수설하며 미친 척하자 글로스터 백작이 지갑을 내밀며 말했다.

"자, 이 지갑을 가져. 내가 이렇게 비참하게 된 게 네게는 복이로구나. 너, 도버 알아?"

"네, 주인님."

"거기까지 가면 갇힌 바다를 무섭게 내려다보는 절벽이 하나 있다. 거기까지만 나를 데려다주면 네 팔자를 고쳐주마."

"자, 팔을 이리 주세요. 거지 톰이 인도할 테니까."

4

　　고너릴과 에드먼드는 길을 재촉해 올
버니 공작의 궁전에 도착했다. 하지만 가는 도중 둘 사이에
변화가 생겼다. 서로를 사랑하게 된 것이다.

　성에 도착했는데도 올버니 공작은 마중을 나오지 않고, 오
즈월드가 그들을 맞았다. 고너릴이 오즈월드에게 물었다.

　"오즈월드, 주인님은 어디 계시느냐?"

　"안에 계십니다, 마님. 하지만 변하셔도 너무 변하셨습니다.
프랑스 군대가 상륙했다는 말씀을 드려도 미소만 지으실 뿐
입니다. 마님이 오셨다고 했더니 '좋지 않은 일이군'이라고 하
셨어요. 제가 글로스터 백작의 배신과 그 아들의 충성에 대해

말씀드리자 저더러 바보라며 사태를 거꾸로 짚었다고 하셨습니다. 나리께서는 싫어해야 할 걸 유쾌하게 생각하시는 것 같고, 좋아해야 할 걸 불쾌해하시는 것 같습니다."

고너릴이 에드먼드에게 말했다.

"그러면 당신이 그를 만날 필요도 없어요. 어떤 일에도 책임을 지지 않는 그 사람 성격이에요. 모욕을 당해도 갚기는커녕 못 본 척하는 사람이에요. 오히려 잘됐어요. 오면서 말했던 우리의 소망이 이루어질 수 있겠네요. 콘월 공작에게로 돌아가서 병사를 징집하고 지휘를 해요. 자, 이 목걸이를 차고 가요."

둘은 키스를 나누었고 에드먼드는 다시 길을 떠났다. 그의 뒷모습을 보며 고너릴이 중얼거렸다.

"아, 내 소중한 에드먼드! 다 같은 남자인데 이렇게 다르다니! 나를 바칠 남자는 당신인데 멍청한 인간이 나를 강탈했어!'

그때 올버니 공작이 온다고 오즈월드가 알렸다. 고너릴을 보자마자 올버니 공작은 비난을 퍼부었다.

"이 바람 속의 먼지만도 못한 여자! 자기한테 영양분을 주는 가지를 잘라버리다니! 틀림없이 말라죽어 땔감으로 쓰일 거요.”

“흥, 쓸데없는 설교는 그만둬요.”

“개 눈엔 똥만 보인다고, 도대체 무슨 일을 저지른 거요? 아버지이자 자비로운 노인을 미치게 만들어? 하늘에서 신들이 내려와 이런 죄상을 다스리지 않더라도, 그 전에 때가 올 거요. 인류가 저 깊은 바닷속 괴물처럼 서로를 잡아먹을 날이.”

“간이 콩알만 한 남자! 때리면 뺨 내밀고 욕하면 머리 내밀 남자! 명예와 치욕도 구별 못 하는 남자! 악행을 저지르기 전에 처벌하는 사람을 욕하고 동정하는 건 바보밖에 없다는 것도 모르는 사람! 당신의 북은 어디 치워둔 거죠? 프랑스 왕이 투구를 쓰고 이 나라를 위협하고 있는데, 바보 같은 도덕군자인 당신은 그냥 가만히 앉아서, ‘그 사람이 왜 그럴까?’ 묻고만 있군요.”

“악마야, 너 자신을 봐. 마귀에게나 어울릴 흉측함이 너 같은 여자에게 있으니 더 끔찍해 보이는구나.”

둘이 계속 말다툼을 하고 있는데, 하인이 와서 콘월 공작의 궁정으로부터 사신이 도착했다고 알렸다.

올버니 공작이 말했다.

"들라 하라."

사신이 들어오자 올버니 공작이 물었다.

"무슨 소식이냐?"

"아, 나리! 콘월 공작님께서 돌아가셨습니다. 글로스터 백작의 눈을 뽑다가 공작님 하인에게 당했습니다."

"뭐야? 글로스터 백작이 눈을 뽑혔다고? 아, 불쌍한 글로스터 백작! 콘월 공작이 죽었다고? 저 높은 곳에 계시는 판관들께서 재빨리 지상의 죗값을 치르게 해주셨구나."

그러자 사신이 고너릴에게 리건이 보냈다며 편지를 내밀었다. 편지를 받은 고너릴은 나중에 읽어보겠다고 하고는 속으로 생각했다.

'한편으로는 잘됐어. 하지만 과부가 내 새로운 글로스터 백작 곁에 있는 셈이네. 사랑의 공든 탑이 무너질 수도 있겠어.'

그녀가 생각에 잠겨 있는 사이 올버니 공작이 사신에게 물었다.

"그래, 글로스터 백작이 두 눈을 빼앗길 때 그의 아들은 뭘 하고 있었느냐?"

"공작 부인님과 함께 이곳으로 왔습니다."

"나는 못 봤는데……."

"제가 이곳으로 오는 길에 돌아가는 그를 만났습니다."

"아버지가 당한 일을 그는 알고 있나?"

"그럼요. 그가 아버지를 고발했는데요. 그러고는 아버지를 마음대로 벌 줄 수 있도록 일부러 집을 떠났답니다."

"아, 글로스터 백작! 국왕에게 보여준 충정에 감사하오. 그대 눈에 대한 복수는 내가 꼭 하겠소. 자, 사신은 나와 함께 가자. 가서 아는 이야기를 더 들려다오."

도버 근처 프랑스 군영에서는 켄트 백작이 자신의 심부름을 수행한 기사를 만나고 있었다. 켄트 백작이 기사에게 물었다.

"왜 프랑스 국왕이 갑자기 본국으로 돌아갔는지 이유를 알고 있소?"

"나랏일에 뭔가 마무리를 짓고 떠나지 않은 게 갑자기 생각났다고 합니다. 너무 중요한 일이라서 국왕이 직접 갈 수밖에 없었다고 합니다."

"그럼 프랑스군 총사령관은 누가 맡고 있소?"

"프랑스 원수, 라 팔 장군입니다."

"그래, 왕비께선 당신이 보낸 편지를 읽으셨소? 어떤 반응을 보이시던가요?"

"눈물을 흘리시면서 슬픔을 억누르시려는 것 같았습니다. 한두 번 '아버지'라고 가슴을 억누르듯 말씀하셨고, '언니들! 언니들! 창피해요. 뭐? 한밤중에? 폭풍우가 불어오는데?'라고 외치시더니 눈물을 쏟으셨습니다. 그러고는 슬픔을 홀로 처리하려고 뛰쳐나가셨습니다."

사신의 말을 듣고 켄트 백작이 탄식했다.

"아, 우리의 성품은 저 별, 저 하늘의 별이 결정하는구나. 안 그렇다면 한 배에서 그렇게 다른 자식들이 나올 리 없겠지."

그러자 기사가 켄트 백작에게 물었다.

"제가 한 가지 묻겠습니다. 우리 리어 왕께서 이곳 도버에 와 계신 걸로 알고 있습니다. 그런데 왜 코딜리어 왕비님을 만나러 오시지 않는 거지요?"

"글쎄요, 가끔씩 정신이 맑아지시면 무슨 일로 우리가 여기에 왔는지 기억하긴 하십니다만, 그럴 때도 따님을 절대로 안 보겠다고 하십니다. 따님에게 하신 일이 부끄러워서일 겁니다."

"아, 가엾은 분."

"올버니 공작과 콘월 공작의 군대 이야기는 못 들었습니까?"

"들었지요. 움직이고 있답니다."

"자, 당신을 우리의 주군, 리어 왕께 안내하겠습니다. 전하의 시중을 들어주십시오. 난 중요한 이유가 있어서 한동안 몸을 감출 겁니다."

올버니 공작 군대와 콘월 공작 군대가 도버로 향하는 가운데 전운이 감돌고 있었다. 올버니 공작 군대는 고심하던 올버니 공작이 직접 지휘를 맡았고, 콘월 공작의 군대는 리건이 지휘했다.

그런데 홀몸이 된 리건 역시 에드먼드를 사랑하게 되었다. 그래서 그녀는 언니를 질투하고 있었다. 에드먼드는 적의 세력을 염탐한다며 콘월 공작 궁전을 떠나 어디론가 가고 없었다.

한편 에드거는 눈이 먼 아버지 글로스터 백작을 모시고 무사히 도버에 도착했다. 에드거는 농부 차림에 지팡이를 들고 있었다.

글로스터 백작이 에드거에게 물었다.

"언덕 꼭대기에는 언제 도달하는 거냐?"

"지금 한창 오르고 계십니다."

"아무리 봐도 평지 같은데……."

"저 바다 소리가 안 들리세요?"

"아니, 안 들려."

"눈이 안 보이시니 다른 감각도 둔해지신 것 같군요."

"그럴 수도 있겠지. 그런데 네 목소리가 바뀐 것 같다. 이전보다 말투나 내용이 훨씬 나아진 것 같은데……."

"잘못 아신 겁니다. 옷 외에는 바뀐 게 없는데요."

"지금 그 대답도 전과는 달라. 게다가 목소리까지 바뀐 것 같아."

"자, 이제 나리가 꼭 오자고 하던 언덕 꼭대기에 왔습니다. 저 깊은 아래를 보니 정말 어지럽네요. 어휴, 어지러워서 더는 못 보겠어요."

"나를 그 끝에 세워줘."

"손을 이리 주세요. 한 발자국만 더 나가면 바로 낭떠러지 끝이에요. 저는 절대로 뛰어내리지 않겠어요."

"이제 내 손을 놔줘. 이봐, 이 지갑도 받아둬. 안에 보석이 들어 있어. 가난한 사람들에게는 무척 값진 거야. 요정들과 신들께서 자네를 번성하게 해주기를! 자, 이제 그만 작별을 고하고 멀리 떠나."

에드거는 작별 인사를 한 후 글로스터 백작에게서 멀찌감치 떨어졌다. 물론 그곳은 낭떠러지가 아니라 평지였다. 에드거는 아버지의 절망감을 치유하기 위해 이런 방법을 쓴 것이었다.

글로스터 백작은 무릎을 꿇은 후 기도를 드렸다.

"전능하신 신이시여! 저는 이제 이 세상과 작별하고, 당신 눈앞에서 제 고난을 떨쳐버리려 합니다. 제가 더 오래 견디면서 당신의 저항할 수 없는 큰 뜻에 거역하지 않는다 하더라도, 자연이 부여한 제 생명의 짐스러운 끝자락은 저절로 타버릴 것입니다. 에드거가 살아 있다면, 그에게 축복을 내려주십시오! 자, 친구, 잘 가라."

글로스터 백작은 그 말과 함께 밑으로 뛰어내리는 몸짓을 했다. 하지만 그냥 그 자리에 쓰러졌을 뿐이었다. 그러나 그는 상상 속에서 아래로 낙하하고 있었다. 잠시 후 에드거가 글로스터 백작에게 다가가며 목소리를 바꾸어 말했다.

"아니, 이 양반이……. 이보시오. 당신 살았소, 죽었소? 도대체 당신은 누구요?"

"저리 가! 나를 죽게 내버려둬."

"당신은 깃털이나 공기가 아닌데, 수십 길 아래로 곤두박질치고도 여전히 멀쩡히 숨을 쉬고 피도 안 흘리고 말을 하는군요. 당신 생명은 기적입니다. 어디 다시 말을 해봐요."

글로스터 백작은 정신이 얼떨떨했다. 그가 물었다.

"도대체 내가 떨어지긴 떨어진 건가?"

"그럼요. 저 꼭대기에서 떨어졌지요. 위를 봐요. 종달새 눈으로도 저기서 여기는 안 보여요."

"맙소사! 하지만 나는 눈이 안 보여. 아, 비참한 사람은 죽음으로 자신을 끝장 낼 혜택도 못 받는구나!"

"자, 팔을 이리 주세요. 어디 한번 서보세요."

글로스터 백작은 쉽게 일어났다. 에드거가 말했다.

"정말 이상한 일이군요. 저 절벽 꼭대기에서 당신과 헤어진 게 누구였습니까?"

"가엾고 불행한 거지였어."

"그래요? 제가 이 밑에서 보자니 두 눈이 보름달처럼 크던데요. 코는 수천 개고, 뿔들이 격노한 바다처럼 출렁거렸지요. 놈은 마귀였습니다. 그러니 운 좋은 아버지는 광명한 신들께서 지켜주셨다고 생각하세요."

에드거는 은근히 자신의 정체를 드러내는 말을 썼지만 글로스터 백작은 알아차리지 못했다. 글로스터 백작이 말했다.

"그래, 이제 기억 나. 이제부터 나는 고난을 견딜 거야. 고난이 '됐어'라고 외치며 스스로 사라질 때까지. 나는 그 악마를 사람이라고 생각했어."

"그래요, 얽매였던 생각에서 풀려나 인내해야만 해요."

그때였다. 미친 리어 왕이 들꽃으로 만든 화환을 머리에 쓰고 그들 앞에 나타났다.

에드거는 그를 알아보았다. 리어 왕은 정신이 나가 알아들을 수 없는 소리를 중얼대고 있었는데, 그 목소리를 들은 글로스터 백작이 말했다.

"아, 내가 아는 목소리야. 저 목소리, 저 억양! 또렷이 기억하고 있다. 국왕이시지요?"

"암, 당연히 왕이지. 내가 노려보니 신하들과 백성들이 떠는 걸 보라고. 내가 네 목숨을 살려주마! 죄목이 뭐지? 간통?

너를 죽이지 않겠다. 간통했다고 죽어? 안 되지. 굴뚝새도 그 짓 하고, 파리도 내 눈앞에서 간음을 하는데? 성교를 장려하라. 글로스터 백작의 사생아도 적법한 내 딸들보다 애비에게 친절했으니까."

리어 왕은 쉬지 않고 헛소리를 해댔다. 글로스터 백작이 말했다.

"전하, 저를 알아보시겠습니까?"

"그 눈을 잘 기억하지. 왜 그렇게 삐딱하게 날 쳐다보는 거야? 그래, 눈먼 큐피드. 무슨 짓이건 멋대로 해봐. 난 사랑하지 않을 거야. 이 도전장 읽어봐. 필체를 보라고."

"글자가 모두 태양이라 해도 전 한 글자도 못 봅니다."

"아하, 눈 속에 눈알이 없고 지갑 속엔 돈이 없단 말이로군? 자네 눈은 무겁고 자네 지갑은 가벼워. 하지만 눈이 없어도 세상이 어떻게 돌아가는지는 보이지. 귀로 보란 말이야. 저 재판관이 저 하찮은 좀도둑에게 얼마나 호통을 치고 있는지 잘 보라고. 자네 귀로 잘 들어봐. 자리를 바꾸고. 자, 맞혀봐. 어느 게 재판관이고 어느 게 도둑이게? 자네, 농부의 개가 거지에게 짖는 거 본 적 있어?"

"예, 있습니다."

"녀석이 개를 피해 도망가는 것도? 자넨 거기서 위대한 권위의 모습을 볼 수 있었을 거야. 개도 직위가 있으면 다들 복종해. 네 이놈, 형리야! 그 피비린내 나는 손을 멈추지 못할까? 그 창녀를 왜 때려? 네놈도 옷 벗으면 그녀를 원해. 고리대금업자가 사기꾼 목을 매는구나. 네 넝마 옷 사이로는 작은 악덕이 다 드러나 보이지만 관복과 털외투는 모든 걸 감추지. 죄에 금박을 입히면 강한 정의의 창도 힘을 못 쓰고 부러지지만 누더기로 무장해봐. 난쟁이의 밀집도 꿰뚫어버릴 수 있어. 아무도 죄가 없다! 없어, 없다니까! 그들을 사면하마. 내게는 고소인의 입을 막을 힘이 있어. 자네, 유리 눈을 해 박아. 그러고는 치사한 정치꾼처럼 보이지도 않는 걸 보는 척하라고. 자, 자, 자, 자, 내 장화를 벗겨. 더 세게! 더 세게! 그렇지."

그 모습을 보고 에드거가 탄식하며 중얼거렸다.

"아, 말로만 들으면 못 믿을 일인데, 실제로 보니 가슴이 찢어지는구나. 하지만 사실과 말도 안 되는 소리가 뒤섞여 있어. 광기 중에도 이성이 섞여 있어!"

리어 왕이 다시 말을 이었다.

"내 불행에 눈물을 흘리려면, 내 눈을 가져가라. 그래, 나는 자네를 잘 알아. 자네 이름은 글로스터 백작이지. 자네, 참아야 해. 우리는 울면서 이 세상에 왔어. 우리는 모두 공기 냄새를 처음 맡았을 때 앙앙대며 울었어. 드넓은 바보들의 세상에 나왔다고 운 거야."

그때였다. 코딜리어의 명으로 리어 왕을 찾아 헤매던 기사와 시종들이 그들을 발견했다. 기사가 리어 왕을 보고 말했다.

"전하, 귀하신 따님께서……."

"뭐야? 난 왕이라고……. 붙잡고 싶으면 어디 뒤따라와봐."

말과 함께 리어 왕은 뛰어 달아났고, 기사와 시종들이 뒤따랐다.

다시 에드거와 글로스터 백작 둘이 남게 되자, 글로스터 백작의 입에서 자신도 모르게 기도 소리가 흘러나왔다.

"자비로우신 신들이시여! 제 목숨을 맡아주십시오. 제 안의 나쁜 영이 또다시 저를 유혹하여, 당신들 앞에서 죽는 일이 없게 하십시오."

그러자 에드거가 말했다.

"아버지, 좋은 기도입니다."

리어 왕

"그런데 너는 대체 누구냐?"

"운명의 타격에 길이 든 아주 불쌍한 사람입니다. 슬픔을 알고 또 겪었기에 너그럽게 동정을 베풀 줄 알게 된 사람입니다. 자, 손을 이리 주십시오. 묵을 데로 모시겠습니다."

"진정으로 고맙군. 하늘의 보상과 축복이 내리길!"

에드거가 글로스터 백작의 손을 잡고 막 그곳을 떠나려 할 때 오즈월드가 이리저리 두리번거리며 나타났다. 그의 눈에 글로스터 백작의 모습이 보이자 그가 소리쳤다.

"현상범이구나! 운수대통이다! 두 눈이 빠져버린 그 머리가 내게 행운을 가져다 줄 살덩이구나! 이 불행한 늙은 역적아! 어서 내 칼을 받아라!"

에드거가 오즈월드와 글로스터 백작 중간에 끼어들자 오즈월드가 소리쳤다.

"어라, 이 겁 없는 촌놈이! 반역자 편을 드는 거냐? 너도 같은 꼴 되기 싫으면 어서 그 팔 놓고 썩 비키지 못해?"

"난 안 놓을 거야, 형씨."

"놔, 이 새끼야. 안 그러면 네가 죽는다."

"어허, 착한 신사 양반, 그냥 가. 그렇게 으름장 놓는다고 이 목숨이 끝날 거였으면 난 보름도 못 살았을 거야. 자자, 좋은 말 할 때 떨어져. 당신 머리통이 센 지 내 막대기가 센 지 재볼 텐가?"

칼을 뽑은 오즈월드가 에드거에게 덤벼들었다. 하지만 그는 에드거의 상대가 되지 못했다. 에드거의 일격에 그대로 쓰러진 그는 죽어가면서 말했다.

"쌍놈! 네놈이 날 죽였어. 이놈, 여기 내 지갑이 있다. 네놈이 성공해서 잘 살게 되면 나를 묻어다오. 그리고 내 몸에서 편지를 찾아서 글로스터 에드먼드 백작에게 전해라. 브리튼 편 군대 쪽에서 찾으면 된다."

말을 마친 그는 숨을 거두었다. 에드거는 오즈월드의 품을 뒤져 편지를 찾아내어 읽었다. 고너릴이 에드먼드에게 보내는 편지였다.

우리 둘 사이에 한 맹세를 잊지 말아요. 당신이 그를 해치울 기회는 많아요. 당신의 의지만 있다면 가장 좋은 장소와 시간은 내가 알려줄게요. 그가 승리해서 돌아오면 모든 게 허사예요. 그러면 나는 다시 죄인이 되고 그

의 침대가 내 감옥이 될 거예요. 그 역겨운 곳에서 나를
구해주고 당신의 노고에 합당한 자리를 차지해요.

당신의 아내라고 말하고 싶은, 사랑스러운 고너릴

에드거는 오즈월드의 시체를 보이지 않는 곳에 숨긴 다음, 글
로스터 백작의 손을 잡고 그를 모실 집으로 향했다. 전투가 임
박했음을 알리는 북소리가 멀지 않은 곳에서 들리고 있었다.

프랑스군 진영의 어느 막사 안에 코딜리어와 켄트 백작, 기
사와 의사가 함께 앉아 있었다. 코딜리어가 켄트 백작에게 말
했다. 켄트 백작은 여전히 변장한 채로였다.

"아, 착한 켄트 백작. 제가 얼마나 더 살면서 노력해야, 그대
처럼 선량해질 수 있을까요?"

"왕비님, 과분한 칭찬이십니다. 제가 드린 모든 보고는 그
냥 사실에 불과합니다. 더도 덜도 아닙니다."

코딜리어가 이번에는 의사에게 물었다.

"국왕께서는 어떠세요?"

"마마, 아직 주무십니다. 왕비마마께서 좋으시다면 깨워드

릴까요?"

"당신의 의학 지식에 따라 뜻대로 하세요."

의사가 밖으로 나가더니 잠시 후 하인들이 나르는 가마를 타고 리어 왕이 막사 안으로 들어왔다. 그는 아직 잠들어 있었다. 그가 잠든 사이 시종들이 옷을 갈아입혀서 말끔한 차림이었다.

그를 막사 안 침대에 누이자 코딜리어가 아버지에게 입을 맞추며 말했다.

"아, 사랑하는 아버지. 제 입술에 회복의 약 기운을 실어 입을 맞추니, 두 언니가 아버지께 입혔던 상처가 말끔히 지워지기를 바랍니다. 아, 아버지가 아니더라도 이 백발을 보면 동정심이 일어났을 텐데. 이 얼굴로 그 험한 바람과 맞서셨단 말입니까? 그런 험한 밤에는 나를 문 개라 할지라도 난로 곁에 두었을 텐데, 아버지는 처량한 떠돌이와 함께 썩은 밀짚 깔린 움집에서 묵으셨단 말입니까?"

그때 리어 왕이 눈을 떴다. 코딜리어가 반색하고 말했다.

"전하, 어떠신지요? 괜찮으신지요?"

리어 왕이 입을 열어 말했다.

"나를 무덤에서 꺼내다니 잘못한 거요. 그대는 천상의 기쁨을 누리고 있는 영혼. 허나 나는 불 수레에 매달려 눈물이 마치 납 물처럼 지지고 있다오."

"전하, 저를 아시겠어요?"

"그대는 정령이지. 그대는 언제 죽었소?"

리어 왕이 아직 잠이 덜 깼다며, 의사가 잠시 가만히 놔두자고 말했다.

잠시 후 리어 왕이 고개를 흔들며 말했다.

"내가 어디 있었던 거지? 지금 내가 어디 있는 거야? 가만, 이게 내 손 맞나? 어디 보자. 그래, 찌르니까 아프구나."

그러자 코딜리어가 왕 앞에 무릎을 꿇고 말했다.

"전하, 저를 보세요. 손을 들어 저를 축복해주세요."

"제발 나를 놀리지 마오. 난 아주 어리석고 멍청한 노인이오. 한 시간도 가감 없이 정확히 여든이오. 게다가 솔직히 말하자면 내가 과연 제정신인지 두렵기도 하오. 당신과 이 남자를 알아봐야만 하는데, 여전히 의심스럽기만 하오. 나는 여기가 어디인지 아직 모르겠고, 아무리 재주를 다해봐도 이런 옷은 기억에 없소. 게다가 간밤에 어디 묵었는지조차 기억하지 못하오. 나를 비웃지 마오. 부인이 아무래도 내 자식 코딜리어 같으니."

"맞아요, 저예요, 저!"

"아, 그래, 코딜리어. 너로구나! 너였어! 눈물에 젖어 있구나. 제발 울지 마라. 네가 내게 독약을 주어도 난 마시련다. 나는 네가 나를 사랑하지 않는다는 걸 알고 있어. 분명히 기억하는데 네 언니들은 내게 나쁜 짓을 했어. 아무 이유도 없이. 하지만 네겐 이유가 좀 있지."

"그런 거 없어요! 없어요!"

"내가 지금 프랑스에 있느냐?"

그러자 켄트 백작이 대답했다.

"전하, 전하의 왕국에 계십니다."

"나를 속이려는가?"

그러자 의사가 나서서 말했다.

"마마, 이제 좀 안심하셔도 됩니다. 전하의 큰 분노는 보시다시피 사라졌습니다. 하지만 전하가 잃어버린 시간을 회복하시게 만드는 건 아직 위험합니다. 전하를 안으로 드시게 하십시오. 좀 더 안정되실 때까지 전하를 귀찮게 해서는 안 됩니다."

의사의 말에 코딜리어는 리어 왕을 부축해서 막사 안 침실로 들어갔다.

　한편 전투는 차츰 임박해오고 있었고 콘월 공작 군대는 소문대로 에드먼드가 지휘하고 있다는 확실한 소식이 전해졌다.

5

　　　　　도버 근처의 브리튼 진지 막사에서
에드먼드와 리건이 마주앉아 이야기를 나누고 있었다. 에드
먼드가 말했다.

　"올버니 공작님 결심이 흔들리는 것 같아 걱정스럽습니다.
마음이 바뀌었다는 소리가 들려오고 있습니다. 자책하고 있다
는 소리도 있고요. 사람들을 시켜 알아봐야 할 것 같습니다."

　"언니 남편은 분명 실패한 거예요."

　"그게 두렵습니다, 공주님."

　"자, 백작님. 내가 당신에게 얼마나 호의를 품고 있는지는 알
지요? 오로지 진실만 말해야 해요. 언니를 사랑하지 않나요?"

"부끄럼 없이 떳떳하게 사랑합니다."

"그런데 형부에게만 허락된 금단의 구역에 한 번도 안 가봤나요?"

"그런 생각을 하시다니, 공주님을 스스로 욕되게 하는 일입니다."

"나는 당신이 언니와 결합해서 한마음이 되었을까 봐, 그래서 언니의 사람이 되었을까 봐 두려워요."

"명예를 걸고 말씀드리지만, 절대로 아닙니다."

"이제 언니를 도저히 못 참겠어요. 백작님, 언니와 친하게 지내지 마세요."

"걱정 마십시오. 아, 저 나팔 소리는? 공주님 언니와 공작이 온 것 같습니다."

잠시 후 기수와 고수를 앞세우고 고너릴과 올버니 공작이 병사들과 함께 나타났다. 막사로 들어선 고너릴은 에드먼드와 리건이 함께 있는 것을 보고 속으로 말했다.

'동생 때문에 나와 에드먼드 사이가 갈라지느니, 차라리 전쟁에서 패하는 게 나아.'

올버니 공작이 리건을 보고 말했다.

"사랑하는 처제, 잘 만났소. 듣기로는 국왕이 우리에게 저항하는 무리와 함께 딸에게 갔다 하오. 그동안 나는 몸을 뺐었소. 정직한 내 모습을 보일 때가 아니라는 생각에서였소. 하지만 이번 일에는 나도 마음이 움직이오. 프랑스가 그들과 함께 내 땅을 침범했기 때문이오."

에드먼드가 말했다.

"고결한 말씀이세요."

"자, 우리 노장들과 함께 내 막사에 모여, 작전을 짜보도록 합시다."

올버니 공작의 말에 모두 함께 밖으로 나갔다.

그때였다. 변장한 에드거가 그들 뒤를 따라가다가 올버니 공작을 슬쩍 건드렸다. 올버니 공작이 뒤를 돌아보며 말했다.

"넌 누구냐?"

"전 그냥 불쌍한 사람입니다. 공작님께 한마디 긴히 드릴 말씀이 있으니, 잠깐만 시간을 내주십시오."

올버니 공작은 정이 많고 마음이 약한 사람이었다. 그는 일행을 먼저 보낸 후 에드거에게 말했다.

"그래, 무슨 일인가? 어서 말해보라."

그러자 에드거가 편지 한 통을 내밀며 말했다.

"전투에 나서기 직전에 이 편지를 뜯어보십시오. 만일 승리하시거든 이 편지를 가져온 사람을 부르는 나팔을 부십시오. 제가 비록 초라해 보이지만, 거기 쓰인 내용을 입증해줄 전사를 내놓을 수 있습니다. 만일 당신이 패한다면, 당신은 그대로 최후를 맞이하고 음모도 끝날 것입니다. 무운을 빕니다."

"내가 이 편지를 읽을 때까지 남아 있으라."

"제게는 금지된 일입니다. 때가 되면 나팔을 세 번 부십시오. 제가 다시 나타날 것입니다."

올버니 공작은 에드거를 선선히 보내주고 자신의 막사로 향했다.

이제 결전이 임박해 있었다.

콘월 공작의 부대를 이끌고 있는 에드먼드는 시커먼 속셈을 가지고 있었다. 그는 두 자매 모두에게 사랑을 맹세했다. 그래서 고너릴과 리건은 독사에 물린 자가 독사를 증오하듯 서로를 증오하고 있었다. 그는 두 자매 중 누구도 진심으로 사랑하지 않았다. 다만 자신의 야심을 위해 둘을 이용하고 있을 뿐이었다.

그는 속으로 계산했다.

'누굴 선택할까? 둘 다 살려두면 아무와도 즐길 수 없을 건 분명하지. 우선은 과부인 리건을 택하는 거야. 그러면 언니가 약이 올라 미치겠지. 남편이 살아 있으니 나와 한 약속도 지키긴 힘들 거고. 그녀는 지금 남편의 권위를 전쟁에만 이용하려 하고 있어. 상황이 끝나면 남편을 없애고 싶어 해. 그녀에게 남편을 제거할 구실을 주는 거야. 공작이 리어와 코딜리어에게 베푼 자비는 큰 죄가 될 수 있으니까. 그럼 난 절대자의 자리에 오르게 되는 거야.'

양편 군대가 들판을 가운데 두고 마주하고 있는 사이, 농부 차림의 에드거가 글로스터 백작의 손을 잡고 들판 한쪽 나무 아래로 이끌었다. 에드거는 글로스터 백작을 나무 그늘에 앉힌 후 전투가 벌어지고 있는 곳으로 갔다.

치열한 전투 끝에 싸움은 브리튼 왕국의 승리로 끝났다. 결과를 안 에드거는 황급히 아버지 글로스터 백작에게로 가서 말했다.

"가야 해요. 어르신! 어서 손을 주세요. 리어 왕이 졌고, 딸과 함께 포로로 잡혔어요. 자, 제 손을 잡으세요, 어서!"

"안 가겠다. 여기서도 충분히 썩을 수 있어."

"뭐라고요? 또 그런 나약한 생각을 하시는 겁니까? 인간은 이리로 올 때도 참고 기다렸듯이, 저리로 갈 때도 참고 견뎌야 합니다. 다 때가 있는 법입니다. 자, 어서요."

"그래, 그 말이 맞아."

글로스터 백작은 에드거의 손을 잡고 자리에서 일어났다.

브리튼 진영에서는 에드먼드가 포로로 잡힌 리어 왕과 코딜리어를 끌고 온 장교를 은밀히 불러 뭔가 지시를 내리고 있었다.

"이봐, 난 이미 자네를 한 계급 올려줬어. 여기 적힌 대로 하면 큰 부귀를 누리게 될 거야. 연약한 마음은 군인에게는 안 어울려. 큰일이라서 질문은 용납 못 해. 어때, 하겠다고 대답할 거야, 아니면 다른 데서 출세 길을 알아볼 거야?"

"하겠습니다."

장교가 쪽지를 받고 떠나자, 에드먼드는 올버니 공작과 고너릴, 리건이 있는 막사로 들어갔다.

에드먼드를 보자 올버니 공작이 그에게 치하했다.

"경은 오늘 가문의 용맹을 보여주었소. 자, 오늘 싸움의 포로들을 그대가 잡고 있는 걸로 알고 있소. 그들을 내게 넘기시오. 그들의 명예와 우리의 안전을 고려하여 공정하게 판단하려 하오."

그러자 에드먼드가 당당하게 말했다.

"비참한 늙은 왕을 알맞은 곳에 가두고 감시하게 하는 게 적당하다고 판단했습니다. 민심을 끌 우려가 있어서입니다. 마찬가지 이유로 프랑스 왕비도 함께 보냈습니다. 나중에 공께서 심문하실 때 데려오겠습니다. 지금은 이 전투에서 피와 땀을 흘린 아군을 위로해야 할 때입니다. 코딜리어와 그 아버지 문제 처리는 더 적절한 때와 장소가 필요하다고 생각합니다."

"아니, 글로스터 백작! 미안한 말이지만 나는 경을 부하로만 생각했지 동료로 생각하지 않았는데."

그러자 리건이 나섰다.

"그건 제가 그를 높이기 나름이지요. 형부는 그런 말씀을 하시기 전에 제 뜻을 물었어야 한다고 생각하는데요. 그는 제가 가진 권력을 행사했고 제 지위와 권한을 지녔으니, 지금은 형부의 동료라고 불려도 손색이 없지요."

그러자 고너릴이 가만히 있지 못했다.

"너, 너무 생색내지 마! 그는 네가 준 직권으로 이름을 높인 게 아니야. 스스로 지닌 장점으로 한 거지."

"천만에, 바로 내가 부여한 내 권리로 그는 최고가 된 거야."

리건이 언성을 높였다. 그러자 고너릴이 말했다.

"흥, 그가 네 남편이 된다면 최고겠지."

"그래, 언니. 말 잘했어."

그런 후 리건은 에드먼드를 향해 말했다.

"장군, 내 병사들과 포로와 세습 재산을 모두 넘겨주니 알아서 처분해요. 나까지도. 이 몸은 당신 거예요. 이 세상을 증인 삼아 당신을 내 주인으로 삼겠어요."

고너릴이 어이없다는 표정을 지으며 말했다.

"너, 저 사람을 데리고 놀겠다는 거니?"

자매의 설전을 보고 있던 올버니가 보다 못해 한마디 했다.

"흥, 그냥 내버려두는 건 당신 뜻에 어긋나겠지."

그러자 에드먼드가 끼어들었다.

"공의 뜻도 아니겠지요."

"이 서출 놈아! 난 아무래도 상관없어!"

그러자 리건이 에드먼드에게 외쳤다.

"어서 북을 울려요. 내 권리를 당신에게 양도했다는 걸 증명해 보여요."

그러자 올버니 공작이 노기를 띤 음성으로 소리쳤다.

"멈추지 못해! 내 말 잘 들어! 에드먼드, 너를 반역죄로 체포한다."

이어서 그는 아내 고너릴을 향해 말했다.

"이 독사야! 네 권한을 모두 박탈한다."

다음으로 그는 리건을 가리키며 말했다.

"처제의 요구는 내 아내를 위해 못 들어주겠소. 내 아내는 이 사내와 하청 계약을 맺었소. 나는 그녀의 남편으로서 당신의 권리 포기에 반대하오. 결혼하려거든 차라리 내게 구애하시오. 내 아내가 저 사내와 먼저 예약이 되어 있소."

이어서 다들 막사 밖으로 나갔고, 올버니 공작은 에드먼드를 향해 외쳤다.

"글로스터 백작, 너는 무장했다. 자, 나팔을 불어라! 네가 흉악무도한 배반을 저지르지 않았음을 입증해줄 사람이 안 나서면, 내가 네 죄를 입증해주마! 내 심장을 걸고서, 너는 내가 방금 천명한 바로 그런 자임을 증명해 보이겠다.”

올버니 공작의 말에 고너릴과 리건은 사색이 되어 비틀거렸다. 하지만 에드먼드는 겁 없이 앞으로 나서며 항의했다.

“누가 나를 반역자로 모는지 모르지만, 악당의 거짓말이오. 그놈을 불러오시오. 그놈이건 당신이건 그 누구건, 난 내 진실과 명예를 굳게 지키겠소.”

리건은 계속 비틀거렸고, 올버니 공작의 명으로 병사가 그녀를 부축해서 막사로 데려갔다.

올버니 공작은 나팔을 세 번 불게 했고, 잠시 후 무장한 에드거가 등장했다. 에드거는 이제 신분을 밝히라는 올버니 공작의 요구에 말했다.

“저는 이름을 잃었습니다. 반역의 이빨에 물어 뜯겨 없어졌습니다. 하지만 제가 상대할 사람과 동등한 신분이란 것은 밝힐 수 있습니다.”

올버니 공작이 물었다.

“누구와 상대하겠다는 건가?”

“에드먼드 글로스터 백작입니다.”

이어서 그는 칼을 뽑으며 에드먼드에게 말했다.

"그 칼을 뽑아라. 내 말이 귀에 거슬린다면 그 칼로 화를 풀어라. 나는 네가 역적임을 분명히 밝힌다. 너는 네 형과 아버지께 거짓을 고했으며, 높으신 군주께 맞서 반역을 꾀했다. 너는 독 두꺼비처럼 철저한 역적이다. 어디, 아니면 아니라고 말해봐라!"

"네 이름을 묻는 게 현명하겠지만, 겉모습도 멋지고 늠름해 보이고 입에서 나오는 말도 교육받은 냄새가 나니, 난 기사도의 법칙에 따라 그 일은 나중으로 미루겠다. 네가 말한 반역죄를 너한테 도로 던져주마. 그 못된 거짓들이 네 심장을 으깨놓도록 내 칼로 즉시 길을 뚫어주마! 자, 나팔을 불어라!"

두 사람은 칼을 들고 결투를 벌였다. 하지만 자신의 배신을 감추려는 자의 칼날은 분노의 힘을 실은 자의 칼날을 이길 수 없었다. 에드먼드는 에드거의 칼을 맞고 쓰러졌다.

에드먼드가 쓰러지자 올버니 공작이 큰 소리로 외쳤다.

"그를 죽이지 마라! 그를 살려라!"

고너릴이 쓰러진 에드먼드를 부축하며 외쳤다.

"글로스터 백작, 이건 음모예요! 당신은 이름도 모르는 자와 싸우는 게 아니었어요. 그건 결투의 예법에도 어긋나요. 당신은 패한 게 아니에요. 당신은 속아 넘어간 거예요."

그러자 올버니 공작이 둘을 향해 편지를 던지며 말했다.

"닥쳐라, 이 여자야! 네 입에서 속아 넘어갔다는 말이 나오느냐? 네가 무슨 악행을 저질렀는지 직접 읽어봐라. 에드먼드! 그 편지를 알아보겠지?"

"아는 걸 묻지 마시오."

편지를 본 고너릴은 얼굴이 하얗게 질렸다. 그녀는 비틀거리며 시녀의 부축을 받아 막사로 들어갔다. 체념한 에드먼드가 올버니 공작에게 말했다.

"그렇소. 당신이 고발한 일들을 내가 했소. 그리고 그보다 더 많은…… 훨씬 많은 일들을……. 시간이 흐르면 다 드러날 것이오. 하지만 그건 지금의 나처럼 이미 지나간 일이오."

이어서 그는 에드거에게 말했다.

"요행히 나를 이긴 너는 누구냐? 고귀한 자라면 너를 용서해주겠다."

"우리 서로 자비를 베풀자, 에드먼드. 내 신분은 너에 못지않다. 내 이름은 에드거, 네 아버지의 아들이다. 신들께서는 공정하셔서 우리가 즐겨 쓰는 악덕을 우리를 징벌하는 도구로 삼으시지. 그래서 아버지께서 너를 얻은 어둡고 사악한 그곳에서 바로 그분의 눈을 앗아가신 것이다.”

“아, 형님. 에드거 형님이셨군요……. 맞는 말이에요. 형님 말이 사실입니다. 이제 수레바퀴가 한 바퀴 다 돌았고, 나는 여기에 이런 처지로 있으니까요.”

그러자 올버니 공작이 에드거에게 말했다.

“에드거, 나는 그대의 행동이 귀족의 고귀함을 보여준다고 생각하네. 내가 그대와 그대 부친을 미워한 적이 있었다면, 아마 내 가슴은 슬픔으로 찢어졌을 것이네.”

“공작님, 잘 알고 있습니다.”

“그래, 어디 숨어 있었나? 아버지가 불행한 일을 겪은 사실은 어떻게 알았나?”

에드거는 그동안 자신이 거지 행세를 하며 지낸 일, 아버지를 모시고, 아버지의 목숨을 구한 일 등을 이야기해주었다. 그의 말이 끝나자 올버니 공작이 부친 글로스터 백작은 지금 어디 있느냐고 물었다. 그러자 에드거가 눈물을 흘리며 말했다.

“저는 나팔 소리가 울리기를 기다리며 무장을 하고 있었지요. 그때까지 저는 아버지께 제 정체를 밝히지 않았습니다. 아, 제 실수였지요. 마침내 제가 에드거임을 밝히고 그동안의 일을 다 말씀드리자, 아버지께서는…… 기쁨과 슬픔, 두 극한의 감정을 견딜 수 없어, 그 갈등을 이길 수 없어, 그만 쓰러지시고 말았습니다. 저는 울부짖었습니다. 그때 누군가가 우리가 숨어 있는 움집으로 들어왔습니다. 그는 하늘을 향해 고함을 지르더니 아버지께 몸을 던졌습니다. 그리고 리어 전하와 자신이 겪은, 정말로 비참한 일을 아버지께 들려주었습니다. 그 이야기를 들으시는 도중 아버지는 점점 비탄에 잠기시더니 그만, 그만……. 그때 두 번째 나팔 소리가 들렸고, 저는 실신한 아버지를 남겨둔 채 이곳으로 왔습니다.”

올버니 공작이 황급히 물었다.

“그래, 그 사람은 누구였는가?”

“켄트 백작, 추방당한 켄트 백작입니다. 변장한 채 원수 같은 국왕을 따라다니며 노예라도 하지 못할 봉사를 다했습니다.”

그때였다. 기사 한 명이 피 묻은 칼을 든 채 막사 밖으로 달려 나오며 소리쳤다.

“아, 맙소사! 어떻게 이런 일이!”

올버니 공작이 황급히 물었다.

"도대체 무슨 일이냐? 칼에 웬 피가 묻어 있느냐?"

"이건, 이건 바로, 그분의 뜨거운 심장에서! 아, 그분이 죽었습니다. 공작님 부인께서요! 부인의 동생은 부인 손에 독살되었습니다. 죽기 전에 모든 것을 자백했습니다."

그러자 쓰러져 있던 에드먼드가 말했다.

"난 그 두 사람과 약혼을 했습니다. 이제 셋이서 한 순간에 결혼하는 셈이군요."

올버니 공작이 명령했다.

"살았든 죽었든 그 둘을 데려오라."

명령을 받은 병사들이 두 사람의 시체를 들고 나왔다.

그 순간 켄트 백작이 나타났다. 그를 본 올버니 공작이 말했다.

"아, 켄트 백작? 격식에 따라 예의를 갖추어야겠지만 상황이 허락하지 않는군요."

그러자 켄트 백작이 말했다.

"저는 전하께서 여기 계신 줄 알고 왔습니다. 이곳에 계시지 않은가요?"

그제야 올버니 공작이 정신이 돌아온 듯 말했다.

"아차, 깜빡 잊고 있었구나! 에드먼드, 국왕은 어디 계신가? 코딜리어는?"

이어서 그는 고너릴과 리건의 시체를 가리키며 켄트 백작에게 말했다.

"켄트 백작, 저 광경이 보입니까?"

"아니, 어쩌다가?"

그러자 에드먼드가 입을 열었다.

"어쨌든 나는 사랑받았구나. 한쪽이 나를 위해 다른 쪽을 독살하고 자결했으니. 아, 숨이 가빠오는구나. 여러분, 이제 내 본성에 어울리지 않게 좋은 일을 해보려 합니다. 지금 즉시 성으로 사람을 보내십시오. 리어 왕과 코딜리어를 죽이라는 밀명을 내렸습니다. 늦기 전에 어서 사람을 보내십시오."

올버니 공작은 기사에게 어서 달려가라고 명령했고 에드거도 서두르라고 재촉했다. 명령을 받은 기사는 징표로 에드먼드의 칼을 받은 뒤 황급히 성을 향해 뛰어갔다.

에드먼드가 다시 입을 열었다.

"감옥에서 코딜리어의 목을 매달고, 절망 때문에 그녀 스스로 저지른 짓으로 위장하라고 지시했습니다."

"더 이상 듣기 싫구나. 어서 저놈을 안으로 옮겨라."

올버니 공작의 명령에 병사들이 에드먼드를 들어 안으로 옮겼다.

잠시 후 두 팔로 코딜리어를 안아 든 리어 왕이 기사와 함께 나타났다. 리어 왕은 울부짖었다.

"아, 통곡, 통곡, 통곡한다! 이, 돌 같은 인간들아! 내가 그대들의 혀와 입을 가졌다면 하늘이 깨지도록 울부짖을 것이다! 아, 이 아이는 영영 가버렸다! 아니야, 아직 살아 있는지도 몰라!"

리어 왕은 코딜리어를 땅에 내려놓으며 말했다.

"내게 거울을 갖다다오. 이 아이 숨결로 거기에 김이 서리면 이 아이는 살아 있는 거야."

켄트 백작이 탄식했다.

"아, 이것이 예정된 종말이란 말인가?"

그때였다. 리어 왕이 부르짖었다.

"깃털이 움직인다! 이 아이가 살아 있어! 그렇게만 된다면 내가 이제껏 겪은 슬픔을 모두 보상해줄 수 있을 거야!"

그러나 곧바로 그가 다시 외쳤다.

"염병에나 걸려라! 이 살인자들! 이 역적들! 이 아이를 구할 수도 있었는데, 이제 영영 가버렸어! 코딜리어, 코딜리어, 잠시만 머물러다오!"

그는 코딜리어의 입에 귀를 갖다 댔다.

"뭐라고? 그래, 말 좀 해봐. 이 아이 목소리는 언제나 부드럽고 상냥하고 조용했어. 얘야, 내가 널 목매단 그 잡놈을 죽여버렸다. 내가 칼로 그놈을 해치웠어!"

켄트 백작이 리어 왕 앞에 무릎을 꿇으며 말했다.

"아, 전하."

"눈이 침침하구나. 이게 누군가? 켄트 백작 아닌가?"

"맞습니다, 전하! 전하께서 불행에 빠지셨을 때부터 그 슬픈 발길을 따랐던. 따님 두 분은 절망에 사로잡혀 자살했습니다."

"음, 그럴 거라 생각해."

그러자 올버니 공작이 말했다.

"전하께서는 자신이 무슨 말을 하는지 모르시오. 그러니 우리 신분을 밝혀도 소용없소."

그때 기사가 안에서 나오며 에드먼드가 죽었음을 알렸다. 그러자 올버니 공작이 말했다.

"지금 여기서 그건 아주 하찮은 일일 뿐이오. 여러 경들과 고결한 친구 분들 앞에서 내 뜻을 밝히겠소. 이 연로하신 국왕께 위안이 되는 일이라면 뭐든지 해드릴 것이오. 전하께서 살아 계시는 동안, 내 절대 권한을 모두 전하께 양도하겠소. 에드거와 켄트 백작, 그대들의 영예로운 행위에 대해서도 충분한 보상을 해줄 것이오."

그때였다. 리어 왕의 절망에 찬 목소리가 들렸다.

"아, 불쌍한 내 바보가 죽었다. 생명이 없다, 없어! 개도 말도 쥐도 생명이 있는데, 너는 왜 숨을 쉬지 않는 거냐? 넌 다시 못 돌아와! 절대로! 절대로! 절대로! 절대로! 이 단추 좀 풀어다오. 고맙구나. 이거 보여? 봐! 이 아이를 봐! 얘 입술을 봐! 여기! 여길 봐!"

그 말을 끝으로 리어 왕은 숨을 거두었다. 에드거와 켄트 백작은 절규했다.

이윽고 정신을 수습한 켄트 백작이 말했다.

"전하의 혼령을 괴롭히지 맙시다. 가시도록 해줍시다. 누구든 이 험한 세상의 형틀에 전하를 더 이상 묶어두려 한다면 전하는 그 사람을 미워할 것입니다."

올버니 공작이 말했다.

"자, 이분들을 모셔라. 이제 우리 모두에게는 애도할 일만 남았으니. 에드거 클로스터 경, 그리고 켄트 백작, 그대들은 내 영혼의 친구니 상처 입은 이 왕국을 다스리고 지켜주시오."

그러자 켄트 백작이 말했다.

"저는 급히 여행을 떠나야겠습니다. 주인님이 저를 부르고 계십니다. 마다할 수가 없습니다."

그러자 에드거가 입을 열었다.

"켄트 백작님, 이 슬픈 시국의 무게를 받아들이셔야 합니다. 하셔야 할 말을 하실 것이 아니라 느끼시는 대로 말씀해주시기 바랍니다. 가장 나이 드신 분이 가장 잘 견뎌주셨습니다. 젊은 우리는 결코 백작님만큼 많이 보지도 못할 것이며, 길게 살지도 못할 것입니다."

그의 말이 끝나자 죽음의 행진곡이 울려 퍼졌다.

『셰익스피어 비극』을 찾아서

셰익스피어의 희극에 이어 이 책에서는 비극을 만나본다. 그런데 셰익스피어 하면 우선 떠오르는 작품이 『로미오와 줄리엣』 같은 비극이다. 또 셰익스피어의 대표작으로는 4대 비극인 『햄릿』『오셀로』『맥베스』『리어 왕』을 꼽는다. 왜 비극일까? 왜 셰익스피어는 스스로 자신의 삶을 개척해가는 당당한 인간보다는 비극적인 인물들을 우리에게 더 많이 보여주었을까?

인간이 간단한 존재가 아니기 때문이다. 온갖 오만, 탐욕, 질투가 속에 들끓고 있는 복잡한 존재가 인간이기 때문이다. 그런 오만, 탐욕, 질투 때문에 찢기는 존재가 인간이기 때문이다. 더 정확히 말하자. 우리의 삶에는 행복과 기쁨보다는 불행과 슬픔이 더 많기 때문이다.

셰익스피어가 문학사에서 가장 중요한 작가의 한 명으로 꼽히고 오늘 날에도 많은 사람들에게 사랑을 받는 것은 바로 그 때문이다. 16세기의 작가인 셰익스피어가 보여주는 인간의 모습은 바로 지금의 우리의 모습이고 언제나 변함없는 인간의 모습이기 때문이다. 여러분은 셰익스피어를 읽으며 셰익스피어 시대로 되돌아갈 필요가 없다. 그의 작품을 읽으며 지금 자신의 고민을 다시 발견하고 자기를 되돌아보면 된다. 거기서 위안을 얻고 자신을 더 깊이 들여다보는 기회로 삼으면 된다. 아니다. 그냥 그의 작품들을 읽으며 안타까워하고, 분노하고, 공감하면 된다. 위안을 얻고 즐거워해도 된다. 장담하지만 그것만으로도 여러분은 자기 삶의 주인이 되는 길에 조금 더 가까이 갈 수 있다.

『햄릿』은 복수극이다. 우리가 흔히 알고 있는 복수극은 대개 해피엔딩이다. 주인공이 원수에게 시원하게 복수하는 것으로 끝난다. 원수를 갚은 주인공은 누가 봐도 훌륭한 사람이다. 보는 이의 속이 후련해지고 박수를 친다. 그 복수극을 통해 대리

만족을 얻는다. 거기서 무엇보다 중요한 건 주인공의 의지다.

그런데 『햄릿』은 다르다. 『햄릿』은 비극이다. 훌륭한 아버지를 죽이고 왕위를 찬탈한 삼촌 클로디어스, 그 삼촌과 불륜을 맺고 금세 결혼해버린 어머니 거트루드, 그들은 누가 봐도 큰 죄를 지은 이들이다. 햄릿은 아버지의 유령에게서 그 사실을 전해 듣는다. 상식이라면 즉각 복수에 나서는 게 옳다. 하지만 햄릿은 망설인다. 그가 성격이 우유부단하기 때문만은 아니다. 생각이 많기 때문이다. 생각이 깊기 때문이다.

복수라는 문제에 대해 한번 생각해보자. 아버지를 해친 자에게 복수를 하는 것은 당연하다. 가장 간단한 해결책이다. 그런데 조금 생각이 깊어지면 즉각 행동에 나서지 못한다. 복수를 하면 피를 보게 된다. 일종의 폭력이다. 복수의 이름으로 저지르는 폭력은 정당화될 수 있는가? 폭력에 대해 폭력을 행사하는 것 역시 죄가 아닐까? 망설여지지 않을 수 없다.

또 있다. 죄인이 벌을 받는 건 당연하다. 그런데 과연 나에게 그 벌을 내릴 자격이 있는가? 나는 과연 깨끗한가? 나는 절대로 그런 죄를 짓지 않으리라는 보장이 있는가? 과연 내가 그 죄를 응징할 만큼 올바른 사람인가? 망설임이 깊어진다.

한 걸음 더 나아가자. 예수님은 원수를 사랑하라 하지 않았는가? 그 원수를 향한 복수심을 키우기보다는 원수조차 사랑하는 마음을 키우는 게 더 중요한 일 아닐까? 이 정도 되면 복수의 문제는 뒤로 물러나고 순전히 내 마음의 드라마가 된다.

『햄릿』은 바로 그런 마음의 드라마다. 『햄릿』은 단순한 복수극이 아니다. 어떻게 사는 것이 진정으로 올바르게 사는 것이냐 고민하게 만드는 드라마다. 그 고민을 압축해놓은 것이 바로 "To be, or not to be: that is the question"이라는 햄릿의 독백이다. 많은 사람들이 "사느냐 죽느냐, 그것이 문제로다"라고 옮긴 이 말을 나는 "있음이냐 없음이냐, 그것이 문제다"로 옮겼다. 참고로 최종철 교수도 그렇게 옮겼다. 이유는 딱 하나다. "사느냐 죽느냐"로 옮기면 '원수에 대해 눈감고 그냥 살아가느냐, 아니면 복수를 하고 죽느냐' 양자택일의 문제처럼 읽히기 쉽다. 간단히 말하자. 'To be, or not to be'는 '사느냐 죽느냐'의 갈등이 아니라, '어떻게 살 것이냐' 하는 갈등이다.

무슨 갈등? 한쪽엔 이런 마음이 있다. '복잡하게 생각하지 말고 그냥 복수해버려? 내가 지금 마주치고 있는 문제를 그냥 해결해버려?' 하는 마음. 그런데 다른 생각들이 떠오른다.

앞서 예로 든 그런 생각들이다. 그 복잡한 생각들이 바로 'not to be'다. 이것은 마주치고 있는 문제에서 한 걸음 비켜나서 드는 생각들이다. 마치 자신이 그 문제의 한복판에 서 있지 않은 것처럼 여기게 만드는 생각들이다.

어려운 문제다. 참으로 풀기 어려운 갈등이다. 『햄릿』이 위대한 작품이고 지금도 사람들의 사랑을 받는 것은, 주인공 햄릿이 안고 있는 문제가 인간으로 태어나는 한 누구나 언제고 마주할 문제이기 때문이다. 아무도 시원하게 답을 줄 수 없는 문제이기 때문이다. 그 문제는 우리가 살아 있는 한 한 번은 던져야만 하는 질문이다.

하지만 딱 한 가지 확실한 게 있다. 그런 질문을 『햄릿』과 함께 해보는 것, 햄릿과 함께 그런 갈등 속에 빠져보는 것이 바로 여러분이 자기 삶의 주인임을 확인하는 길이라는 것이다. 햄릿을 읽으면서 우리는 자기 자신을 볼 수 있다.

『오셀로』는 질투의 드라마다. 그런데 우리가 흔히 알고 있는 평범한 질투 이야기가 아니다.

우리는 언제 질투를 느낄까? 내가 갖지 못한 것을 남이 가지고 있을 때 질투를 느낀다. 그런 질투심은 누구에게나 있다. 너무 지나치지만 않으면 그런 질투심은 그다지 위험하지 않다. 때로는 유익하기까지 하다.

질투심이 유익할 수도 있다고? 무슨 소리일까? 예를 들어보자. 아주 훌륭한 사람이 가까이 있다고 치자. 생각도 그렇고 행동도 그렇고 도저히 따라갈 수 없다. 질투심이 생기는 게 당연하다. 그 질투심을 못 견뎌 그를 따라잡으려고 애쓰게 된다. 그와 비슷해지려고 노력하게 된다. 그의 흉내를 내게 된다. 이건 정말로 좋은 질투심이다. 질투심 덕분에 그 사람의 훌륭한 생각과 행동을 좇아 하게 되는 것이니, 자기 발전에 큰 도움이 된다. 우리가 위인이나 훌륭한 사람들의 이야기를 읽는 것은 그들에게서 뭔가 배우기 위해서다. 그들처럼 훌륭하게 살기 위해서다. 그들 같은 사람이 되려면 그들에게 질투심을 느껴야 한다. '나라고 그들만큼 못 되리라는 법 있어?'라고 자기 자신을 부추겨야 한다. 그런 질투심은 얼마든지 키워도 좋다.

그러나 많은 경우 질투심은 위험하다. 질투에 사로잡혀 정작 자신은 돌보지 못하게 된다. 정작 해야 할 일은 제쳐놓게 만든다. 진짜 중요한 걸 볼 수 없게 만든다. 사람을 맹목적으로 만든

다. 그중 가장 위험한 경우가 질투심이 사랑과 결합할 때다.

사랑과 질투에는 공통점이 있다. 사랑도 사람을 눈멀게 하고 질투도 사람을 눈멀게 한다. 대상을 있는 그대로 보지 못하게 한다. 심지어 사랑이 깊을수록 질투도 커진다. 『오셀로』는 주인공 오셀로가 아내를 너무나 사랑하기에 더 커질 수밖에 없는 질투의 드라마다. 결국 사랑하는 아내를 자기 손으로 죽이고 마는 비극적 드라마다.

오셀로는 실제로 있지도 않은 일을 상상하며 아내를 질투한다. 그러면서 더 절망에 빠진다. 아내가 실제로 불륜을 저질렀기에 질투하는 것이 아니라, 불륜을 저질렀다고 상상하며 질투한다. 그래서 더 위험하다. 상상 속에서 아내의 불륜을 한껏 키우기 때문이다. 그 상상 속에서 실제로 있지도 않은 것을 본다. 보았다고 착각한다. 아주 심한 의처증에 걸린다. 아내의 부정이 질투를 유발한 것이 아니라 질투심이 아내의 부정을 지어낸다. 만일 그런 질투심이 내 안에서 자라고 있다면 서둘러 싹을 잘라버려야 한다. 그러지 않으면 연옥에 갈지 모른다.

단테의 『신곡』을 보면 질투심에 사로잡혀 살던 자들은 제2연옥에서 벌을 받는다. 그들의 눈꺼풀은 모조리 철사로 꿰매져 있다. 진실을 제대로 보지 못한 죄의 벌을 받고 있는 것이다. 누군 가를 사랑하게 된다면 무조건 그 사람을 믿어야 한다. 사랑으로 눈이 머는 것은 축복이지만 질투로 눈이 머는 것은 죄악이다.

오셀로가 질투와 분노 때문에 아내를 살해하는 악행을 저질렀다면, 『맥베스』의 주인공 맥베스는 야망과 탐욕 때문에 사촌인 덩컨 왕을 죽이고 왕위를 찬탈하는 악행을 저지른다. 악행을 저질렀다는 의미에서 둘은 공통점을 지니고 있다. 하지만 다른 점이 있다. 오셀로는 작품 마지막에 가서야 악행을 저지른다. 그는 애당초 악당이 아니라 이아고라는 악당의 음모에 넘어가서 질투의 화신이 된다. 반면에 맥베스는 처음부터 악행을 저지른다. 『맥베스』는 셰익스피어의 다른 작품들과 달리 애당초 악당이 주인공인 셈이다.

하지만 맥베스가 악당이 된 데도 이유가 있다. 사실 그는 처음에 충직하고 용감한 장군으로 등장한다. 우리가 존경할 만한 인물로 말이다. 그런데 그의 앞에 마녀들이 나타나서 그가 왕이 되리라고 예언한다. 마녀들의 예언은 일종의 유혹이다. 왕이 되라는 유혹! 그 유혹은 과연 밖에서 온 것일까, 안에서 온 것일까? 안에서 온 것이다. 왕이 되고자 하는 맥베스 내면의 야심이 마녀들의 예언으로 바뀌어 표출된 셈이다. 맥베스는 갈등 끝에 그 야심에 굴복한다.

그러고 나면 어떻게 될까? 맥베스는 야심을 이룬다. 왕이 된다. 겉으로는 성공한 듯 보인다. 그러나 그 성공 끝에 몰락하기 시작한다. 용감한 장군에서 폭군이 되어간다. 당당하던 인간에서 죄에 시달리는 나약한 인간이 되어간다. 사람들은 주변에서 모두 멀어지며, 맥베스는 점점 생기를 잃고 회의와 불안에 시달린다. 맥베스를 부추겨 왕을 살해하게 만든 맥베스 부인은 몽유병에 시달린다. 그녀는 밤중에 잠든 상태에서 일어나 죄악의 피로 더럽혀진 자신의 손을 씻으려 한다. 셰익스피어 희곡 가운데 가장 유명한 장면 중 하나다. 그러나 그 죄가 씻길 리 만무하다.

악행의 길을 선택한 것은 바로 맥베스 자신이다. 그런 의미에서 이아고의 음모에 넘어가 아내를 살해한 오셀로보다 맥베스가 더 비극적이다. 오셀로의 질투는 이아고라는 악당이 곁에서 불을 붙인 것이지만 맥베스의 야망은 자신이 안에서 키운 것이다.

우리는 그처럼 나약한 존재다. 밖에서 오는 것이건 안에서 키운 것이건 끊임없이 유혹에 시달린다. 그리고 대부분의 경우 그 유혹은 달콤하다. 그래서 쉽게 그 유혹에 넘어간다. 오셀로처럼 순수하면 순수할수록 밖에서 오는 유혹에 넘어가기 쉽다. 맥베스처럼 자기 안의 야망이 크면 클수록 유혹이 더 강하다. 그래서 더 큰 죄를 짓기 쉽다. 이런 오셀로와 맥베스는 바로 우리 자신의 모습일 수 있다.

인간은 유혹에 시달릴 수밖에 없는 존재라는 것, 유혹에 넘어가 악행을 저지를 수밖에 없는 존재라는 것, 그것이 인간의 비극이다. 그리고 맥베스처럼 그 비극의 씨앗을 자기 내부에서 키우고 있다는 것, 그것이 더 큰 비극이다.

하지만 한편으로 그렇기 때문에 인간은 위대할 수 있다. 그 유혹을 이겨낼 수 있는 힘이 인간에게 있기 때문이다. 『맥베스』를 비롯한 셰익스피어의 비극은 우리에게 그 힘이 있다는 사실을 역설적으로 깨우쳐준다. 우리 안에는 악을 행하라는 유혹만이 아니라 선을 행하라는 유혹, 선을 추구하는 의지도 있음을 보여준다. 셰익스피어의 작품들을 읽으며 그 힘을 함께 느껴보자!

『리어 왕』은 셰익스피어의 4대 비극 중에서 가장 처절한 비극의 드라마다. 그리고 우리의 가슴을 가장 아프게 하는 드라마기도 하다.

리어 왕에게는 세 딸이 있다. 위의 두 딸, 고너릴과 리건은 아버지를 사랑하지 않는다. 진심으로 아버지를 사랑하는 딸은 셋째 코딜리어뿐이다. 그러나 고너릴과 리건은 아버지를 사랑한다고 미사여구를 늘어놓아 자기들이 원하는 것을 얻는다. 하지만 코딜리어는 언니들처럼 아버지를 사랑한다고 말하지 못한다. 왜? 말은 사랑을 담을 수 없기 때문이다.

큰딸 고너릴이 자신의 사랑을 자랑하는 중에 막내딸 코딜리어는 "나는 무슨 말을 하지? 사랑은 침묵인데"라고 혼자 중얼거린다. 사랑의 진실은 말을 하는 순간 훼손될 수 있기에 침묵으로 보여줄 수밖에 없다는 뜻이다. 나를 얼마나 사랑하는지 보여달라는 아버지의 요구에 코딜리어가 "없습니다"라고 대답하는 것은 사랑이 없다는 뜻이 아니다. 진실로 아버지를 사랑하기에 말로 표현할 것이 없다는 뜻이다. 이어서 둘째 딸 리건이 자신의 사랑을 늘어놓을 때 코딜리어는 "아, 어쩌지? 하지만 괜찮아. 내 사랑은 분명 내 입보다는 무거울 테니까"

라고 중얼거린다. 코딜리어의 아버지를 향한 사랑은 진정한 사랑이다. 하지만 진정한 사랑이기에, 너무나 소중한 사랑이기에 그 사랑을 말로 훼손할 수 없다. 그녀가 소중하게 여기는 것은 진정한 사랑 그 자체다. 반면에 언니들은 얼마든지 아버지를 사랑한다고 아부할 수 있다. 그녀들에게 중요한 것은 사랑의 표현일 뿐, 사랑 자체가 아니다. 그녀들은 말이 훼손시킬까 봐 걱정되는 진정한 사랑을 갖고 있지 않다.

그런데 현실은 어떤가? 언니들의 번지르르한 말을 아버지 리어 왕은 진실로 받아들인다. 코딜리어의 침묵을 '사랑 없음'으로 받아들인다. 바로 여기에 이 작품의 비극성이 있다. 진실은 결코 말로 드러날 수 없으며 언제나 감추어져 있을 수밖에 없다는 숙명, 바로 그것이 그 비극성의 핵심이다.

『리어 왕』에서 우리를 안타깝게 하는 인물들이 또 있다. 바로 에드거와 켄트 백작이다. 그들은 코딜리어와 마찬가지로 진정한 사랑을 하는 사람들이다. 에드거는 자신을 오해한 아버지에게 효성을 다하며, 켄트 백작은 자신을 추방한 리어 왕에게 충성을 다 바친다. 그러나 그들은 신분을 감출 수밖에 없는 처지에 놓인다. 그래서 변장을 한 채 자신들이 사랑하는 사람을 이끌고 도와준다. 그런데 그들은 분명히 각자 아버지와 리어 왕 앞에서 자신들의 정체를 밝힐 수 있는 순간이 되었는데도 그러지 않는다. 끝까지 침묵하는 것이다. 에드거의 침묵 때문에 그의 아버지인 글로스터 백작은 죽음을 맞이하고, 켄트 백작의 침묵 때문에 코딜리어와 리어 왕은 비극적 결말을 맞이한다.

그들의 침묵은 코딜리어의 침묵과 그 의미가 같다. 진실이 너무나 소중하기에 그것을 드러내지 않고 감춘다는 것, 바로 그것이다. 그들이 침묵하는 것은 그들의 성격 탓이 아니다. '진실'이 지닌 숙명적 속성 때문이다.

『리어 왕』을 읽으면서 우리는 묻는다. 과연 진실은 드러날 수 없는 것인가? 과연 사랑은 말로 보여줄 수 없는 것인가? 하지만 한 가지 확실한 것이 있다. 그런 질문을 진지하게 던지는 순간 우리는 진실의 무게, 사랑의 무게를 확인하고 느낄 수 있다. 그리고 이 세상에는 드러난 것보다 감추어져 있는 것이 더 많다는 것을 느낄 수 있다. 그 순간 우리는 사랑한다는 말보다, 사랑하는 것 그 자체가 얼마나 더 소중한가를 확인할 수 있다.

『셰익스피어 비극』 바칼로레아

1 『햄릿』의 주인공 햄릿 왕자는 아버지의 원수를 눈앞에 두고 망설인다. 직접 복수에 나서는 것이 당연하다는 생각과 과연 자신이 복수하는 것이 옳으냐 하는 생각 사이에서 갈등을 일으키고 있기 때문이다. 여러분이라면 당장 복수에 나설 것인가, 아니면 햄릿처럼 망설일 것인가?

2 『오셀로』의 주인공 오셀로는 여러 가지 면에서 훌륭한 장군이다. 그러나 그는 악당 이아고의 술책에 넘어가 사랑하는 아내를 살해하는 바보 같은 인물이기도 하다. 그런 오셀로를 우리는 동정해야 할까, 아니면 손가락질해야 할까?

3 『맥베스』의 주인공 맥베스는 야망에 눈이 멀어 악행을 저지르는 인물이다. 그렇다면 우리는 야망을 가지면 안 될까? 그렇지 않다. 크든 작든 우리 모두는 가슴속에 야망을 품고 살아간다. 그렇다면 우리와 마찬가지로 야망을 지닌 맥베스가 악행을 저지르게 되는 원인은 무엇일까?

4 코딜리어는 작품에서 아버지를 사랑한다고 말하지 않았기에 아버지의 미움을 사서 아무것도 물려받지 못한다. 코딜리어는 아버지를 사랑한다고 말한 후, 왕국의 3분의 1을 물려받아 언니들 대신 아버지를 편히 모실 수도 있었다. 그러나 그녀는 그러지 않는다. 사랑의 진실이 훼손될까 봐 두려웠기 때문이다. 그 결과 『리어 왕』의 비극이 시작된다.
여러분이라면 어떤 행동에 손을 들어주겠는가? 작품에서처럼 아버지를 너무 사랑하기에 사랑한다는 말을 못 하는 쪽에 손을 들어주겠는가? 아니면 언니들처럼 미사여구를 늘어놓아 일단 아버지의 마음을 얻은 후 아버지를 모시는 쪽에 손을 들어주겠는가?

셰익스피어 비극

생각하는 힘: 진형준 교수의 세계문학컬렉션 11

펴낸날	초판 1쇄 2017년 9월 1일
	초판 2쇄 2018년 3월 7일

지은이	윌리엄 셰익스피어
옮긴이	진형준
펴낸이	심만수
펴낸곳	(주)살림출판사
출판등록	1989년 11월 1일 제9-210호

주소	경기도 파주시 광인사길 30
전화	031-955-1350 팩스 031-624-1356
홈페이지	http://www.sallimbooks.com
이메일	book@sallimbooks.com

ISBN	978-89-522-3751-4 04800
	978-89-522-3718-7 04800 (세트)

※ 값은 뒤표지에 있습니다.
※ 잘못 만들어진 책은 구입하신 서점에서 바꾸어 드립니다.

이 도서의 국립중앙도서관 출판시도서목록(CIP)은 서지정보유통지원시스템 홈페이지
(http://seoji.nl.go.kr)와 국가자료공동목록시스템(http://www.nl.go.kr/kolisnet)에서
이용하실 수 있습니다.(CIP제어번호: CIP2017019467)